契約妻は御曹司に
溺愛フラグを立てられました

序章

梅雨《つゆ》が明けると同時に蝉《せみ》の大合唱が始まり、本格的な夏の暑さを感じ始めた七月中旬。

二十九歳の水谷萌衣《みずたにもえ》は、様々なブランドジュエリーを取り扱う会社〝ヴェルジェリア〟で役員秘書として働いている。現在は景山宏明《かげやまひろあき》専務付きなので、普段は役員室の隣室にいるが、今は同僚たちがいる秘書室の自席で仕事をしていた。

このあと景山の付き添いで出掛けるのだが、彼に〝わざわざ執務室に迎えに来なくていいよ。秘書室に行って、同僚たちと親睦を深めておいで〟と言われたためだ。

とはいえ、休憩時間でもないので仕事に専念するが……

「次は……」

パソコンの液晶画面に映し出したスケジュールを見ながら、会議室と執務室の清掃の予約を入れる。そして、昼食後に手渡された領収書の精算処理を行った。

これで、今日やるべき仕事はだいたい終わったかな？

萌衣は痛みが出始めた首を回し、凝り固まった肩を指で強く押した。

萌衣の普段の仕事は、主に景山のスケジュール管理で、出席する会議の取捨選択、彼にアポイントを求める人たちとの取り次ぎなどを行っている。

タブレットパソコンがあれば、どこにいても仕事に取り組めるが、やはりこうして同僚たちの話し声や活気を肌で感じ取れる場所で作業すると、とても気分がいい。

もう少しここにいたい気もするが、そうも言っていられない。そろそろ動いて、景山を迎える準備をするべきだ。

パソコンの電源を落として席を立つと、秘書室長の佐山《さやま》の前で立ち止まった。

「室長、よろしいでしょうか」

「うん？　どうした？」

仕事中の佐山が顔を上げると、萌衣はこれから景山に同行する旨を告げた。

「わかった。予定では、ＩＴ企業のＨＡＳＥソリューションだったな。気を付けて行っておいで。……まあ、水谷さんに言うのは野暮だけどな」

佐山が〝そうだろう？〟と問いかけるように微笑んでくる。日頃からジムに通って身体を鍛えている佐山は、五十代でありながら四十代前半に見えるほど若々しい。

萌衣は信頼を寄せられるのが嬉しい反面、認めてもらえるのは仕事だけだと思うと、もの悲しい気分にさせられた。

そんなことは、今に始まったわけではないのに――と心の中で自嘲するが、萌衣はそれをおくびにも出さずに口元を緩《ゆる》める。

「とんでもございません。それでは失礼いたします」

挨拶《あいさつ》したのち、萌衣は自分のデスクへ歩き出した。

それに合わせて、今年入社した二十二歳の榊原《さかきばら》とその四歳年上の吉住《よしずみ》が顔をつきあわせながらクスクス笑っているのが視界に入った。

楽しそうな雰囲気に自然と心が和《なご》み、後輩たちに目が吸い寄せられる。

「どうしたの？」

「あっ、水谷先輩！」

子猫のように可愛らしいショートボブの榊原と、切りっぱなしのワンレングスボブが印象的な吉住が席を立ち、満面の笑みを浮かべた。

「吉住先輩に聞いていたんです。明日のデートではどこに行くのかって」

「デート？」

萌衣が問いかけると、吉住が頷く。

「明日は休みなので、彼氏と予定があると言ったら、榊原さんがどこに行くのかを知りたがって」

「だって、吉住先輩に教えてもらった場所はどれも思い出に残るぐらいいいところで。当然知りたくなるじゃないですか。……あっ、水谷先輩はどこに遊びに行かれる予定なんですか？」

「わ、わたし？」

「水谷先輩がカノジョだったら、どこにでも連れていって喜ばせたいって思うもの」

二人は〝先輩のデートはどういったものなのか、あたしたちにもご教授お願いします〟とばかりに見つめてくる。

こういう恋愛話が出た時、萌衣は毎回付き合っている男性はいないと真実を告げるが、誰一人信じてくれない。

場の空気を読むのなら嘘を吐けばいいのかもしれないが、後輩たちを欺《あざむ》きたくはなかった。

「ごめんね。わたしからはなんとも言えないかな。だって誰とも付き合ってないから――」

「またまた！　水谷先輩ほど素敵な女性を、男性陣が放っておくはずがないじゃないですか」

「そんな風に言いますけど、わかってますからね。凄《すご》い人と付き合っているから隠すんだって」

吉住の言葉に、榊原はうんうんと頷いて同意を示す。

「女性として憧れます。はっきりとした二重《ふたえ》に、肌のキメも細かくて……笑顔もとても素敵！　すらりと手足が伸びたプロポーションも洋服のセンスもいいし」

そう言って、榊原が両手で萌衣が着ている服を示す。

膝頭が隠れるボックススカートに、フレンチスリーブのブラウスを合わせているだけなので、センスがいいとは言い難《がた》い。

ただ、秘書の服装としては合格点ではあるが……

「そう？」

「そうですよ！　セミロングの髪も艶《つや》やかで綺麗でしょ。あと――」

急に榊原が周囲をきょろきょろ見回し、内緒話をするように口元に手を添えた。

「おっぱいが大きくて羨《うらや》ましいです」

萌衣は驚いて、薄い生地を押し上げるＥカップの胸元に目線を落とした。

「身長が一六〇センチ以上あるのもあって、そこだけが強調されすぎないですし。本当に憧れます！　聞いてくださいよ。彼氏ったら、あたしの胸は小さいからいろいろなことができないって」

「榊原さん、そこまで！」

吉住がぴしゃりと言い放つと、榊原が慌てて口を手で覆った。

「す、すみません！　仕事中なのに、あたしったら」

「ううん、いいのよ。誰かに聞かれたわけでもないし。だけど、そうね……そういう話は男性がいない密室でするのがいいかな」

萌衣は秘書室にいる男性秘書たちを窺《うかが》って、榊原を窘《たしな》める。彼女は何度も首を縦に振り、吉住はやれやれとため息を吐いた。

「じゃ、わたしはこれから外出するから、あとはよろしくね」

元気よく「はい」と返事をする後輩たちに微笑み、萌衣はタブレットパソコンをトートバッグに入れる。

そうして秘書室をあとにしたが、途中で小さく肩を落とす。

これまでの人生、萌衣は何事にも手を抜かず努力してきた。学生時代は勉強を、部活では上下関係の築き方を、バイトができる年齢になれば社会の繋《つな》がりを、そして美容の話で盛り上がれば、自分に似合う髪型や服装などを研究した。

その結果、今の秘書の地位を得られたと言っても過言ではない。

しかし、いくら努力しても叶わなかったものが一つだけある。それは、これまで一度も男性と付き合った経験がないことだ。

もちろん好きになった男性はいる。中学生の時に仲が良かった同級生で、好意を抱かれていた。

そう思っていた。

でも違った。彼は友人に〝水谷が好きなのか？　ああ、好きなんだ！〟とからかわれて〝違う、僕が好きなのは水谷じゃない。彼女の親友の――〟と言ったのだ。

男性の考えがわからず悶々《もんもん》としているうちに高校生、大学生となり、恋愛というものがわからなくなった。

だからといって、男性が苦手なわけではない。高校時代から親しくしている男友達もいれば、大学時代に気になっていた人もいる。ただ、親切にしてくれたからなのか、それとも純粋に彼を好きなのかがわからず、結局何も進展がないまま今に至っている。

いったいどうすればいいのか。どういう感情を持たれると恋愛に発展するのか。

考えれば考えるほど恋愛迷子が重症化していった。このままだと、結婚どころか恋愛も経験しないまま三十代を迎えてしまうだろう。

萌衣はため息を吐いたが、すぐに背筋をピンと伸ばして気持ちを立て直す。

今は、仕事に集中しなければ……

萌衣は景山と待ち合わせをしている受付フロアへ向かいながら、スマートフォンを取り出し、会社が契約しているハイヤーに連絡を入れた。

「お世話になっております、ウェルジェリアの水谷です。予定どおり十五時配車で……はい、よろしくお願いいたします」

あとは景山を待つだけだ。

準備に抜かりはないよね――と頭の中で整理しながら受付フロアへ向かう。

「だったら、水谷さんは？」

突然自分の名前が聞こえて、萌衣は振り返る。ちょうど休憩室へ続く廊下で、男性二人が話し込む姿が目に入った。見覚えがないためどこの部署かは不明だが、萌衣より少し年上みたいだ。

もしかして、秘書室へ立ち寄る用件が？

萌衣は腕時計に視線を落とす。景山を迎えるまであと十分はあるので、ここで彼らの用件を聞いても間に合う。

そう思い、そちらへ足を踏み出すと、男性が「ないない！」と声を上げた。

萌衣はすかさず壁際へ寄って身を隠す。そうする必要はないのに、男性の強い口調に驚いてしまったせいだ。

「才色兼備ってああいう女性を言うんだよな。水谷さんが素敵だっていうのはわかってるんだけど、付き合うなら別の女性を選ぶよ」

「ああ、わかる。水谷さんって傍《はた》から見る分にはいいんだけど、自分の女にしたいかってなると、それはちょっと違って……。高嶺《たかね》の花過ぎて恋愛対象としては無理なんだよな」

高嶺《たかね》の花？　恋愛対象としては無理？

その言葉に、萌衣は苦々しく笑った。

どうして皆勝手に〝才色兼備〟という器《うつわ》に萌衣を押し込むのか。そもそも才色兼備ではないし、高嶺《たかね》の花でもない。学生時代に努力した結果であって、決して皆が一目置《いちもく》くような存在ではない。

恋がどういったものかわからない萌衣は、はっきり言って欠陥品。恋を経験してきた同僚たちよりも劣っている。

なのに誰一人として、萌衣という人物をきちんと見ずに決めつける。

萌衣は悲しい気持ちのまま、トートバッグを持つ手に力を込めた。

「友達で充分だよな。カノジョにしたら、誰かに奪われるんじゃないかって気が気でなくなる」

「それで……合コンで会ったあの子に手を出したんだ？」

「おい、そんな風に言うなよ。あれでも可愛いんだから」

唐突に男性の話し声が大きくなり、こちらに歩いてきたのがわかった。萌衣は咄嗟《とっさ》に身を翻《ひるがえ》してその場を去った。

――数分後。

受付フロアの中央に設《もう》けられた円形のソファには、談笑や打ち合わせをする社員たちがいた。

萌衣は受付嬢に会釈《えしゃく》し、景山を待つためにカウンターの脇に立つ。背筋を伸ばして仕事モードに切り換えるものの、先ほどの話を思い出さずにはいられなかった。

男性社員の言うとおり、萌衣は誰からも恋愛対象としては見られない。彼らは好意を向けつつも、そこに恋情は湧き起こらないのだ。

もう来年には三十歳になるのに、このままでいいの？　――そう悲しく思いながら景山を待っていると、彼が受付フロアに現れた。

年齢相応な中太りの体型だが、髪は黒々している。昔はかなりモテたとわかるぐらい笑顔が爽《さわ》やかだ。数年前にシングルになり、今も人生を謳歌《おうか》している。

理由は、これから向かうＨＡＳＥソリューションに行けばわかる。ただこの件を知っているのは専属秘書の萌衣のみなので、決して口外はできない。

萌衣は歩き出して、景山を迎える。

「お車のご用意はできております」

「ありがとう」

萌衣は礼儀正しく首を縦に振り、エレベーターのボタンを押す。

「お先に失礼いたします」

景山に声をかけてエレベーターに乗ると彼を招き入れ、オフィスビルの玄関口となるフロアで降りた。

ぶわっと熱気が身体にまとわりつくような暑さに眉根を寄せつつ、すぐにオフィスビルのロータリーに顔を向ける。そこには既にハイヤーが横付けにされていた。

顔馴染みの四十代の女性運転手がドアを開けると、景山が乗り込む。

「水谷さんも」

隣に座るように示されて、萌衣も横に腰を下ろした。車が走り出すと、景山が咳払いする。

「今日、水谷さんは上まで来なくていいよ。一階のカフェででもゆっくりしていてほしい。終わったら、こちらから連絡を入れる」

「承知いたしました」

景山がそう言うのは、最初からわかっていた。

萌衣が勤めるウェルジェリアは、現在ネット通販でも業績を伸ばしている。それもあり、システム管理は最重要事項の一つに挙げられていた。システム強化のためＨＡＳＥソリューションに発注書を送ったが、こちらが望むシステムを組むのは難しいと言われてしまう。

交渉が一年も続いたある日、萌衣は景山からＨＡＳＥソリューションとのアポイントメントを求められた。

システム関連の担当者も通っていたが、彼らとは別に、景山もＨＡＳＥソリューションの吉沢桐子《よしざわとうこ》常務と面会を重ねた。それが切っ掛けとなって好転し、契約の運びとなったのだ。

もちろん断られ続けてもしぶとく交渉を続けた担当者の成果でもあるが、やはり陰の功労者は景山だと萌衣は思っている。彼が五十代の美魔女である吉沢と付き合い始めて以降、急にこちらの要望に沿ったシステム開発に乗り出してくれることになったためだ。

吉沢は夫と死別して独身なのもあり、景山と交際する分には何も問題はない。しかし二人はお互いに会社での立場があるので、人目を忍んでこっそりと付き合っている。だから表立って、彼の後ろ盾があったとは言えなかった。

萌衣は景山がスマートフォンを弄《いじ》り出したのを横目で捉《とら》えて、そっと窓の外に目線を向けた。

車がＨＡＳＥソリューションの入るオフィスビルに到着するまで、流れる景色と歩道を歩く老若男女を眺める。

渋滞のせいで通常より十分ほど遅れたが、約束の時間の十五分前に新宿にある高層オフィスビルに到着した。

萌衣たちは車を降りてロビーに足を踏み入れると、許可証を得てエレベーターに乗る。そしてＨＡＳＥソリューションが入った階で降り、受付で吉沢と面会の約束がある旨を伝えた。

「そちらでお待ちくださいませ」

受付嬢がにこやかにソファを示す。萌衣は会釈《えしゃく》をし、既にそこに座る景山のところへ移動した。

一分も経たずに、二十代半ばの秘書が現れた。

「景山さま、お待ちしておりました。ご案内いたします」

外見が兎《うさぎ》のようにふわふわとした可愛い女性を見て、萌衣の口元が自然と緩《ゆる》んでいく。

「水谷さん、またあとでね」

「承知いたしました」

萌衣は恭《うやうや》しく返事をし、景山を見送る。彼の姿が視界から消えると、受付嬢に会釈《えしゃく》してエレベーターホールに向かった。

あとは景山からの連絡を待てばいい。

萌衣はエレベーターに乗り込み、ロビーで降りた。カフェで待つつもりだったが、店内はスーツを着た人たちが大勢いて座れそうにない。

それならばテイクアウトにして、屋外に設置してあるベンチで食べればいいが、三十度を超える場所で待つのは辛い。

だったら、どうしようか。

うーんと唸《うな》っていた時、萌衣はあることを思い出した。

HASEソリューションには景山と一緒に何回か訪れているが、ほとんど彼の傍にいたのでオフィスビルや社内を見て回る余裕はなかった。

でも一度だけ、景山から喉を痛めた吉沢のためにカフェでミルクを買ってきてほしいと頼まれた際、偶然ロータリーに通じるエントランスとは反対側にあるフリースペースを見つけた。そこにはテーブル席とソファがある。

あそこでなら、ゆっくりできるかも……

萌衣はそう決断するや否や、アイスラテとスコーンを注文し、それを受け取ってカフェを出た。記憶を辿《たど》ってエントランスへ続く自動ドアを通り過ぎ、さらに奥へと進むと、目的のフリースペースが目に飛び込んできた。

「良かった！」

場所を間違っていなかったとホッと胸を撫で下ろしながら、周囲を見回す。

フリースペースには数人の男性しかおらず、新聞を読んだり、タブレットパソコンで仕事をしたりしている。皆他人を気にせず、自分のことに没頭していた。

ここでならのんびりと過ごせるだろう。

萌衣は空いているテーブル椅子に腰を下ろした。コーヒーカップとスコーンが入った袋を置き、トートバッグからタブレットパソコンを取り出す。

電源を入れて起動させている間にアイスラテで喉を潤《うるお》し、スコーンを口に放り込んだ。そして仕事をするべくスケジュール管理を開き、景山の出席を打診された会議の調整を始める。

しかしその途中で、萌衣の手から力が抜けていった。ふと、景山を受付フロアで待っている時の記憶が甦《よみがえ》ったからだ。

男性社員たちがしていた萌衣の噂話を……

身勝手な憶測で萌衣にレッテルを貼る人が多いのは、もう経験からわかっている。とはいえ、それを耳にするとやはり落ち込んでしまう。

このままでいいの？　しかも来年は三十歳だ。恋愛の仕方がわからない以上、ずるずると時間だけが経つに決まっている。この調子では、結婚どころか一生恋愛すらできない。

今までと変わりない生活を送っていたら、尚更だ。幸せな結婚をした先輩たちのような、恋愛を謳歌《おうか》する後輩たちのような運命の出会いなど期待できない。

だったらどうしたらいいのか。

萌衣は唇を引き結び、検索エンジンを立ち上げた。無作為に答えを求めてカーソルを動かしていた時、表示された広告にピタッと目が留まる。

「お見合いサイト？」

十万単位の登録者数に、万単位の成婚者を誇る紹介文に目が釘付けになる。

どうして気付かなかったのか。萌衣にとって一番いい手は、お見合いでは？ だいたい知り合った男性はほとんど自分を敬遠するが、お見合いの場であれば変な先入観を持たずに向き合ってくれるのではないだろうか。

最初は価値観が合えばいい。恋愛感情などなくていい。時間をかけて友情を育《はぐく》むところからスタートすれば、きっといつしか愛が生まれて、幸せな家庭を築ける。

「そうよ。こんなわたしを選んでくれる男性が絶対にいる。もし出会いのチャンスがあれば、わたしは躊躇《ためら》わずにその手を掴《つか》み取って――」

「だったら、俺でどう？」

お見合いサイトにカーソルを合わせてクリックしようとした、まさにその瞬間だった。

真上から振ってきた声に驚いて顔を上げると、三十代ぐらいの男性がいた。甘いマスクの彼はテーブルについた手に体重をかけ、萌衣を見つめている。

耳元の上を刈り上げたマッシュウルフ風の髪型、キリリとした眉、意志の強そうな双眸《そうぼう》、真っすぐな鼻筋、そして形のいい唇を目視し、再び面白そうにこちらを覗《のぞ》き込む男性に焦点を合わせた。

この人を知っている――そう思うや否や、記憶にある人物とぴたりと重なった。

萌衣は慌てて腰を上げようとするが、男性が手を上げて〝立たなくていい〟と示す。堂々とした態度で空いた椅子に座る男性は、その間も萌衣を凝視していた。

圧倒的な存在感に、萌衣の身体がかすかに震える。

そうなるのも当然だ。目の前にいる男性は、ＨＡＳＥソリューションの御曹司、長谷川玖生《はせがわくりゅう》だからだ。

以前、吉沢の執務室を出てエレベーターホールへ向かっている時に偶然長谷川と出くわし、彼女の紹介で景山と一緒に挨拶《あいさつ》をさせてもらった。

記憶が正しければ、長谷川は現在三十二歳。管理本部の部長補佐として財務部、情報システム部、経営企画部を統括している。

ただ長谷川と景山には仕事の接点が全然ないため、直接言葉を交わしたのはその一度きり。それ以降はＨＡＳＥソリューション内の廊下で数回見かけたことがあったが、彼も部下を従えて忙しくしていたのもあり、遠くから会釈《えしゃく》をする程度だった。

そういうわけで、顔見知りであっても親しくはない。だからこそ、長谷川の方から声をかけてきたことに驚きを隠せなかった。

しかし秘書気質が身に付いているのもあり、萌衣はさほど顔に感情を出さずに頭を下げた。

「お久しぶりです」

「俺のことを覚えていてくれたんだ？」

もちろんだ。ただ社外であったため、すぐに思い出せなかったが……

「今日は……景山専務のお供で？」

「はい。景山は吉沢常務と面会中です」

「じゃ、俺と話す時間は少しあるんだな？」

話す時間？　お互いに接点があるわけではないのに、いったい何の話をしようと言うのか。

だからといって断れるはずもなく、萌衣は平然とした態度を装《よそお》って長谷川に向き直った。

「なんでしょうか」

途端、長谷川がクスッと笑った。その仕草には男っぽい艶《つや》があって、萌衣は困惑する。

後輩だったら、たちまちうっとりと長谷川に見入るかも知れないが、萌衣は何か裏があるように思えて身構えてしまう。以前挨拶《あいさつ》を交わした時と全然違う態度だからだ。

「面識はあるとはいえ、俺たちは気軽に言葉を交わすほど親しくない。にもかかわらず、こうして声をかけられても一切焦らない。そう、もの凄《すご》く冷静沈着。感情のない人形みたいなのに……目を奪われるほど綺麗だ」

面と向かって異性から〝感情のない人形〟と言われて、無意識に眉根を寄せる。それでもお構いなしに、長谷川はテーブルに肘を突き、心持ち顔を近づけてきた。

「話を戻すけど、君の独り言が聞こえてさ。お見合いサイトで相手を探すつもりなら、俺にしないか？」

俺って、わたしと？　結婚を⁉　――と、あまりにも突拍子のない話に、萌衣は目を見開く。

何がどうなってそう提案してきたのかがわからず、ただ長谷川を見つめていると、彼がにっこりした。しかしその直後、女性を蕩《とろ》かせる色艶《いろつや》を綺麗に消し、鋭い眼差しで萌衣を射貫いた。

「もちろん普通の結婚じゃない。……契約結婚の申し入れだ」

「……契約？」

「ああ。結婚したい者同士がここにいる。しかも、俺が望む条件を持ち合わせる君がね。俺が提示する条件を呑めるなら、君を妻に迎えてもいい。どうだ？」

そこには、最初に萌衣に声をかけた、あの甘いマスクの長谷川はいない。商談相手に駆け引きをするような勝負師の顔をしている。

……うん？　勝負師？　それって、切羽詰まっているという意味？　この人が？

「俺の条件は二つだけ。一つ目は、お互いに尊重するも干渉し合わない。二つ目は、どちらかが離婚したいと望めば争わずに応じる。それだけだ。呑んでくれるのなら、君の要望にも応じる。結婚相手がほしいという願いを」

淡々と述べるが、萌衣をターゲットにした理由が釈然としない。

萌衣が聞き齧《かじ》った情報によると、長谷川は女性に不自由しておらず、いつも隣に美女を連れているらしい。萌衣はその光景を見たことがないが、彼自身を見れば頷ける話だ。

だったら、萌衣ではなく恋人に契約結婚を申し入れたらいいのに……

そう思うのに、正直契約結婚に心が引かれていた。それは長谷川の求める契約結婚は、お見合いのみならず普通の結婚にも通じる部分があるためだ。

相手を尊重して干渉し合わなければケンカはしないし、性格不一致で争わずに離婚もできるのだから……

これこそ自分が願う結婚生活では？

心の天秤が大きく動き、長谷川の方へ傾く。でもピタッと止まりはしなかった。やはり何故〝萌衣〟なのかという謎が解けない。

「どうしてわたしなんですか？　お付き合いされている恋人に頼むのが一番いいと思いますが」

疑問を口にすると、長谷川が不意にふわっとした笑みを零《こぼ》した。

「はっきり言う。俺は独身主義者だ。現在の恋人に束縛されるのさえ嫌だ。そんな俺の意思を無視する両親から、政略結婚をさせられそうになってる。相手がうちにとって大切な取引先の令嬢なのもあり、そう簡単に断れない」

長谷川が気怠《けだる》げに目線を落とす。しばらく一点をじっと見つめていたが、萌衣の身体を舐めるように少しずつ視線を上に動かしていく。その意味深な眼差しに、萌衣は思わずテーブルに置いた手に力を込めてしまう。すると彼が手を伸ばし、萌衣の手の上にかぶせた。

心臓がドキッと激しく打つ。その感覚に動揺を隠せずに、自然と瞬《まばた》きのスピードが速くなっていった。そんな萌衣の手を長谷川が握り締める。

「俺が結婚を急ぐのは、政略結婚を逃れる算段を早くつけたいから。それで俺に執着しそうにない女性を探していた時、偶然君の独り言が聞こえた。……君が望む男はここにいると」

萌衣がおずおずと目線を上げると、長谷川は軽く顎《あご》を上げて彼自身を示した。

「結婚相手は誰でもいいわけじゃない。美人なだけでは駄目だ。それなら梢《こずえ》……両親が嫁にと考える子でいい話になる。だったら俺が選ぶ相手は、容姿のみならず気配りが細やかな女でなければ」

「それがわたしだと？」

「ああ。君が役員秘書として有能だと、部下から聞いてる。俺も遠目から君の立ち居振る舞いを見ていた。そつがなく控えめなのに、凛《りん》とした姿勢は見ていて好ましい。君なら俺の両親も納得するに違いない。もし条件を呑んでくれるなら約束する。妻には不自由のない生活を与えると」

つまり契約という縛りで結婚したとしても、長谷川は萌衣を妻として敬《うやま》うと言ってくれている。

お見合いでしか男性と結婚できないと思った萌衣と、政略結婚から逃れたい長谷川が求めるものは全然違う。しかし最終的に手に入れたいものは、二人とも同じ。

この出会いは運命かもしれない。相手の気持ちがどこにあるかと悩まなくていいのだから……

もちろん条件を求めてくる人との結婚に不安はないのかと問われれば、即座に〝ある〟と答える。その反面、萌衣にはこういう結婚が合うのではないかという考えも生まれていた。

そもそも、お見合いサイトに登録しようとした時も選《え》り好みなど考えていなかった。ただ上辺ではなく自分を認めてくれる人との出会いを求めている。

その点、長谷川は萌衣の中身を評価してくれた。これこそ、萌衣が望む結婚相手ではないか。

このチャンスを逃せば、きっと後悔する！

それがわかっているのに、このまま承諾することに尻込みしてしまう。でも前を向かなければ、何も始まらない。

萌衣は意を決して、さっと面《おもて》を上げた。

「一つだけ、わたしの気持ちを言わせてください」

「どうぞ」

長谷川が淡々と答える。さながら〝このジュースを飲む？〟〝ああ〟と言ったような返事の軽さに、怯《ひる》みそうになるが、萌衣は勇気を振り絞って彼の目を見返した。

「結婚が契約だとしても、わたしは夫婦生活に幸せを求めたいです。それでもいいんですか？」

「ああ。契約条項の二点さえ守れるのなら、その間は君は俺の妻だ。妻である以上、君の体面は必ず守る」

「わかりました。……では、一週間後にお返事します」

「一週間後？　どうしてまた……。〝チャンスがあれば、躊躇《ため ら》わずにその手を掴《つか》み取る〟と言ったのは、嘘だったのか？」

長谷川は声を抑えながらも不満げに言う。

「君には悪い話ではないはずだ」

「わかってます。前向きに検討するので、時間をください」

萌衣は純粋にそう思って返事したのに、長谷川が心なし面白くなさそうに唇を引き結ぶ。でも不意に小さく唇の端を上げた。

「時間、ね。……それを与えることで間違った方向に進まないようにしないと」

間違った方向？　わたしが？　――と小首を傾げると、急にぐいっと手を引っ張られた。

「あっ……」

突然萌衣の身体が前のめりになる。それに合わせて、彼が顔を近づけてきた。萌衣が驚いて目を見開くと、なんと彼が口づけをしてきた。初めての柔らかな感触に、身体が硬直する。耳に届いていたざわつきが遠くへ去り、思考回路も遮断された。

理由のわからない感覚に呆然としていると、長谷川が萌衣の唇をちゅくっと吸って顔を離した。

「ふーん、そんな表情もするんだ。結婚したら楽しめそうだな。……さてと、これで周囲は俺たちが〝付き合ってる〟と思うだろう。じゃ、また連絡する」

出し抜けにキスされた衝撃で目を白黒させる萌衣に、長谷川が片手を差し出し、何かを渡せと示してくる。その意味を考える余裕さえなく、ただトクトクトクッと早鐘を打つ鼓動に翻弄《ほんろう》されているると、彼がテーブルを指で叩いた。

「スマホ」

「……えっ？　ス、スマホ？」

普通に訊《き》き返す萌衣に、長谷川が不可解そうに眉をひそめた。

「返事をくれるんだろ？」

「あっ、はい」

そう、一週間後に返事をすると言ったのは萌衣だ。何度も〝連絡先が必要でしょ〟と自分に言い聞かせて、バッグからスマートフォンを取り出す。それを差し出すが、長谷川に「解除」と言われて、あたふたしながら指紋認証でロックを解いて手渡した。

直後、長谷川のスーツポケットから呼び出し音が二回鳴り響く。

「俺の番号だ。登録してくれ。返事、待ってる」

長谷川はスマートフォンを萌衣に返すと、背を向けて歩き出す。彼がフリースペースを出る時に、萌衣と同年代であろう背の高い男性がこちらに会釈《えしゃく》して長谷川に続いた。

あの男性は誰なのかと考える余裕もない。遠巻きに萌衣たちを窺《うかが》っていた人たちもだ。

萌衣は長谷川を見送ったあとも、呆然と椅子に座り続けた。景山を待つ間、何をしたのかさえ記憶がない。

正気に戻ったのは景山から電話がかかってきた時で、彼と別れてから二時間も経っていた。

それからの一週間。萌衣の頭の中は、長谷川から提案された契約結婚のこと、初めてされたキスのことでいっぱいだった。

そんな状態でも、メリット・デメリットをリストアップするのを忘れなかった。

長谷川と契約を結べば、これから結婚相手を探さなくていいのが一番いい。しかし、彼の妻になれば、普通の恋はできないだろう。彼が提示した条件や、恋人にも束縛されたくないという思いを鑑《かんが》みれば尚更だ。

……うん？　恋はできない？

そこで萌衣は小首を傾げる。どうして自分は恋はできないと決めつけたのだろうか。先は長いのだ。いつの日か夫に恋をするかもしれない。

そう思うや否や、急に萌衣の視界が晴れるように広がっていった。

もう迷わない！　――そう覚悟を決めると、萌衣は約束の日に長谷川に電話をかけた。

『決めたか？』

「はい。……お受けいたします」

『良かった……。俺にはまったく興味のない女性を得られるなんて、これ以上の喜びはない』

それから契約結婚に向けた動きは、あっという間に進行した。それだけ長谷川がこの結婚を急いでいるのだ。

正直、未来はどうなるのかわからない。しかし、この結婚に一生を託そうと思った萌衣に、不満は一切ない。

会社の総務部には結婚に関しての書類を提出したが、他には誰にも告げず、長谷川が暮らす低層の高級マンションに引っ越した。

それは長谷川と結婚契約を交わした日から一ヶ月後、八月下旬のことだった。

第一章

青々と澄み渡る空に、燦々《さんさん》と輝く太陽が眩《まぶ》しい十月三日。

社内はかなりバタバタとして、萌衣も忙しく動き回っていた。内定式に出席した来年入社予定の学生たちが、午後から社内見学に来るためだ。

秘書室にも新しい風が入ってきてほしいと期待する秘書たちは、これから来る学生たちに興味津々だった。それは萌衣も同じで、デスクで仕事をしながら内心わくわくしていた。

「楽しそうな人が入ってきてくれたらいいな」

榊原が背伸びをしては、学生たちが入ってくるドアを見つめる。ちょっと目を離せば、秘書室を出て学生たちを出迎えそうな勢いだ。そんな彼女の隣で、吉住が頷いた。

「確かに。秘書室の和を乱さない人がいいな。そして優秀な人材だったら尚更いい。そうすればあたしたちの仕事も楽になるし」

「本当に。最近マーケティング戦略部での仕事が増えたんですけど、あそこの井上《いのうえ》主任ったら――」

そう切り出し、榊原は井上の文句を並べ始めた。彼女は毎回無理難題を出されて、マーケティング戦略部と秘書室を走り回っているらしい。しかも厳しくあたるのは彼女だけで、同期の小南《こみなみ》には優しいのだと怒りを口にした。

それを聞いて、萌衣は頬を緩《ゆる》めた。

二十七歳の井上はマーケティング戦略部のやり手で、同期たちより出世が早い。それは仕事に対して真摯《しんし》に取り組んでいる結果だ。人を見る目もあって、井上の下に就く後輩たちは成績がいい。彼があれやこれやと注文をつけるのは、ある意味指導をしていると考えられる。

つまり榊原がしごかれているのは、井上に有能だと認められたからだろう。

榊原は大らかな性格で、萌衣もびっくりするほど明け透けにものを言う。しかし、秘書としての気配りは細やかだった。佐山も榊原の働きに満足しており、萌衣も彼女に期待している。

そのため、井上の厳しさの意味を教えてあげても良かったが、まだ入社一年目なのもあり口を噤《つぐ》んだ。

榊原には、さらに研鑽《けんさん》を積んでほしいから……

「でも仕事なんだし。仕方ないでしょ」

吉住に窘《たしな》められて、榊原は唇を尖らせる。

「あたしと違って小南には優しいのに？　……彼女が日本人形みたいな清楚美人だからデレデレするのはわかるけど、あまりにも対応が違いすぎます」

榊原の話に驚き、萌衣は液晶画面から顔を上げた。

萌衣から見れば榊原も充分可愛いのに、同期の小南に嫉妬するなんて本当に不思議でならない。

吉住が佐山に呼ばれたことで榊原も席に戻ったため、萌衣は再び液晶画面に焦点を合わせた。

最近景山のスケジュールが頻繁に変更になるため、管理する萌衣も大忙しだった。学生が来る頃には秘書室にいたいが、スケジュール調整が終わり次第、執務室へ行かなければならない。

「景山専務か……」

不意に景山とＨＡＳＥソリューションへ行った時の出来事が脳裏に浮かび、萌衣の手が止まる。夫となった人を連想してしまったせいだ。

長谷川――改め、玖生との結婚生活がスタートして一ヶ月以上経った。二人の距離感は、付かず離れずのいい感じに保たれている。

最初に玖生が〝お互いに尊重するも干渉し合わない〟と言ったことが、かなり影響していた。

今のところ、玖生はこれまでと同じく毎日遅く帰ってくるが、萌衣は何も訊《たず》ねない。彼が仕事なのか、飲み会なのか、それとも女性と会っているのかさえもわからなかった。

しかし、玖生の様子である程度察しがつくようになった。

実は夫婦生活を始めた際、玖生から〝夜は待たなくていい〟〝食事の用意はしなくていい〟と言われて、萌衣は律儀に守っている。

そのため、玖生が毎日何時に帰宅するのか知らなかった。だが〝君は俺の妻だ。妻である以上、君の体面は必ず守る〟と宣言してくれた以上、萌衣も彼のために何かをしてあげたくて、結婚一週間後ぐらいから朝食だけ作るようにした。

もちろん玖生はいい顔をしなかったが、萌衣が〝一人分も二人分も作るのって一緒だから〟と言うと、彼はその日を境に共に朝食を摂るのが日課となった。そうするうちに、普通に完食する日もあれば、明らかに箸の運びが悪い日もあると気付いた。

干渉しない契約があるので体調などを訊《たず》ねられなかったが、観察していく中でお酒を飲んで帰宅したのか、残業で遅くなったのかがわかるようになった。

前者の場合は食欲が進まないが、後者の場合はしっかりと食事を摂るからだ。

これも長年秘書として務めているお陰だろう。

だからこそ感じた。一緒に朝食を摂り始めて以降、二人の関係が少しずつ〝ただの同居人〟から〝知り合い〟へと変わっていったのを……

二週間後には、まるで友人みたいに気軽に玖生の方から話しかけてくる日が多くなった。それに合わせて、取引先と接するような口調を改めてほしいと言われた。

確かに、外でもこんな他人行儀では夫婦に見えるはずもない。この結婚に裏があると思われないためにも、長年の友人と話す感じで接する方がいい。

萌衣は玖生に言われるがまま、少しずつ話し方を変えていった。

『最近会議や接待が多くて、会社にいる時間が減ったよ』

『まだ暑いから大変ね』

『シャワーでは身体に溜まった疲れが取れなくて……。バスルームを使ってる音、うるさくないか？』

『大丈夫。ぐっすり寝入ってるせいか、全然気にもならない』

そんな気軽な会話をするまでになった。

緩《ゆる》やかだが、確実に玖生は胸襟《きょうきん》を開いてくれている。つい先日、朝食時にやってきた彼の専属秘書、海藤孝史《かいどうたかし》を紹介してくれたのもそうだ。

海藤――玖生から契約結婚の話を受けた日に見かけた、あの男性だ。

現在三十歳の海藤は、一八二センチと背が高いだけでなく体格もごつい。目の前の彼に圧倒される中、萌衣との契約結婚を唯一知っている人物だと玖生が話してくれた。

海藤の目つきを見る限り、あまり歓迎されていない雰囲気を感じたものの、萌衣は気にせずに挨《あい》拶《さつ》を返した。腹心を紹介してくれるまでになった玖生の気持ちが嬉しかったからだ。

契約で迎えられた妻だが、時間をかけて接していけば、少しずつ二人の距離が縮まっていく。萌衣にとって何もかもが初めての経験なのだから、焦ってはいけない。

そんな感じで玖生の領域を決して侵《おか》さず、気を配りながら穏やかな結婚生活を送っている。正直、こんなに楽なのかなと思うほどで、今は結婚して良かったと思っていた。

あとは、玖生との生活で男性の心情を読み取れるように勉強しよう。そうすればきっといつの日か、自分の心にも変化が生じる。人を愛する気持ちもわかるかもしれない。

玖生との結婚生活は、一生ものと考えているから……

自分の覚悟に頷いたのち、萌衣は席を立った。

「景山専務のところに行ってくるわね」

「わかりました。……学生たちが社内見学で来る頃には戻って来られますか？」

吉住に問われて、萌衣は小首を傾げて考える。

「どうかな。戻って来られなかったら、わたしの代わりに秘書に相応《ふさわ》しい人がいるかどうか探って」

「オッケーです」

にこにこしつつ敬礼する榊原を見て、萌衣はぷっと噴き出す。でもすぐに彼女たちに「よろしくね」と言って、秘書室をあとにした。

廊下を歩いていると、萌衣に気付いた男性社員たちが会釈《えしゃく》してくる。萌衣も返礼するが、これまでと違ってほんの少し肩の力が抜けていた。

萌衣自身は何も変わらないのに、結婚前と結婚後ではこんなにも心の在り方が違うなんて……

萌衣は口元をほころばせてエレベーターに乗り込み、役員専用のフロアで降りた。

茶系の内装で統一された重厚感たっぷりのそこは、階下とは違って静まり返っている。受付の隣に飾られた、訪問客を出迎える生け花も見事だ。

萌衣は役員付き秘書になって以来毎日このフロアに足を踏み入れるが、未だにこの圧倒される雰囲気に慣れない。しかしそれをおくびにも出さず、役員フロア専用のセキュリティカードを使って奥へ足を向けた。

絨毯《じゅうたん》が敷き詰められた廊下を進み、景山の執務室の前で立ち止まると、ドアをノックした。

「水谷です」

「おお、入っておいで」

間を置かずに、ドアの向こうにいる景山が答える。いつもは返事をもらえるまで数秒かかるのに、今日はなんと早いことか。

「失礼いたします」

萌衣はドアを開け、景山がいるマホガニーデスクに顔を向けた。けれども、そこにはおらず、萌衣はさっと周囲を見回す。

「……えっ⁉」

応接セットのソファに座っている人たちが目に入るなり、驚きの声を漏らしてしまった。

「待ってたよ、水谷さん。もうそろそろ来ると思って……事前に連絡を入れなかったんだ」

にこやかに迎えてくれた景山に対し、頭の中が真っ白になった萌衣は、呆然と立ち尽くす。彼の隣にHASEソリューションの吉沢が座り、二人の正面のソファに玖生が座っていれば当然だ。

この状況はいったい⁉

突然のことにドアの前から動けないでいたが、なんとか強張《こわば》る頬を緩《ゆる》めて皆に頭を下げた。ぎこちない足取りで景山の背後に向かうが、彼が「違う、違う」と声を上げて玖生の隣を指す。

今朝マンションを出ていった時と同じ、スタイリッシュなブラックストライプのスーツを着ている玖生を窺《うかが》うが、彼は唇の端を上げるだけだ。

萌衣としては、景山に言われたとおり玖生の隣に座るほかない。

「……はい」

景山と吉沢から向けられる興味津々な目つきに耐えながら、萌衣は歩き出した。

それにしても、この状況はいったいどういう意味があるのだろうか。萌衣は景山と吉沢の関係は知っているが、二人は萌衣と玖生の仲を知らない。

否、玖生がここにいるということは、萌衣たちが結婚したとバレている？　仮にそうだとしよう。でもそれだけで、吉沢が玖生を連れ出せるとは思えない。彼はＨＡＳＥソリューションの御曹司であり、管理本部の部長補佐として様々な部署を統括する立場だからだ。

そういえば、景山とＨＡＳＥソリューションへ赴《おもむ》いたあの日、偶然前を歩く玖生を紹介してくれたのは吉沢だった。

つまり二人は気心が知れた仲？　それで吉沢に誘われるまま来たのだろうか。

萌衣は皆に「失礼いたします」と断って、ゆっくり玖生の隣に腰を下ろす。

「水谷さん、久し振りね」

ショートボブの吉沢が茶目っ気たっぷりにウィンクし、ワインレッド色の口紅を塗った唇をほころばせた。

「ご無沙汰しております」

恭《うやうや》しく挨拶《あいさつ》する萌衣に、吉沢はふふっと笑い、目を引くほど綺麗な脚を組んだ。

「今日はごめんなさいね。だってとんでもないことを知らされたら、居ても立ってもいられなくて」

「女って怖いな」

ボソッと呟《つぶや》いた玖生の言葉を、吉沢は聞き逃さない。

「女はね、勘が鋭いのよ。玖生、以後気を付けなさいね。……あなたも」

吉沢は玖生に言い、さらに景山にも念を押す。

「肝に銘じておきます」

苦笑いする景山に対し、玖生が恭《うやうや》しく答えた。

吉沢は二人の様子を愉快そうに見ていたが、不意に玖生に向かって片眉を上げる。

「玖生、いつまで奥さんを不安にさせてるの？　あなたから言ってあげなさい」

奥さん？　やっぱり知られていたのだ。そしてそれは、景山にも。でも吉沢は、いったいどうやって情報を得たのだろうか。

直後、玖生の咳払いが聞こえて、萌衣は彼に焦点を合わせた。

「萌衣。実は彼女、俺の母の妹……叔母だ」

叔母？　それって吉沢常務が親族ってこと⁉

想像もしていなかった事実に目をぱちくりさせると、玖生が申し訳なさそうに顔を歪めた。

「総務に俺の従妹《いとこ》がいるんだ。結婚の書類を提出したあと、偶然彼女のところに書類が回ってきて、それで慌てて叔母に訊《き》いたらしい。母に言わなかったのは、妻が彼女の知る人物ではなかったから」

どうやって知ったのかと不思議に思ったが、ようやく謎が解けた。

個人情報の取り扱い方には問題があるが、玖生が入籍したと知った親族が動転するのもわかる。その相手が景山の秘書となれば、尚更甥夫婦と一緒に話したいと思うのが普通だろう。

それで今回玖生を随伴させたに違いない。

「言ったでしょ？　女は鋭いって。会社で起きる出来事は、誰よりもあたしが通じてる」

「両親に報告する前に、叔母に知られるとは思ってなかったよ」

「あたしは義兄《にい》さんより社内の動向に目を光らせているの。今回の情報提供者は姪だったけど、あたしの目や耳になってくれる人は他にもたくさんいるわ」

ふてくされる玖生に驚くが、萌衣はそれをおくびにも出さずに居住まいを正した。

実は玖生との結婚は、上司や友人のみならず、お互いの家族にさえまだ秘密にしている。政略結婚相手を欺《あざむ》くには、まずは夫婦間の距離を詰めるのが先決だからだ。

なのに、吉沢に知られてしまうなんて……

萌衣が込み上げてきた生唾を呑み込んだ時、吉沢がにっこりした。

「まあ、予想はついていたの。玖生が皆の目がある場所で水谷さんにキスしたと聞いたから」

玖生が観念するように大きく息を吐き出すのを耳にして、萌衣は膝に置いた手に力を込めた。契約結婚を提案された日にされたキスまで知られていることに、萌衣は驚きを隠せなかった。

いったいどこまで筒抜けなのだろうか。今はまだ二人は、とても愛し合って結婚した夫婦には見えない。もしかして〝契約結婚〟なのもバレている？

「まあ、経緯はどうであれ、あたしは玖生の選んだ女性が水谷さんで嬉しいわ。彼女のことは宏明から聞いてるし、あたしも自分の目で彼女の振る舞いを観察してきたから」

「そう言ってもらえて嬉しいよ」

玖生がほんの少し身体の力を抜くのがわかった。萌衣も〝なんとなく上手くいきそう？〟と安堵しそうになるが、吉沢の次の言葉で一瞬にして緊張が復活した。

「それにしても不思議ね。つい先日まで付き合っていた、あの有名女優と全然雰囲気が違うわ」

じょ、女優？　女優が恋人だったの⁉

有名女優の恋人を捨てて萌衣を選ぶとは、信じられない。

「叔母さん……」

玖生は苦笑いするが、萌衣に元カノの存在を知られたという焦りはなく堂々としている。

普通なら居心地悪そうにするものでは？

しかし、実のところ萌衣自身も気にならなかった。どちらかと言えば、有名女優と付き合える男性が、萌衣を選んだという事実に狼狽《うろた》えている。

「昔の話はいいじゃないか。二人は結婚して一緒に歩み始めたんだ」

「宏明の言うとおりね。あたしたちも今を生きているんだし」

吉沢が景山の手を取る。仲睦《なかむつ》まじいその姿に、自然と心の中がほんわかしてきた。二人を羨《うらや》ましく思いながら玖生を窺《うかが》うと、彼が萌衣の視線に気付いた。

「なんだ？」

「ううん、別に……」

萌衣が玖生に向かって微笑みかける。

「今日来て良かったわ。ただ姉さんは……息子の結婚に難を示すと思うけど。ほら、いろいろとね。とにかく、あたしは甥っ子夫婦の味方よ」

「良かったね、水谷さん。桐子の後ろ盾があれば安泰だ」

景山が、ようやくここぞとばかりに笑みを向けてきた。

「そうよ、安心してね。さてと、そろそろ二人を解放してあげるわ。玖生、一時間後に迎えにきて」

「わかった」

「じゃ、水谷さん。長谷川さんのお相手をしてくれるかな？　役員フロアのコミュニティスペースで過ごせばいい」

「ありがとうございます。そのようにいたします」

玖生と萌衣は小さく頭を下げると、二人して執務室を出た。

「悪かったな。いきなり叔母に会わせてしまって」

玖生に謝られると思っていなかった萌衣は目を白黒させ、急いで「ううん」と首を横に振った。

「甥っ子が誰にも告げずに結婚したと知れば、その相手に会いたいって思うのが普通だもの」

そう言って廊下の先を手で示し、玖生より先に歩き出した。

「個人情報管理能力がないと従妹《いとこ》にきつく言っておくよ」

「あまり怒らないであげてね。従兄《いとこ》の結婚に驚くのも無理はないし」

「運が悪かったな。俺の書類が偶然従妹《いとこ》の手に回るとは……」

萌衣が苦笑いした時、コミュニティスペースに到着した。ソファや大型テレビ、ドリンクサーバーが設《もう》けられているそこには、誰もいない。

「好きなところに座って」

萌衣は肩越しに玖生に話しかけて、コミュニティスペースに誘導する。彼は歩きながら上着の前ボタンを外して、ポケットに片手を入れた。

そこから滲《にじ》み出る男らしさを目の当《ま》たりにし、萌衣の胸の奥が妙にざわざわし始めた。突如湧き起こった症状に困惑した萌衣は、すかさず玖生から目を逸らす。

あれ？　――と軽く小首を傾げて胸に手を置き、トクトクトクッと早鐘を打つ心臓をなだめる。

そして息苦しさを紛らわすように咳払いし、壁際に設置されたドリンクサーバーに向かった。

「飲み物を淹れるけど何がいい？　カフェラテ？」

「ああ」

玖生が家でもよく飲むのでそう訊《たず》ねると、彼は機嫌よく返事する。たった一言なのに心が和《なご》み、萌衣の頬が緩《ゆる》んだ。

殺菌ディスペンサーからカップを取り出してサーバーにセットする。

「ここから木々が茂る公園を眺められるんだな」

「ええ。ここでレクリエーションする役員も多いんだけど、今日は誰もいなくて良かった」

「こういう場所、いいな。うちの会社でも作ろうと提案しようかな」

玖生の呟《つぶや》きが聞こえると、肩越しにそちらを見る。彼はソファに座ったまま上体を捻《ひね》り、大窓から望める景色に見入っていた。

「吉沢常務の賛同がもらえたら、一番いいかもね。決定権がある方だから」

「……そうだな」

不意に玖生の声のトーンが低くなった気がして、そちらに意識が向く。だが萌衣は、ひとまず二客のカップにカフェラテを淹れ、銘々皿《めいめいざら》に北海道のバターサンドやクッキー、塩気のあるせんべいなどの茶菓子を盛る。それらを載せたトレーを持ち、彼の方へ向かった。

萌衣はローテーブルにカップと銘々皿《めいめいざら》を置き、玖生の隣に腰を下ろした。

「どうぞ」

「ありがとう」

玖生がソーサーを手に取るのを見て、自分も倣《なら》う。カフェラテを啜《すす》ると、いい香りが鼻を抜けた。

「美味《おい》しい……」

玖生の深い感嘆の声に、萌衣も嬉しくなる。温かくて濃い味に心が癒やされるのを感じながら、彼に茶菓子も勧めた。

マンションのダイニングテーブルには、パウンドケーキやおかきなど、手軽に小腹を満たせるお菓子を置いている。玖生もよく手を伸ばすので、銘々皿《めいめいざら》に載せたお茶菓子も嫌いではないはずだ。

想像したとおり、玖生はバターサンドを一口食べるなり満足げに頷いた。それを見て、萌衣はにっこりした。

「うちの常務がよく北海道に出張で行くんだけど、そこで気に入ったらしくて、定期購入して置いてくれるの。ここだけでなく、階下のコミュニティスペースにも」

「俺も気に入った。うちでも定期購入しよう」

「玖生さんの部下……海藤さんも喜んでくれると思う。なんでも食べそうなぐらい大きいから」

萌衣は見事な体躯《たいく》を持つ海藤を真似るように、自分の身体を手で大きく見せる。笑うかと思いきや、玖生は微妙な顔つきで片頬を引き攣《つ》らせた。

「……いや〝うち〟っていうのは会社じゃない。家のことだ」

「えっ？」

そう言われて、萌衣は玖生が口にした〝うち〟の意味がようやくわかった。

「ごめんなさい。会社の話をしていたから、てっきり……。じゃ、わたしに任せて。玖生さんの家に届くように手配しておくから」

自分の勘違いに笑いながら、頭の中で〝バターサンド、定期購入、ネット、チェック〟とインプットする。その途中で、バターサンドを持つ玖生の手が動いていないことに気付いた。

「く、玖生さん？　どうしたの？　何か……？」

さりげなく面《おもて》を上げると、玖生が真摯《しんし》な目つきで萌衣を観察していた。いつもと違う様子に、萌衣の笑みが段々と消えていく。しかも、場が変な緊張感に包み込まれていった。

玖生に対してこれほど身構えたのは、初めて話しかけられたあの日以来だ。

結婚して、もう一ヶ月以上経つ。共に朝食を摂る生活を続けて、少しずつ二人の距離が縮まってきた。今もその最中《さなか》で、最近ではさらに打ち解けた口調で接している。

二人の関係はいい流れに乗ったと思っていただけに、玖生のただならぬ雰囲気に体温がぶわっと上昇し、首の後ろが湿り気を帯びてきた。髪は軽く捻《ひね》り上げてアップにしているので暑いわけではないのに、首の汗を拭《ぬぐ》って髪を払いたくなる。

ああ、お願い。何を言いたいのかわからない表情を向けないで……

「わたし、変なことを言った？」

そう言っても、玖生は言葉を発さない。しばらくの間、萌衣をまじまじと見つめるだけだ。

これ以上、萌衣が玖生の真意を汲み取るのは無理だと思い始めた時、彼が眉根を寄せた。

「一緒に生活する中で、萌衣が俺に慣れようとしてきたのは知ってる。そんな君を見て、俺も歩み寄らなければと思うようになった。それもあってか、意外に夫婦生活は苦ではないんだと知った。だが、あの姿は偽りだったんだな。俺の知る君は、家限定……。この俺がすっかり騙《だま》された」

玖生の様子が明らかにおかしい。別に怒ってはいないが、声音《こわね》の端々から萌衣を責めているように感じられた。でも、萌衣のどこに引っかかったのかさっぱりわからなかった。

「ごめんなさい。あの、わたし……何か間違ってた？」

恐る恐る訊《たず》ねると、玖生は手にした食べかけのバターサンドを銘々皿《めいめいざら》に置いた。

「最初に気付いたのは、景山専務の執務室だ。俺の元カノの話題が出ても無反応だった」

「元カノが女優だと知って驚いたけど、今は関係ないかなって」

「……だろうな。じゃ、俺と二人だけなのに、どうして叔母を常務と？」

立て続けの質問にどぎまぎしながら、萌衣はその時の状況を振り返る。

「義叔母《おば》さんだと知ったのはついさっきで、わたしの中では取引先の吉沢常務という位置付けだったから」

「確かに、萌衣は常務としての叔母さんと面識があったから、そうなるのが普通だ」

玖生は膝に両肘を載せて前屈みになり、淡々と話す。その間も自分の手元に視線を落としていた。こちらを見ていないのに、萌衣はそのとおりだと小刻みに頷く。

「わたし――」

これからきちんと義叔母《おば》さんって言うから――そう口にするつもりだった。しかし、顔を上げた玖生の目に射貫かれて、萌衣は何も言えなくなる。

「百歩譲って、その二つはいいとしよう。だが、どうして俺の家なんだ？　今は二人の家だろ？」

「えっ？　あっ……」

指摘を受けて、萌衣は愕然とした。

もう一ヶ月以上生活を共にしているのに、心のどこかでまだ玖生のマンションだという考えがあった。

まさか結婚を実感しきれてない？　――自分への問いかけに、心の中で激しく否定する。

してる！　しているが……

「あの、もう少し時間が経てば、もっと慣れると思う。……結婚生活に」

「それは暗に俺に文句を言っているのか？」

「文句？　……そんな風には言ってない」

玖生が自由気ままに過ごしていても不満はない。今のままでも充分幸せだし、その上で彼との結婚生活を大切にできたらいいと思っている。

「契約は忘れてないから。わたしは玖生さんに干渉せず、引かれた一線を越えないようにしながらも、妻としてきちんと振る舞って――」

迷惑をかけないから――と続けるつもりだった。

しかし、不意に玖生が何かに気付いたかのように目を見開き、萌衣を凝視しながら口元を手で塞いだ。そのため、開きかけた口を閉じた。

きっと玖生は、萌衣の自覚が足りないと思っているに違いない。

内容を理解した上で契約を結んだからには、それを求められているのが明白なのに……

「本当にごめんなさい。これからは気を付けます」

素直に謝るが、玖生は何も言わない。小さくうな垂れたあと、片手で髪を掻き上げて天井を仰ぎ見た。

「悪い。……今夜は帰らない」

「えっ？　帰ってこないの？」

結婚して初めての外泊宣言に、萌衣は緊張の面持《おもも》ちで訊《たず》ねた。玖生は「……問題でも？」と返す。

「ううん！」

萌衣はどぎまぎしながら否定した。お互いに干渉し合わないという契約がある。〝どこに？〟や〝どうして？〟などと訊《たず》ねるのは御法度《ごはっと》だ。にもかかわらず、玖生の纏《まと》う雰囲気がこれまでと全然違うこともあり、気になって仕方がない。

揺れ動く心情にまごつく萌衣にも気付かず、玖生は立ち上がる。穴が開くのではと思うぐらい萌衣を見つめたのち、大きく息を吐いて背を向けた。

「ま、待って！」

萌衣は思わず懇願してしまう。

衝動的な自分に驚く中、玖生が振り向いた。

「……何？」

「あの……」

「用があって呼び止めたんだろ？」

そんなつもりはなかったので、言葉など用意しているはずもない。

何か言い訳を、言い訳を……！

「ないのか？　だったら、もう行く――」

行く？　……一人で？　そうよ！

「義叔母《おば》さまが一時間後に迎えに来てって言ってたけど？」

玖生は萌衣を見つめたまま、気怠《けだる》げにため息を吐いた。

「叔母には俺から連絡を入れる」

そう言って、玖生は萌衣から顔を背《そむ》けると歩き出した。

萌衣は反射的に手を差し伸べて、玖生の名を呼ぼうとする。でも今度は声を出さず、伸ばした手をゆっくり下ろした。

その場で立ち尽くしたまま、玖生の後ろ姿を目で追う。コミュニティスペースから見えなくなると、萌衣は力なくソファに腰を下ろした。

「やっぱり怒らせてしまったんだよね？」

一番してはいけない真似をしてしまった自分に、本当に嫌気が差す。

「結婚って難しいな……」

そうは言っても、この道は自分で決めた。何もせずに諦めるわけにはいかない。とりあえず、玖生をもっと知ろう。

萌衣は使用済みのカップや銘々皿《めいめいざら》を片付け終えると、秘書室に戻ったのだった。

＊＊＊

銀座にある、会員制高級クラブ〝藤紫《ふじむらさき》〟。

こだわり抜かれた調度品と内装が目を引く豪奢《ごうしゃ》な室内では、色鮮やかなカクテルドレスを身に纏《まと》ったホステスたちが、上客を相手にしている。

ホステス――豊かな膨らみの谷間を惜しげもなく晒《さら》す美蝶たち。黒服に呼ばれるたびにソファからソファへ飛び交う姿を目の端に入れながら、玖生はブランデーを飲んでいた。

ブルボン朝に存在した国王ルイの名を借りたそれは、照明を受けて琥珀色《こはくいろ》に輝いている。何百種類の原酒がブレンドされても濁《にご》りがない、実に飲みやすいコニャックだった。

「まさか俺にも内緒で結婚してたとはね。玖生は新婚なのか……。そんな響きが似合わない男が」

そう言って苦笑いしたのは、島方製薬会社社長の甥、島方誠司《しまかたせいじ》だ。MRを統括する医薬情報部部長補佐を務める幼馴染《おさななじ》みの彼とは、月に一、二回会うぐらい仲がいい。

それで今夜も誠司に連絡を入れた。しかし、最初は〝アフターがあるから駄目〟と言われて諦めた。だが気心知れた彼と話して、もやもやを吹き飛ばしたかった玖生は、無理を言って会う約束を取り付けたのだ。

玖生は誠司がいるクラブまで足を運び、ほんの十数秒前に契約結婚した件を洗いざらい話したところだった。

「切羽詰まっていたのを知ってるだろ？　俺に結婚願望はない。だがこうなった以上、妻としての生活は保証するつもりだ」

「そう思ってるんなら、何をごちゃごちゃと悩む必要がある？　取引先の美女に白羽の矢を立てたんだろ？　お前が選んだ道だ」

玖生は、彫りが深く、短くアップバングの髪型にした誠司を見つめ返す。

誠司の言うとおり、これは自分が決めた結婚だ。萌衣は、最初に交わした契約を律儀に守ってくれている。にもかかわらず、予想を裏切る彼女の行動の一つ一つに心がもやもやしてしまう。

「お前はいいよな。親族から〝どこそこの令嬢との縁談がある〟と写真を持ってこられなくて。好き勝手できて、本当に羨《うらや》ましい」

玖生のぼやきに誠司はニヤリと口角を上げるだけで、手にしたブランデーグラスをくねらせた。

現在フリーでやりたい放題の彼は、余裕綽々《よゆうしゃくしゃく》だ。

何も問題がないから、クラブでアフターを入れることができるのだろう。

玖生は、誠司の隣に座るララに視線を移した。素肌と同化しそうな黄色のカクテルドレスに身を包み、豊満な胸元を惜しげもなく晒《さら》す彼女こそ、彼の今夜のアフター相手だ。

萌衣もこのくらいあるな――と思って、すぐに顔をしかめる。玖生は軽く咳払いし、再びララを観察した。

ララは二十四歳と若いながらも分《ぶ》をわきまえ、男性陣の個人的な話に割り込んでこない。二人のグラスの中身がなくなれば、すかさずそれを受け取って満たしてくれる。

ああ、こういう気が利く女性が誠司の好みだった――と思いながら視線を移すと、彼がニヤニヤしていた。

「何？」

「いや……結局何が問題なのかなと思って。契約とわかりきった上で結婚して、奥さんは玖生の自由を認めている。しかも、干渉は一切なしで」

「そうなんだ。萌衣は俺が一番大事にする部分を尊重してくれる。結婚生活に問題はない。なのにこう、もやもやして堪《たま》らないだけで」

「もやもやする理由は？」

玖生は顔をしかめて、グラスに入ったコニャックをぐいっと飲み干した。

「あら、氷が溶けてるみたい。新しいものを取ってくるから、ちょっと待っててね」

ララが誠司の膝に軽く触れてにっこりすると、テーブルにあるアイスペールを掴《つか》んで立ち上がる。

彼女は玖生をチラッと見てウィンクし、滑るような所作で歩き出した。

まるで〝あたしがいない間に、ゆっくり内緒話をしてくださいね〟と暗に伝えるかのように……

誠司が気に入るのもわかる。

細やかな気遣いに感嘆していると、誠司がニヤリと唇の端を上げた。

「ほら、今のうちに話せよ」

前のめりで催促する誠司に、玖生は大きくため息を吐いた。

「わかったよ……。ただ誠司の期待には添えないと思う。悩みという悩みじゃないから」

「性欲が溜まってるのか？」

玖生は首を横に振った。

「性欲を気にする余力はない。毎日がいっぱいいっぱいだ。とにかく、萌衣と結婚した件を両親に告げるまでに、二人の仲を進展させるのが先決だ」

「だから、さっさとセックスすれば？」

「セックス、ね……」

確かに女性との距離を早々に縮めようと思うなら、セックスに限る。けれども、それが萌衣に当てはまるとは到底思えない。

「俺をなんとも思ってない相手に手を出せると？」

「……は？」

「だから、萌衣は俺を……男として意識していない」

そう、萌衣は玖生をまったく気にもかけない。

契約条件を提示したのは玖生自身。そこに正常な夫婦関係はないが、萌衣はこの結婚に幸せを見出したいと宣言した。だったらある程度気にしても良さそうなのに、彼女は少しズレているのか、玖生の予想とは違う行動を取る。

叔母が元カノの話をしても、気にしなかった。叔母を親戚ではなく常務と認識し、一緒に暮らす今も、マンションは玖生のものだという感覚だ。

全てにおいて他人行儀だった。

「だがそれは、俺が望んだこと。これで誰にも縛られずに結婚生活を送れると踏んでいた。その予定だったのに」

真剣に話す玖生に対して、誠司がやにわにぷっと噴き出した。

まさか笑われるとは……！

玖生が誠司を睨《にら》み付けると、彼はお腹に手を当てて、本気で笑い始めた。

「お前、そんなに笑い上戸だったか？」

「いや、だって、俺の知る玖生じゃないから。女で苦しむ姿を見られるとはね」

玖生は鼻に皺《しわ》を寄せ、〝好きなように言えばいい！〟とばかりに鼻を鳴らした。すると誠司が、再び楽しげに肩を揺らす。

いつまでも笑ってろ。お前だっていつの日か恋人に悩まされるさ――と心の中で吐き捨て、ソファにふんぞり返る。

しかしその時、頭の中にクエスチョンマークが浮かび上がった。

どうして〝お前だっていつの日か恋人に悩まされる〟と思ったのか。たとえ恋人ができても玖生の立場とは違うのに、自分と同列に並べるとは……

それにしてもいったい萌衣の何が玖生を惹き付けるのか。彼女との距離感に満足しているにもかかわらず、彼女の心が読めないせいで、自然と姿を追ってしまう。

これまでの元カノとタイプが違うこともあり、余計に調子が狂うのだろうか。

玖生はふとここ最近の生活を振り返った。

その理由を追い求めようとするが考えれば考えるほど、頭の中がぐちゃぐちゃになる。

こんな思いをしたのは人生で初めてだ。

萌衣といるだけで目が離せない、彼女が気になって仕方がないという悪循環に見舞われるとは……

「俺の知る女と全然違うから、調子が狂うんだと思う」

「違うなら、とことん話して知ればいい」

誠司の呟《つぶや》きに即座に「ああ」と返事して、玖生はハッとした。

そう、気になるのなら暴《あば》けばいい。どうして今回に限って、遠慮をするのか。これまでの相手は恋人で、妻ではなかったからか？　彼女と過ごす時間が想像していたよりも居心地がいいからか？

玖生はいつもの自分とはほど遠い行動に笑いたくなってきた。

「何がそんなに楽しいんですか？　向こうまで笑い声が聞こえてましたよ？」

アイスペールを手にしたララと、彼女より若く赤いミニのスリップドレスを着たホステスが入ってきた。

「サナって言います。よろしくお願いします！」

元気いっぱいのサナは今年短期大学を卒業し、先月から働いているという話だった。ララと違っておしゃべりで、落ち着きがない。

高級クラブらしからぬ行動をララに窘《たしな》められたが、サナは意に介さない。玖生の横に座るとすぐにコニャックを注いで手渡してきた。

「ありがとう」

「あたしも飲みたいな」

ララが誠司に甘く強請《ねだ》る。

「何が飲みたい？」

「ふふっ、ちょうど今――」

そう言って口にしたのは、ピンク色のボトルが目印のロゼのシャンパン名だった。ベリー系の香りだが、口腔で炭酸が弾けるとアーモンドの風味が広がり、スパイシーな味へと変わる。

玖生の好みではないが、仕事の付き合いで立ち寄るクラブでも、ホステスが好んでよく注文する有名な高級シャンパンだ。これを一本入れると、ホステスのステータスが上がるらしい。

「いいよ。一本入れてあげよう」

誠司がホステスたちに頷くと、ララが嬉しそうに彼の手を握って黒服を呼ぶ。彼女がシャンパンを頼む間、サナは玖生の腕に手を回してしなだれかかってきた。

「ありがとうございます！　今夜は楽しくなりそう……」

サナは柔らかそうな唇を開けて、豊満な乳房を腕に当ててくる。独り身なら彼女の誘いに乗っても悪くないと思うが、〝妻〟を裏切るつもりはさらさらなかった。

玖生はサナに微笑みながらも〝勝手に触るな〟と伝えるように腕に絡める彼女の手をゆっくり払う。サナは軽く唇を尖らせるが、決して諦めない。

玖生は〝もっときちんと言わなければ駄目か……〟と心の中でため息を吐く。そして、そのまま萌衣へと思いを馳せた。

家に帰ったら、萌衣といろいろな話をしてみよう。彼女の心が読めないからといって躊躇《ためら》うなど自分らしくない。

グラスに入ったブランデーを一気に飲み干して幾分《いくぶん》吹っ切れた玖生は、日付が変わっても誠司と楽しく飲んでいた。しかし、軽く酔いを感じたところで席を立つ。まだ飲むと言うご機嫌の彼を置いて、クラブをあとにしたのだった。

＊＊＊

三時過ぎに、玖生はマンションに戻ってきた。萌衣はあてがわれた部屋のベッドで、ドアが静かに閉まる音を聞いていた。

何故玖生の帰宅に気付いたのかというと、初めて外泊宣言を受けたことで気が昂《たかぶ》り、眠りが浅かったせいだ。

しかし玖生が帰ってきて、萌衣はようやく人心地がついた。

足音は玖生の部屋へ続く廊下へ向かうと思っていた。けれども音は遠ざかるどころか、萌衣の部屋の方に近づいてくる。

玖生らしからぬ行動に、妙な緊張感が増していた。じっと息を殺していると、なんと足音はドアの前で止まった。

ひょっとして、部屋に入ってくる⁉

神経が過敏になってきた頃、再び足音が聞こえたが、部屋に入るのではなく遠ざかっていった。

玖生がベッドルームへ戻ったとわかると、萌衣は飛び起きた。萌衣の知る限り、彼が部屋の前まで来たのは初めてだ。

「な、何？　……やっぱり昨日の出来事が原因⁉」

一瞬、萌衣の脳裏に〝不和〟の二文字が浮かんだ。すぐさま頭を振って追い払うが、思いも寄らなかった玖生の行動に萌衣は不安になる。

実は昨日玖生と別れて秘書室に戻ったあとも、彼が気になっていた。佐山から〝内定者の中に秘書に相応《ふさわ》しい人はいなかったな〟という話を聞かされても、心ここにあらずだった。

悪い方向に気持ちを引き摺《ず》られそうになっていたが、そうならなかったのは、榊原の元気な声が秘書室を明るくしてくれたからだろう。

ただ、ひとたび会社を出ると玖生とのやり取りが甦《よみがえ》り、それはマンションに戻るまで続いた。

日付を跨《また》いでも……

「もうダメ！」

じっとしていられなくなった萌衣は、ベッドを出て部屋続きのバスルームに入る。長い時間湯船に浸《つ》かり、強張《こわば》った身体の筋肉を解した。

その後、再びベッドで横になるが、睡魔は訪れない。何度も寝返りを打って寝やすい体勢を探すものの、どんどん目が冴えてしまう。

結果いつもより早い時間に起き、朝食の準備をするためにキッチンに向かった。


――一時間後。

広々としたシステムキッチンに立つ萌衣は、ちらっとベッドルームに顔を向けた。

「昨夜は飲んだのかな?」

何を作ろうかと迷ったが、萌衣はお粥《かゆ》を作ることに決めた。

玖生は飲んで帰ってきた翌朝は、塩味のお粥《かゆ》よりいくばくか濃い味付けを好む。今朝は台湾風豆乳粥《がゆ》にしよう。香辛料が効いた本場のお粥《かゆ》には敵《かな》わないが、これなら各々《おのおの》好みの味付けができる。

「よし!」

萌衣は生米を研《と》ぎ、取り出した土鍋に水や胡椒《こしょう》を入れて中火にかける。その間に、挽肉を取り出し、梅風味の甘辛そぼろ肉を作る。他には温泉玉子、鮭、大根葉の炒め物などを用意し、さらにデザートとしてフルーツヨーグルトを合わせた。

しばらくして、土鍋に無調整豆乳を入れて鶏ガラスープの素も入れる。十分後には、美味《おい》しそうな豆乳粥《がゆ》ができあがった。仕上げに味を調えていると、ドアが開く音が聞こえた。

「いい匂いだ」

「おはよう。もうできるから」

萌衣が面《おもて》を上げると、ちょうど玖生がこちらに歩いてくるところだった。スウェットのズボンに長袖シャツというラフな姿だが、彼から滲《にじ》み出る男の色気に目が離せなくなる。

玖生は、カウンターを回ってキッチンに入った。

「お粥《かゆ》？　昨夜はかなりお酒を飲んだから、これは嬉しい。ありがとう、萌衣」

寝起きだというのに、白い歯を零《こぼ》す玖生が眩《まぶ》しくてまごつきそうになる。それを必死に隠しながら、萌衣は傍で立ち止まった彼の手元に視線を落とす。

「そんなに飲んだの？」

「ああ」

そう言って、玖生が蒸らし中の土鍋に顔を近づける。

突如、フローラル系の香水が匂ってきて萌衣は言葉を失った。

昨夜は女性と一緒だった？　こんなに香水の匂いが身体に染みつくほど近くに？

玖生に腕を絡ませる可愛らしい女性を想像しただけで、胸を締め付けられる。

「うん？　どうした？　眉間に皺《しわ》が寄ってる」

玖生が萌衣のそこに手を伸ばして、指で撫でてきた。予想もしなかった行動に、萌衣の身体がかちんこちんに固まる。

萌衣の戸惑いを感じたのか、玖生が訝《いぶか》しげな顔で手を下ろした。

「何かあった？」

「あの、えっと……、テーブルにセットする間にシャワーを浴びてきてもいいよ」

「シャワー？　仕事に出る前に浴びるよ。……もしかして、酒が臭う？」

玖生が素早く腕を上げて、くんくんと嗅《か》ぎ出す。その様子があまりにも面白くて、萌衣はようやく笑みを零《こぼ》した。

「大丈夫、臭くはないから」

そう、アルコール臭が気になるのではない。萌衣の神経を逆撫でしてくるのは、女性の残り香だ。

「あの――」

感情のまま女性の件を訊《たず》ねようとして、慌てて口を噤《つぐ》む。

ダメ、私生活にまで足を踏み込めば結婚生活が危険になる！

「何？」

小首を傾げる玖生に、萌衣はすぐさま土鍋を指して話題を変えた。

「今、食べる？」

「ああ。実のところ……お腹が空いてる」

「じゃ、用意するね。座って」

萌衣に促《うなが》されても、玖生はランチョンマットの上にお箸やお椀を出して並べ始めた。結婚して以来、彼が朝食の準備を手伝うのは初めてだったため、萌衣は驚いた。

週末ならいざ知らず、平日なのに……

萌衣は玖生が動いてくれるのを横目で見ながら、四人掛けのテーブルに鍋敷きを置いて土鍋を載せ、先に作った肉そぼろや薬味、温泉玉子を並べた。

着席する頃には蒸らしも終わり、蓋を開ける。台湾風の豆乳粥《がゆ》のいい匂いに頬を緩《ゆる》ませて、お椀によそった。

「肉そぼろは入れていい？　梅風味の甘辛い味付けにしてるんだけど……」

「ああ、かけてくれる？」

萌衣は頷き、豆乳粥《がゆ》の上にそれと青ネギをかけ、玖生の前に置く。あとは彼が好きに味変を楽しめるように、ラー油や塩、胡椒《こしょう》などの調味料を差し出した。

「いただきます」

手を合わせた玖生は、まず豆乳粥《がゆ》を口に運んだ。

毎朝玖生の口に合うかなと心配になるが、少しずつ彼の好みがわかってきたお陰で、今朝も美味《おい》しそうに食べてくれている。お腹が空いていたのか、彼はぺろりと二杯食べ、三杯目で一呼吸置いた。

「この肉そぼろ、美味《おい》しいよ。梅肉が利いてる」

「ありがとう」

萌衣はようやく自分も味見をする。梅肉を入れすぎたかなと思っていたが、それほど酸っぱすぎない味に仕上がっていた。

「実家の母が、よく作ってくれた味付けなの。調子が悪い時は梅干しが一番いいのよって感じで」

「この味付けは気に入った。俺も梅干しが好きだし」

それは嬉しい発見だ。来年は自分で漬けるのもいいし、いろいろな商品を取り寄せるのもいい。

「良かった。食の好みが同じだと、生活も楽しくなるね」

「俺と楽しく過ごしたい？」

豆乳粥《がゆ》を食べていた玖生は、真剣な面持《おもも》ちで萌衣の目を見つめる。あまりにも強い眼差しに、萌衣は困惑した。

「わたしは――」

「契約結婚とはいえ、夫婦になったんだ。俺も……萌衣には心を開きたい。そのせいで気まずくなっても、一緒に暮らす以上そうするべきだ。言いたいことがあれば遠慮せずに言ってくれ」

玖生の言う意味はわかる。共に生活する以上、お互いに過ごしやすい環境を作るべきだからだ。

食の好みもしかり、価値観もしかり。お互いの共通点が多ければ多いほど、結婚生活にもメリハリがつき充実した日々を送れる。

だがそうした結果、玖生が離婚を言い出さないだろうか。

二人の間に横たわる契約に縛られて、声が出ない。

この結婚を続けたいから……

「言えない？」

玖生に再度問いかけられ、萌衣は面《おもて》を上げた。

「じゃ、俺から言おうか？」

土鍋で作った豆乳粥《がゆ》を一人で半分以上食べた玖生は、お腹いっぱいになったのか、箸を置いて湯飲みを手にした。

湯飲みの中身を揺らして一口啜《すす》ると、テーブルに置く。

「俺たちは夫婦だ。かと言って、完全な……夫婦ではない」

わかってる。契約の上での結婚のため、世間一般の夫婦とは違うというのは……

萌衣が神妙に頷くと、玖生は眉をひそめた。

「俺の言っている意味、通じてる？」

「わたしたちの結婚は契約の上に成り立ったものだから、普通の夫婦と違うってことでしょ？」

途端、玖生は瞬《まばた》きをして萌衣をまじまじと凝視する。そして、疲れたように嘆息した。

「早く抱いておけば、お互いの心にある壁を取っ払えたのに」

抱く？　抱擁するってこと？

萌衣は玖生の言葉を心の中で反芻《はんすう》するが、やはり言っている意味を理解できなかった。

「あの……？」

「別室を与えるべきじゃなかった、萌衣と同じベッドで寝るべきだったと言ってるんだ」

同じベッドで寝る？　わたしと？　――そう思うや否や、玖生に組み敷かれる光景が脳裏に浮かんだ。萌衣にとって未知の世界を示されて、心臓が激しく動く。

えっ？　……えっ⁉

萌衣の頬が熱くなってくる。愛し合う行為を連想してしまったせいで、萌衣の頭の中はぐちゃぐちゃになりそうだ。しかし不思議なことに、玖生とセックスの話をするのは恥ずかしいが、それを彼に求められるのは嫌ではない。

　夫だから？

「昨日は悪かった」

「昨日？」

　急に謝られて、萌衣はきょとんとする。話の展開が早くて追いつけない。

　そんな萌衣に気付かず、玖生はこちらを一心に見つめる。その真摯《しんし》な双眸《そうぼう》に、また違った意味で萌衣の心臓が跳ね上がった。

「萌衣を置いて帰った件だ。一番の理由は〝もう少し時間が経てば、結婚生活に慣れると思う〟みたいな感じで言われたのがネックだった。〝じゃ、これまでの生活はいったいなんだ？〟と思ったら居ても立ってもいられなくて。あのまま一緒にいれば、俺はさらにきつく問い質《ただ》していた。それが嫌で出ていったんだ」

　玖生が苦笑いして自嘲する。

　その姿に、萌衣は唖然となる。玖生と知り合って初めて、彼の新たな一面を見たためだ。

「自分の気持ちに向き合う時間が必要だった。それで俺の話を聞いてくれる友人に会いに行った」

「友人って、女性？」

　間髪《かんはつ》を容《い》れずに訊《たず》ねると、玖生は頭を振った。

「いや、幼馴染《おさななじ》みで友人の島方誠司って奴だ。……何故女だと思った？」

「えっ？　あ、あの……」

萌衣は言い淀む。

既に〝女性？〟と訊《たず》ねている時点でかなり踏み込んでいるのに、理由を言っていいのだろうか。

「言いたいことがあれば遠慮せずに言ってくれ。お互いを知る一歩になる」

力強い口調から、玖生がそうしてほしいという思いが伝わってきた。

ただこれでは、玖生が最初に提示した〝お互いに尊重するも干渉し合わない〟という部分が曖昧《あいまい》になる気がする。

どうしよう、どうしたらいいの？

「萌衣」

悩んでいる最中に再度せっつかれて、萌衣の手のひらがじんわりと汗ばんできた。

これ以上考えていてもこの話題は終わらない。だったら、少しずつ思いを口にした方がいい。

玖生の望みどおりに……

「えっと……キッチンでわたしの隣に立った時、玖生さんから香水の匂いがしたから」

「香水？」

玖生は顔をしかめて、自分の肩あたりを嗅《か》ぐ。

「どうして香水――」

そこで玖生が何かに気付いてハッとし、萌衣に視線を戻した。

「さっき言っただろ。俺から友人に会いに行ったと。誠司はクラブにいたんだ。隣にホステスが座ったから、彼女の香水が移ったんだと思う」

つまり、玖生が友人を誘ってクラブに行ったのではなく、友人がそこにいたから出向いたという意味？

「話を聞いてほしいと思わなければ、わざわざクラブまで足を運ばない」

あっけらかんと言い放つ玖生の言葉に、萌衣の胸が温かくなっていく。

「なんでも相談できる友達っていいね。わたしにも――」

高校時代からそういう友人がいて――と続けたかったが、玖生が萌衣を食い入るように見ていたので口を噤《つぐ》んだ。

「俺がクラブに行っても気にならない？」

突然の問いかけに、ビクッとなる。

この流れは、会社のコミュニティスペースで会話した際と似ている。

気にも留めない発言をしたせいで、玖生の態度が変わってしまった時と……

これからはもう絶対に同じ轍《てつ》を踏まない。

萌衣はすうっと息を吸うと、ほんの僅《わず》か口元を緩《ゆる》ませた。

「香水の匂いがした時、ちょっとショックだったかな。だけどわたしの友達だって、友人や上司との付き合いでクラブに行くから、別に構わない。ただ隠さずに話してくれたら嬉しい」

「ちょっとショック、か……。うん、まあ最初はそこからだな」

玖生は鼻を鳴らして呟《つぶや》くが、萌衣を見る目には相変わらず真面目な想いが宿っている。

「お互いにそうしよう。結婚生活を楽しいものにするためにも」

それこそ萌衣が望んでいた結婚だ。玖生との結婚を永続させるには、彼ともっと心を通わせる必要がある。そして愛を知っていきたい！

瞬間、心音が激しく打ち、一度も感じたことがないほど胸が熱くなる。萌衣は初めて心からの笑みを浮かべた。

それを見た玖生が、心持ち驚いたように息を呑む。でも、そんな玖生の様子など気にならない。

最初はどうなるかと思ったが、朝食の時間が終わる頃には二人の会話は和気藹々《わきあいあい》としたものとなった。

その後、二人とも出勤の準備を始める。そしてこの日初めて、萌衣は先に出勤する玖生を玄関口で見送った。

ほんの少しだけ腹を割って話しただけでこんなにも心が楽になるなんて、本当に人生は不思議だ。この気持ちが、どういうものに変化していくのか楽しみでならない。

その意味がわかるのも……

「さあ、わたしも準備をしないと！」

簡単に掃除機をかけた室内を見回したのち、萌衣は自室に戻って通勤用の服に着替えた。

忘れものがないかを確認して玄関へ向かう。

「いってきます」

返事がないのはわかっているが、玄関のドアを閉める萌衣の口元はほころんでいたのだった。

第二章

日増しに秋の深まりを感じ始めた、十月上旬。

穏やかな天気のせいで眠気に襲われるのか、社内でも昼寝休憩を取る人たちが増えている。それを見るだけで、萌衣は〝平和だな〜〟とほんわかした気分になった。

秘書室内で諍《いさか》いはないし、景山との関係も良好。もちろん玖生との夫婦生活も順調。それで、心に余裕ができているのかもしれない。

「では、本日はこちらで失礼いたします」

オフィスビルのロータリーに呼び寄せたタクシーのドアが開くと、萌衣は景山に声をかけた。

「次の出社は週明けだ。役員室に来るのを忘れないでくれよ」

景山が人差し指を立てて、萌衣に念を押してくる。萌衣が彼の専属秘書となって以降、そんなヘマをした経験はないが、素直に頷いた。

「承知しております。お戻りをお待ちしております」

「うん」

タクシーに乗り込んだ景山の返事を受けて、運転手に合図を送る。するとドアが閉まり、タクシーは発進した。萌衣は頭を下げてタクシーを送り出し、視界から車が消えると歩き出した。

景山は健康診断で引っ掛かった箇所を再検査するので、今週いっぱいは出社しない。

その間、萌衣は秘書室に常駐して仕事をすることになっている。それが今から楽しみでならなかった。後輩たちが周囲を気にせず恋バナをするためだ。

どの話も勉強になるので、萌衣は頻繁にインプットさせてもらっている。景山の秘書になってからはその機会が減ってしまったが、今回はたくさん聞けるに違いない。

萌衣は胸を弾ませながらエントランスに入り、エレベーターホールへ向かう。

その時、首掛けストラップに付けているスマートフォンが振動した。

「雅也《まさや》？」

液晶画面に表示された日下《くさか》雅也の名前に、萌衣は思わず声を上げた。

エレベーターホールにいる人たちにちらっと見られて、萌衣は軽く微笑む。素知らぬ振りで太陽光が射し込むロビーに戻り、電話を取った。

「もしもし？」

『萌衣？　今大丈夫？』

訊《たず》ねるぐらいなら、いつもみたいに先にＳＭＳでメッセージを入れてくれたらいいのに――と思いながらも「大丈夫」と答えた。

雅也とは高校の同級生で、大学も一緒だった。卒業してからも仲が良く、かれこれ十年以上の付き合いになる。気心が知れた仲なのもあり、雅也と過ごすのは本当に楽しい。

しかし、常に会えるわけでもなかった。百貨店の販売促進部に所属する彼は、日本中のみならずアジア圏へも出張で飛び回っていたからだ。

そんな雅也の事情を知っているからこそ、強く咎《とが》められない。

「どうしたの？」

『どうしただって？　それはこっちのセリフだよ！』

前振りもなく怒鳴られて、萌衣は思わず目をぱちくりさせた。

「な、何？」

『もうかれこれ一ヶ月以上、僕との連絡を絶ってる。メッセージもなかなか既読にならないし、電話もかけてこない。心配するのは当たり前じゃないか』

「あっ……」

そういえばそうだった。玖生と出会ってからいろいろ大変で、雅也の件は後回しにしていた。

『僕をすっかり忘れてた？』

「そんな風に言わないで。いろいろあって、ね」

『僕だって長期出張で全国走り回ってたけど？　海外出張も二回入ってたけど？　それでも仕事と萌衣とのことは別だと思ってるのに？』

「ごめんなさい」

いつにも増してイライラしている雅也をなだめたくて、萌衣は素直に謝る。すると、彼のため息が受話器を通じて伝わってきた。

その音には〝仕方ないな〟という諦めの色が宿っている。

『いいよ。僕もさっさと電話をすれば良かったのに、家に戻ってもずっと――』

「美貴《みき》ちゃんと一緒だったんでしょ？　わかってる。雅也の一番大切な人なんだから、彼女を優先するのは言うまでもないって」

萌衣はにっこりして、雅也が付き合っている篠田《しのだ》美貴の話題を出す。

美貴は萌衣たちと同年齢で、雅也が参加した合コンで意気投合して付き合い始めた。三年が経ったが、二人は今もいい関係を築いているらしい。

残念ながら美貴とは会ったことがないが、彼女との話を聞いては羨《うらや》ましく思っていた。

『今夜会わないか？　ご飯食べよう』

「ご飯？　うん、いいよ。今夜は急いで帰らなくていいから」

ちょうど今朝、玖生から接待で遅くなると聞いていたので、今夜はお総菜などを購入して家でのんびりする予定だったためだ。

『最近家での用事が多いのか？』

「えっと……」

どうしよう。今、結婚した件を言うべきだろうか。でもまだ、玖生の婚約話を潰せていない。そっちが解決するまでは、黙っていた方がいいかもしれない。

他の人に話したせいで、玖生に迷惑をかける可能性もあるから……

「ちょっと、ね。早めには帰りたいけど、ご飯食べる分には問題ない」

『じゃ、場所はまたあとで知らせる』

「うん。連絡、待ってるね」

そう言って、萌衣は電話を切った。

「悪かったな……」

今夜は詫びも兼ねて萌衣が食事代を出そう。そして、いつもみたいに雅也との友好を深める！

「ふふっ」

久し振りに雅也と羽目を外して遊べると思うと、自然と笑みが零《こぼ》れた。

玖生との生活に不満はないし、結婚当初よりも今の方が充実している。とはいえ、やはり昔からの友人と玖生とでは違う。雅也は気を張らずに一緒にいられる、唯一の異性だからだ。

萌衣は今夜のことを楽しみにしながらエレベーターに乗り、会社に戻る。景山が休む間のスケジュールを調整するため、秘書室の自分の席に座ってパソコンの電源を入れた。

「あっ、会食の欠席の連絡を入れないと……」

萌衣は先方にお詫びの電話をかけ、改めて連絡を入れる旨を伝えて切った。加えて社内で行われる役員会議の欠席や、会議自体の延期の手続きなどをしていく。

そうしてある程度目前に迫った仕事を終わらせた頃、ＳＭＳに雅也からの連絡が入った。

「池袋ね……」

あっ、一応玖生に連絡しておこうかな——と思った萌衣は、ＳＭＳで玖生に〝今夜は友人と夕食を摂るので、帰宅は遅くなります〟と送信した。

再び仕事に戻ろうとスマートフォンをデスクに置くが、間を置かずに振動する。玖生からの返信だった。

一言〝楽しんでおいで〟のみだったが、妙に心が華やぎ口角が上がる。

「どうしたんですか？　とても嬉しそう！　もしかして、彼氏ですか？」

秘書室に戻ってきた榊原が、萌衣の手元を覗《のぞ》き込む。

萌衣は玖生とのやり取りを後輩に知られるのが恥ずかしくて、すかさずテーブルにスマートフォンを伏せた。

「あー、怪しい～！」

「何を言ってるの？　全然怪しくない」

まるで仔犬のようにじゃれてくる榊原の頭をポンポンと軽く撫でると、彼女が頬を膨らませた。

「あたし、水谷先輩に憧れてるんです。正直……どこで服を買っているのかとか、愛用のブランドや化粧品、美容院とかも全部知りたい」

「わたしの真似!?　絶対にダメよ。榊原さんにはその可愛らしい性格のままでいてほしい。わたしみたいな面白味のない女性にはならないで」

萌衣がそう言うとは思っていなかったのか、榊原は瞬《まばた》きする。

「面白味のない女性？　水谷先輩が？　……あ、あの、本気でそう思ってるんですか？　秘書室の誰もが憧れているのに？　吉住先輩がここにいれば、あたしに賛同してくれますよ」

必死に萌衣を持ち上げる榊原を、これ以上困らせるのは可哀相だ。いくら〝大した女性ではない。榊原さんの方がわたしよりとっても素敵だ〟と力説しても、彼女は受け入れないのだから……

それも全て、萌衣を尊敬してくれているからだろう。

「吉住さんと言えば最近見かけないけど、よく出掛けてるの？」

「そうなんです。佐山室長の補佐で、営業部の方へ。専属ではないですけど、ＨＡＳＥソリューションとの契約の件で担当になるとか」

「なるほど……」

ＨＡＳＥソリューションと契約を結び、これから忙しくなるため、担当秘書を付ける算段に至ったのかもしれない。

「じゃ、吉住さんがいなくて寂しいでしょう？　今週はわたしが秘書室にずっといるから、何かあったら頼って」

「ありがとうございます！　吉住先輩がいなくて暇して……あっ、ふふふっ」

榊原が舌を出して、自分の頭をこつんと叩いた。その仕草が半端なく可愛くて、自然と萌衣の口元が緩《ゆる》んでいく。

「えっと、仕事に戻ります」

敬礼した榊原は、萌衣の斜め前にあるデスクへ移動して座る。そして気持ちを切り換えて、仕事を始めた。

萌衣も榊原に倣《なら》って、再び仕事に集中した。先方のスケジュールの兼ね合いで多少手こずったものの、なんとか定時ギリギリで来週分を終えた。

秘書室では、部長などの指示待ちで残業する者もいれば、既に挨拶《あいさつ》を終えて出ていく者もいる。

「お先に失礼します」

残業決定の秘書たちに声をかけると、萌衣はバッグを持って会社を出たのだった。

——数十分後。


池袋駅で降りた萌衣は、雅也から送られてきた地図に従って北西へ向かう。多くの若い女性がいる通りを過ぎ、裏路地へ足を踏み入れた。

しばらくすると、人の数が格段に減った。会社帰りの人たちがいるので誰もいないわけではないが、薄暗い路地なのもありだんだん心許《こころもと》なくなってくる。

「この辺で合ってる？」

萌衣がきょろきょろしながら地図を信じて進むと、ドアの横に〝La Dolce Vita〟と書かれた金属プレートが目に飛び込んできた。

雅也が指定した店だ。

ボードやメニューが出ていないので、普通なら飲食店とは気付かず通り過ぎてしまうに違いない。そうならなかったのは、外にまで漂《ただよ》うミートソースの匂いに、そこがイタリアンのお店だと推測できたからだ。

毎回場所を指定するのは雅也だが、隠れ家風のお店を発見するのが本当に上手い。いったいどうやって見つけるのだろうか。

萌衣は立ち止まって感嘆していたが、我に返るとドアを開けた。

すぐに五十代ぐらいのふくよかな外国人女性が現れた。彼女は萌衣を見ると、流暢《りゅうちょう》な日本語で「お一人ですか?」と訊《たず》ねてきた。

「先にこちらに男性が来ていると思うんですが」

「ああ、あなたね。こっちにどうぞ」

陽気に奥へと誘う店員に続きながら、萌衣は店内を観察した。

レンガが填《は》め込まれた白い壁には油絵が飾られ、フロアには観葉植物が置かれている。さながら田舎のレストランに入り込んだ気分だ。

客層も若い男女から老齢の人たちがいて、それぞれが楽しそうにしている。

「あちらでお待ちですよ。あとで伺《うかが》いますね」

女性店員に示された場所へ意識を向けると、テーブル席に一人で座る雅也の姿が目に入った。

雅也は百八十センチという高身長で、空手選手の如《ごと》くがっちりした体型に髪を短く刈っている。顔立ちも良く、高校時代から桁違いにモテていた。

それは社会人になっても変わらない。

ただ残念なことに、恋人と付き合う周期が短い。今の恋人とは三年と一番長いが、これまでは短くて三ヶ月、長くて一年だった。

萌衣には知る由《よし》もないが、付き合っていればいろいろとあるのだろう。

「萌衣」

萌衣を認めるなり、雅也が片手を上げた。萌衣は彼の正面に腰を下ろす。

「早かったのね」

「ああ、仕事が早く終わったから。先に飲んでる」

雅也は朗《ほが》らかな表情でワイングラスを掲げる。

テーブルには牡蛎《カキ》のブルスケッタとバーニャカウダがあり、それを肴《さかな》にして待っていたようだ。

「ワイン、僕と一緒でいい？」

「うん」

「料理はもう頼んでるんだ。他に萌衣が食べたいのってある？」

メニューを広げ、雅也は既に注文した料理を指していく。どれもこれもイタリアの家庭料理らしく、萌衣が口にしたことがないものがほとんどだった。

「ううん、これだけあったら充分」

「わかった」

雅也が女性店員に合図を送り、シチリア産のワインボトルを追加する。そして料理も出してほしいと頼んだ。

「少しお待ちくださいね」

言葉どおり、取って返したスタッフがおしぼりとお皿、フォークを並べる。続いてワインボトルとグラスを持ってきてくれた。手際よくコルクを抜いて雅也に渡す。彼は香りを確認して、女性店員に頷いた。

「お料理、すぐに出しますね」

グラスに赤ワインを注いでくれた店員は、萌衣たちに微笑んだのちテーブルを去った。

「久し振りの再会に、乾杯」

「乾杯」

グラスを持つ雅也に合わせて掲げると、萌衣もワインを口に含んだ。シンプルな味わいだが、ほどよく果実の香りがする。あっさりした料理にも濃い味付けの料理にも合いそうな味だった。

「とても飲みやすい」

「だろ？　……ところで最近何をしてた？　仕事で忙しくしてた？」

「いつもと変わらない感じかな。今は上司の都合で、スケジュール変更に追われてる」

「大変だな」

「ううん、わたしの本分だから。雅也は？　出張で駆け回っていたんでしょ？」

牡蛎《カキ》のブルスケッタを一つもらい、口に入れる。オイル漬けの牡蛎《カキ》も口に合うが、バゲットにたっぷり塗ったカニ味噌のバーニャカウダは目が飛び出そうなほど美味《おい》しい。

「ああ、帰ってきたのは――」

「美味《おい》しい！」

雅也の話を遮《さえぎ》って反応してしまう。すると彼は苦笑いしながら、わざとらしく萌衣を睨《にら》み付けた。

「変わらないよな、そういう反応」

「ごめん。雅也の前だと、何も考えずに言っちゃう」

「まあ、それだけ心を許してるってことだし、良しとするか」

「そうだね、実の兄妹みたいに」

ふふふっと笑うと、雅也が片手で両目を覆った。

「兄妹かよ」

「ごめん、姉弟の方が良かった？」

雅也がうるさいと片手で払ったところで、ちょうど女性店員が料理を運んできた。

トマトとモッツァレラチーズを合わせたカプレーゼ、野菜ソースをたっぷりと載せた巨大なオムレツ、トマトソースがかかったライスコロッケ、薄く叩いたカツレツ、塩漬けラム肉のスパゲティ、そして海老の出汁《だし》が入ったリゾットがテーブル上に並べられた。

見ただけでお腹が膨れる量だが、雅也にかかれば一瞬だ。こんなに食べても無駄な贅肉《ぜいにく》が付かないのは、本当に羨《うらや》ましい。

「ごゆっくりどうぞ～」

女性店員が萌衣にウィンクして去っていった。

何かの合図かと思って小首を傾げるものの、すぐに意識は目の前の美味《おい》しそうな料理に釘付けになる。カニ味噌のバーニャカウダが美味《おい》しかったのもあり、他の料理にも興味が湧いていた。

「それで、いつ家に戻ったの？」

「今日」

「今日!?」

萌衣は銘々皿《めいめいざら》に料理をよそっていた手を止め、目をぱちくりさせながら雅也を凝視した。

「だったら、わたしなんかより美貴さんを優先しなきゃ」

「美貴とはいつでも会える。それに出張先に会いに来たから……別に久し振りというわけではない。だけど、萌衣と会うのは久し振りだろ？」

雅也の言うとおり会うのは久し振りだ。しかも、彼から送られたメッセージをずっと無視していた。彼が友人を心配するのも不思議ではない。

恋人を蔑《ないがし》ろにさせたのは雅也ではなく、萌衣なのだ。

「ごめん、わたしが連絡しなかったから……。でもこれからは、美貴さんを一番に大切にしてあげて。帰ってきた早々にわたしを誘ったってバレたら、彼女が怒るよ」

「怒らないよ。萌衣と僕は、十年以上の付き合いだと教えてるし。萌衣は気を回さなくていい」

「三年も付き合ってるから、彼女のことはよく知ってるって話ね。はい、はい、わかりました」

「〝はい〟は一回でいい」

じろりと見られて、萌衣は不機嫌も露《あらわ》に唇を尖らせる。だけどすぐに二人して噴き出した。

これは高校時代から続くやり取りで、雅也にやり込められた時に萌衣はいつも〝はい〟を二回繰り返していたからだ。

わたしたちの関係は全然変わらないね——と幸せな気分を味わいながら、萌衣は再び雅也の仕事について訊《たず》ねた。

「長かった出張が終わったけど、しばらくは落ち着けるの？」

「ああ。福袋担当者に引き継いだあとは、来年後期のフェアについての企画会議が始まるんだ」

「もう来年後期の話か……」

しみじみと言って、ライスコロッケに酸味の利いたトマトソースをたっぷり絡めて口に放り込む。そして、ワインを一口飲んだ。

「そうだよ。福袋だって最終段階に入ればもう再来年の企画だ。未来の話ばかりで、今を顧《かえり》みる余裕が全然ない」

「わかる。わたしは雅也と真逆で、とにかく一日一日を難なく過ごすだけで手いっぱいで」

特に今は……

「だから僕たちは合うんだよな。考えが違っても、二人が会える時はその時間を大切にするから」

「不思議よね」

「本当に。何故萌衣といると、居心地がいいんだろう」

初めてそんな風に言われたのは、高校一年の時のオリエンテーションだった。偶然同じグループになったことで意気投合したのが切っ掛けだ。

それから二人はよく遊ぶものの、萌衣とは違って雅也にはいつも恋人がいた。女性から近寄ってくるのだ。長続きしないのは残念だが、それは雅也たちの問題。あえて萌衣からは口出ししない。

ただ現在の恋人とは三年も付き合っているので、多少なりとも気にはなる。

年齢的にも、もう結婚するのかな……とか。

「もう十月も終わりか」

厳密に言えば、まだ半分も残っている。しかし忙しい雅也にしてみれば、頭の中にあるスケジュールからそう思ってしまうのだろう。

「萌衣の方の忘年会が決まったら連絡を入れてほしい。その日以外で空いてる日を教えるから」

「うん……」

素直に返事するが、結婚した今、あまり家を空けたくなかった。

玖生とはお互いに干渉しない契約のため、当然ながら萌衣も自由に動ける。だが、夫婦の距離感が掴《つか》めてきたところで萌衣が失態をしてしまい、一時は二人の関係が変わってしまった。もうこれ以上、変な動きをして夫婦生活を複雑にしたくない。

とはいえ、雅也との関係も大事にするつもりだ。ならば理由を教えればいいが、結婚した件は玖生の婚約話を潰せてからと思っているので、今打ち明けるのは控えたい。

だったら今日みたいに、雅也と飲むのは玖生が遅くなる日に合わせるしかない。

「そういえばさ――」

雅也が出張中に発見したお店について話し始める。萌衣は彼の話に笑っては興味をそそられたことを訊《たず》ね、料理に舌鼓《したつづみ》を打った。

そこで二時間ほど過ごしたのち、夜景が望める新宿のホテルバーへ移動した。窓向きに設置されたソファに腰を下ろし、今日の締めくくりとして雅也とグラスを傾ける。

萌衣はジンベースのホワイトレディに口をつけ、ほのかに広がるレモンの香りに微笑んだ。

＊＊＊

「今日はお時間を割いていただき、ありがとうございました」

「こちらこそありがとうございました。直接渡辺《わたなべ》さんからお話を伺《うかが》えて良かったです」

玖生はそう言って、朗《ほが》らかに微笑む男性に軽く頭を下げる。

渡辺は最近サブスクリプションで業績を伸ばしている、家具会社の経営企画部長だ。今回システム開発について直接話をさせてほしいという願いを受け、玖生自《みずか》ら足を運んだ。シティホテルの割《かっ》烹《ぽう》料理の座敷で仕事の話をしたのち、同ホテルのバーへ移り、奥まった位置にある半個室となったソファ席で、少し砕けた話をしていた。

しかし、そろそろお開きの時間になり、渡辺が立つ。続いて玖生も腰を上げた。

「いやいや、感謝したいのは私の方です。問題となるシステム関連の話も伺《うかが》えましたし。難しいところもあるかと思いますが、是非とも御社と手を携《たずさ》えていけたらと願っております」

玖生は直接的な返事を避けて手を差し出すと、渡辺がいそいそと握手した。

「このあとはどうされますか？」

本来なら渡辺に見送られる立場なのは玖生の方だが、そこは年配者を立てる。

「車を手配する間、こちらで待ちます」

「そうですか。では私どもは先に失礼させていただきます」

「それでは、いいお返事を待っています」

「また、ご連絡させていただきます」

挨拶《あいさつ》を終えると、渡辺は部下を伴って階段を下りていく。

渡辺の姿が視界から消えるまで立っていた玖生は、軽く首を回した。

「どう思う？」

半歩下がった場所に立つのは玖生の専属秘書、海藤孝史だ。

正直、秘書というより要人を守るＳＰと言っても過言ではないぐらい体格がごつく、武道にも長《た》けている。けれども、海藤は秘書の世界に飛び込んだ。

学生時代から先輩に尽くし続けた結果、それが快感となったらしい。社会人になっても誰かの役に立ちたいという理由で、秘書を目指したという話だった。

最初こそ驚いたが、海藤の心配りは心地いい。繊細でもあり、彼と付き合えば付き合うほど秘書としての資質の良さに気付かされた。今では彼に全幅の信頼を寄せている。

「サブスクリプションは今の主流に乗っています。抵抗を感じる者は少ないでしょう。独り暮らしの学生にしてみればありがたい制度です。社会人になると家具を新調したいと思いますから」

玖生はソファに移動して腰を下ろし、海藤にも座るように促《うなが》した。

「失礼します」

海藤は渡辺が座っていた位置に腰を下ろした。

「つまり、渡辺さんが提示したシステムを作れば、他の企業にも波及できると？」

「はい。若干システムを変更すれば、違う分野にも使えるかもしれませんね。そこはＳＥに訊《たず》ねてみて、可能であれば会議で決断すればいいかと」

それもそうだ。ＳＥの話を聞いてみるべきだろう。ただ今は、ウェルジェリアのシステム構築に尽力している最中なので、空いているチームがあるのかは不明だ。

「叔母が無理やり仕事を入れたせいだ」

しかしそれがなければ、叔母から萌衣を紹介されることも、彼女に直接声をかけることもなかった。

「萌衣、か」

妻となった萌衣を思い出すだけで、鼓動が速くなる。彼女との暮らしが思っていた以上に楽しいためだ。いくらか抜けているところもあるが、それすらも玖生の胸をときめかせる。

早く家に帰って会いたい——そう思いながら、玖生はウィスキーが入ったグラスを傾け、液体を全部飲み干した。

「さあ、帰……どうした？」

海藤に話しかけた矢先、彼の不機嫌さに気付いて言葉を呑み込んだ。

「最近の長谷川さんは〝萌衣、萌衣……〟と口にしてばかり。わかってますか？　奥さまとは契約結婚なんですよ？　どうしてそこまで彼女を気にされるんです⁉」

まるで兄の嫁に嫉妬する〝かまってちゃんの弟〟みたいな言い方に、玖生はぷっと噴き出す。

人に尽くすのが好きな海藤は、今は玖生一筋なのもあり、身の回りまで面倒を見てくれている。

その玖生が契約とはいえ、結婚したことに不満を持っているのだ。

結婚後、海藤が玖生を迎えに一度マンションまで来たが、駐車場で待たずにわざわざ家まで来たのは、妻の座を得た萌衣を観察したかったためと踏んでいた。

そこで悪い印象を得て〝酷い妻〟というレッテルを貼るつもりが、海藤の予想とは違って萌衣は出過ぎた真似をしなかった。

結果、海藤は拍子抜けしてしまった。とはいえ、全面的に受け入れたわけではなく、萌衣に対しては現在も敵愾心《てきがいしん》を捨て切れていない。

玖生はやれやれと首を横に振る。

恋人がいれば尽くす相手は変わるのに……

「萌衣は俺の妻だ。彼女と張り合うな」

釘を刺すと、海藤は歯軋《はぎし》りをしそうなほど奥歯を噛み締める。

玖生はそんな専属秘書が可愛くて唇の端を上げた。

「俺は海藤を頼りにしている。だから契約結婚の件も、社内ではお前だけに話したんだ。叔母と従妹《いとこ》は偶然知っただけ……。それを覚えておけ」

海藤は頼りにされていると実感したのか、満足そうに破顔した。

男らしさに満ちあふれているのに、本当に可愛らしい。

「さあ、帰ろう」

「はい」

玖生は立ち上がると、階段を下りてバーのフロアへ行こうとする。

その時、急にひそひそ話をする客にまじって、女性の楽しそうな笑い声が聞こえた。

普段なら気にもならないが、玖生の中にあるアンテナが何故かピンと立つ。自然と歩みが止まり、眉間に皺《しわ》が寄った。

「長谷川さん？　どうされました？」

「いや、ちょっと気になった――」

薄暗いバーに目を凝らすと、テーブルの上に置かれたランプの灯りを受けて微笑む女性の顔を捉《とら》えた。

「萌衣？」

こんな偶然があるだろうか。接待を受けたあとのバーで、萌衣に会えるとは思いもしなかった。

玖生の頬が自然とほころんでいく。

「奥さま？」

海藤が心持ち棘《とげ》の含んだ声を発するのも気にせず、玖生はそちらへ向かおうとした。しかし、萌衣の横に座った人物がおもむろに彼女の方に顔を寄せるのを見て、足が動かなくなる。

萌衣が親しげに微笑む相手は、同性ではなく男性だったからだ。

雰囲気から、上司でも同僚でもなさそうだった。ではいったい誰だ？

元カレ？　――そう思った刹那《せつな》、身体の中心に灯《とも》っていた小さな火が、ぶわっと燃え上がる。

さらに頭から湯気が出そうなほど体温が上昇していった。

裏切られたという怒り？　……嫉妬!?

これまで一度も経験したことのない心情の変化に、息が詰まりそうになる。

玖生は萌衣から顔を背《そむ》けると、足早に立ち去った。会計は渡辺が済ませているので、そのままエレベーターホールへ向かう。

「ロビーでよろしいでしょうか？」

海藤に頷くだけに留《とど》める。今口を開けば、必ず声に怒気を含んでしまう。醜態を晒《さら》すのは御免だ。

エレベーターを降り、エントランスへ移動する。タクシー乗り場へ先に向かおうとする海藤に、玖生は「いい」と告げた。

「どうしてです？」

「居酒屋に寄る」

「居酒屋!?」

まるで〝あなたがそんな場所で飲むんですか!?〟と言いたげな口調だ。

賑やかな場所でなら、何も考えずに酔えるのではという玖生の気持ちが、どうして海藤は理解できないのか。

いや、違う。海藤は萌衣が原因で、玖生が心を乱すという考えがないのだ。

「ですが！」

海藤といれば憂さ晴らしができるが、今は一人でいたい……

「ここで解散だ。気を付けて帰れよ」

「長谷川さん！　俺もお供します！」

玖生は身を翻《ひるがえ》し、追って来る海藤に〝来るな〟と片手を振って命令する。

直後、玖生の本気度が伝わったのか、足音が聞こえなくなった。

ようやく一人になれた――とホッとした玖生は、シティホテルの敷地を出て雑踏の中を進む。居酒屋の看板が目に入るや否や、迷わずにドアを開けた。店内はほぼ満席で賑わっていたが、偶然空いていたカウンター席に着席する。

酒の肴《さかな》を適当に頼み、生ビールを注文する。ビールジョッキが置かれるとすぐに飲み干し、肴《さかな》を食べながら三杯、四杯とビールを流し込む。

なのにまったく酔わない。

背後のテーブル席から聞こえる女性同士の会話や、両隣に座るサラリーマンの愚痴が耳に届いても、脳裏に浮かぶのは男性に微笑みかけた萌衣の表情。

賑やかな場所でアルコールに溺れれば、目に焼き付いた光景を思い出さなくてすむと思ったが、どんなに飲んでも甦《よみがえ》ってくる。

「くそっ！」

二人が顔を寄せ合う映像に縛られながら、さらに一杯、もう一杯とジョッキを空ける。かなり飲んだことで酔いが足にきたが、頭の中は冴えていた。

言いようのない感情に囚われたまま居酒屋を出ると、タクシーを拾い、仕方なく深夜一時過ぎにマンションに戻った。

玄関のドアを開けて耳を澄ますと、室内はシーンと静まり返っていた。萌衣が帰宅していないのではという焦りに襲われる。

玖生は廊下を真っすぐ進み、自分の部屋とは反対方向へ曲がった。そして結婚して初めて、萌衣の部屋のドアを開ける。

ほのかに花の香りが漂《ただよ》ってきた。萌衣に近づけば絶えず鼻腔をくすぐる、あの芳《かぐわ》しい匂いだ。彼女の存在を身近に感じて、自然と胸の奥がざわついた。

ベッドサイドにある常夜灯が点《つ》いているため、ダブルベッドは柔らかな光に包み込まれていた。そちらに惹き付けられるまま室内に足を踏み入れ、ベッドへと近づく。

萌衣はたくさんある枕のうちの一つを腕に抱え、すやすやと寝息を立てて眠っていた。

「良かった……、家にいた」

無意識に胸中を吐露してしまい、ハッとする。萌衣を起こしてしまったのではと不安になるが、起きる気配はなかった。

胸を撫で下ろした玖生は、枕元に立って萌衣を見下ろした。深く寝入っている様子から、彼女は早くに家に戻ってきたのだろう。

本来ならこのままベッドルームを出て、自分の部屋に戻るべきだが、足が動かない。

玖生は音を立てずに慎重にベッドに腰を下ろし、しばらくの間萌衣に見入った。

何故こんなにも萌衣のことを思うと、胸が締め付けられるのか。

萌衣が他の男といたから？　――そう問いかけて、はっきりと〝ノー〟と答える。彼女にだって付き合いがある。働いていれば尚更だ。そんなことで目くじらを立てるほど、了見は狭くない。だったらどうしてあの男性と一緒にいるのを見て、こんなにも苛立《いらだ》ったのか。

「……ふっ」

玖生は自嘲の声を漏らした。

嫌だったのだ。萌衣が自分以外の男性に、心を許していると言わんばかりの微笑みを向けたのが……

萌衣は玖生と暮らし始めた当初と比べて、本当によく笑うようになった。彼女といるだけで、玖生自身も自然と楽しくなったのも事実。そんな感情を芽生えさせた張本人を意識するのは、必然の流れだった。

まさか玖生を見向きもしない相手が愛おしくなるなんて……

萌衣の寝顔を凝視していた玖生はとうとう手を伸ばし、滑らかな頬に指を走らせた。その感触に喉の奥が詰まる中、顎《あご》のラインを通り唇へと滑らせる。

結婚する際に交わした契約を忘れたい、萌衣にはもっと干渉してほしい。

その時、萌衣が薄《うっす》らと唇を開いた。玖生の指の先がしっとりと湿り気を帯びるのに合わせて、一度だけ交わしたキスの味が甦《よみがえ》る。

ああ、萌衣がほしい……！

想いを抑えきれなくなった玖生は、萌衣の頭の横に片手を置いて身を乗り出す。体重を支えながら彼女の顎《あご》に指を添えると、顔を近づけていった。

＊＊＊

大型犬ラフ・コリーに似た狼が自分にのし掛かっていて、身動きが取れない。

萌衣は恐怖で悲鳴を上げたかったが、こちらを覗《のぞ》き込むつぶらな瞳に見入られて声が出なかった。

今から食べられてしまうというのに、狼が綺麗だと思うのはおかしすぎる。

これは夢だ。

そう感じるのに目が覚めない。狼から発せられる、飢えを満たしたいという欲求が気になるからだろうか。

「わたしを食べたいの?」

狼は牙を剥《む》くだけで、吠えない。こちらの一挙手一投足を窺《うかが》い、萌衣が動く隙を狙っている気がしてならなかった。

萌衣はおずおずと狼に手を伸ばす。想像よりも滑らかな手触りと体温に、妙に心の安らぎを得られた。

本当に不思議だった。狼に押さえ込まれているのに怖さを感じないなんて……

萌衣は狼の重みを感じながら瞼《まぶた》を閉じた。身体の力を抜き、緩《ゆる》やかに深く沈み込んでいく感覚に身をゆだねた。

直後、湿った吐息を唇に感じ、そこをついばまれる。

わたし、食べられちゃうんだ——そう思うものの、鋭い牙は肉を引き裂かない。それどころか、狼は萌衣の唇を貪《むさぼ》る。

その行為は身体の芯に火を灯《とも》すほど淫《みだ》らで、心臓がトクントクンと早鐘を打ち始めた。下腹部の深奥で熱いものが渦巻き、ざわざわしてくる。

ああ、早く目覚めないと……

「つん……うん」

萌衣は呻《うめ》き、重たい瞼《まぶた》を開けようと頭を動かす。

「萌衣……」

眠っている時に名前を呼ばれるのは実家暮らし以来なので、自然と眉根が寄る。

いったい誰？

萌衣はまだ引っ付きそうな瞼《まぶた》を、無理やり押し開く。

「……えっ？」

いきなり目に飛び込んできたのは、なんと玖生の顔だった。しかも彼は、萌衣の身体を両手で囲み、覆いかぶさっている。

いったい何が起こっているのかわからず、萌衣は寝ぼけ眼《まなこ》で玖生を見上げた。

「玖生さん？　あの……」

もちろん萌衣の部屋に入ってこられたのは初めてなので、かなり驚いている。しかし、彼が断りもなく入ってきたのには、理由があるはずだ。

ひょっとして接待で飲み過ぎた？　気分が悪いのに、二日酔いの薬が見当たらないとか⁉

「二日酔いの薬ね。今すぐ出してきて――」

萌衣は起き上がろうとするものの拒まれる。不思議に思って玖生を窺《うかが》うと、彼が体重をかけて萌衣の唇を塞いだ。

これは何？　キ、キスされてる⁉

突然のキスに眠気はどこかへ吹っ飛び、身体が硬直していく。ぴくりとも動けない萌衣が、目を見開いたまま言葉を失っていると、玖生がちゅくっと唇をついばんで顔を離した。

「今夜、君がほしい」

いつもと違って、熱情みたいなものが含まれた玖生のかすれ声。

初めて聞く声質で耳孔の奥を刺激され、萌衣は引き攣《つ》った息を漏らした。

「俺たちは夫婦だろ？　それに永続的な関係を望んでいるのなら……俺を受け入れるべきだ」

「わたし……」

「他に好きな男がいるのか？」

「好きな？」

あたかも浮気をした恋人を問い詰めるように睨《にら》まれ、きょとんとする。

好きな人がいたら、契約結婚なんてするわけがないのに、どうしてそんな風に訊《き》いてくるのかわからない。

そこでふと、狼の夢が脳裏に浮かんだ。

こんな風に体重をかけられても、男性から直接的な欲求を向けられても、怖いというよりドキドキしている。狼に襲われて怖いはずが、何故か惹き寄せられた時と同じだ。

「そうだ。……萌衣の心に住む男がいるのか？」

結婚して以降、萌衣の心に住む人物は玖生しかいない。しかしそれを言うのが恥ずかしくて、萌衣は視線を彷徨わせた。

「いるんだな？」

玖生の声音《こわね》が一段と低くなる。

萌衣は玖生に顎《あご》を掴《つか》まれ、彼を見るように促《うなが》される。なんと彼は、苦々しい表情で萌衣を見下ろしていた。

「くりゅ……」

「だが……君は俺の妻だ！」

玖生が、再び萌衣の唇を封じた。

「……ンッ！」

あまりの激しさに身体が強張《こわば》るが、玖生は構わず唇を貪《むさぼ》る。

これが男性の欲望。初めての口づけとは全然違う、男の荒々しさや力強さに、くらくらしてきた。

萌衣は玖生を押しやろうと肩に触れるが、逆に彼に手首を掴《つか》まれて阻《はば》まれる。そのまま頭より少し上の位置で押さえ付けられてしまった。その状態で、吐息さえも自分のものだとばかりに玖生は萌衣の唇を挟んでは吸ってくる。

「ぁん……っふ……ぁ」

下半身に体重をかけられて、萌衣は動きを封じられる。求められるまま、甘受するしかできなくなった。

「待っ――」

息苦しくなって口を開けると、するりと生温かな舌が口腔に滑り込んできた。

「んふ……っ」

大人なキスに知識が追いつかない。過激になればなるほど、どんどん唾液が口の中に溜まる。

玖生はそれをものともせず、目まぐるしく舌を蠢《うごめ》かせた。逃げる萌衣を巧みに追いかけて、雁字《がんじ》搦《がら》めにしようとしてくる。

萌衣は万事が初体験なため、次第に脳の奥が痺《しび》れてきた。一方で、身体が悦《よろこ》びに包み込まれていく。

萌衣の手が小刻みに震えてきた頃、玖生が不意に上半身を起こした。彼は大きく肩を上下させ、まるで階段を急いで駆け上がったみたいに荒々しい息遣いをする。

余裕のなさが、萌衣の目にも明らかだった。

女性に不自由したことがない玖生が、ここまで乱れるなんて……

初めての萌衣ならいざ知らず、百戦錬磨であろう玖生が必死に求めてくるとは信じられない。

「玖生さ……」

「何も言うな」

名前すら呼んじゃいけないの？　――という言葉が出そうになるが、喉の奥で引っかかってしまう。玖生が距離を縮めてきたからだ。

再び唇を塞がれると思いきや、玖生は萌衣の首筋に顔を埋《うず》め、耳朶《じだ》付近を吸った。生き物の如《ごと》く這ってくる舌に、背筋がぞくぞくする。

頭の中に霞《かすみ》がかかるのに伴って、ロングTシャツの下の乳房も異様に張り詰めていった。先端に痛みも感じる。玖生の目に晒《さら》されているわけでもないのに、手で隠したくなる。

けれども両腕を押さえられているので、それは叶わない。いや、拘束されていなくても両腕に力は入らないだろう。それぐらい自分の身体とは思えないほど、四肢の力はだらりと抜けていた。

感じるのは、玖生が萌衣の素肌に捺《お》す刻印のみだ。

「あ……っ、……んぅ」

上掛けを剥《は》ぎ取られ、大腿から腹部あたりまで冷たい空気に触れるのがわかる。寝ている間に裾が捲《めく》り上がっていたのだ。

「ん……っ、あっ……待って、わたし……」

何をどうしたいのかもわからず、恥ずかしさから声をかける。

「話すなって言っただろ？」

ぴしゃりと言い放った玖生は膝立ちし、スーツの上着を脱ぐ。ネクタイの結び目に指を差し入れて器用に緩《ゆる》めると、引っ張った。それをベッドの外へ放り投げて、シャツのボタンを外していく。

萌衣は、そんな風にスーツを脱ぐ玖生に目が釘付けになる。

景山や雅也が上着を脱ぐのを見たこともあれば、背後に回って手を貸したこともある。だから珍しいわけではないのに、所作の一つ一つから意識を逸らせない。

自分が素足、腹部、小さなパンティを露《あらわ》にした淫《みだ》らな格好をしているとわかっていても、展翅《てんし》された蝶のようにぴくりとも動かず、玖生に見入った。

玖生がベルトを抜き取ってズボンからシャツの裾を出すと、前がはらりと開ける。鍛えられた胸板と腹筋に、萌衣の目がさらに釘付けになった。

「自分がどういう風に俺を誘っているのか、わかってる？」

萌衣は答えられなかった。玖生は〝萌衣が〟と言ったが、彼の方が誘惑していたからだ。呼吸に合わせて波打つ筋肉、男らしさが滲《にじ》み出るその動きに、萌衣はいとも簡単に捉《とら》えられてしまう。

玖生が獲物を狙う肉食獣さながらの野性的な瞳を向けたかと思ったら、萌衣の腰に手を置いた。素肌を撫でられ、秘所に鈍痛が走っていく。

「……ンっ」

「勃ってる……。こうされたかった？」

生地で擦《こす》れているだけなのに、乳房の中心にある頂《いただき》は敏感になり、生地を強く押していた。

玖生はシャツの中に手を忍ばせると、それを豊かな乳房の上まで捲《めく》る。誰にも見せたことがない裸体を見られて、萌衣の身体が羞恥《しゅうち》で燃え上がった。シャツを下ろして隠したいが動けない。玖生が魅了されたように、萌衣の裸体を眺めているためだ。

「……っ！」

玖生が萌衣の乳房を手のひらで掬《すく》い、尖る乳首を指でかすめた。

慌てて顔を背《そむ》け、必死に漏れそうになる声を押し殺した。しかし、玖生の愛撫はより一層執拗になる。

萌衣は片手を枕の下に滑り込ませると、それを持ち上げて口に当てた。

「っん、っん……っぁ……ん」

信じられないほどの快《こころよ》い電流が襲いかかってくる。

「俺の手に余るぐらい豊かだ。張りがあって……とても美しい」

初めて男性から賞賛され、萌衣の頬が上気する。

どうしよう、恥ずかしいのに嬉しい！

胸を高鳴らせてしっとりした息を零《こぼ》した時、乳房の中央で色付く先端に温もりを感じた。玖生がそこを唇で挟み、ちゅくっと吸ってきたのだ。

「や……ぁ、ン……っ、ふぁ……」

なんとも言えない心地よさに、萌衣の身体がぶるぶる震えた。それは玖生にも伝わっているのに、彼は手を止めない。舌先で遊んでは舐め上げてくる。

玖生が一心不乱に胸に顔を寄せているのを思い描くだけで、下腹部の深遠が疼《うず》いて仕方がない。さらに双脚《そうきゃく》の付け根が痺《しび》れ、湿り気を帯びてくるのがわかった。

「んんっ……」

「俺に触れられて、硬くなってる。感じてくれてるんだな。こっちは……」

萌衣の乳房から手を離し、脇腹に沿って下がっていく。

どこに進んでいくの？　待って、待ってそこは……！

萌衣が枕に顔を埋《うず》めて赤くなった顔を隠した瞬間、玖生がパンティの中に手を滑らせた。黒い茂みを掻き分け、直に媚唇に触れる。

「くりゅ……あんっ！」

「わかるか？　萌衣のいやらしい蜜があふれてくる」

玖生の手戯によって、そこが生き物のように痙攣《けいれん》する。彼は花弁を開くと隠れた花芯を剥《む》き出しにし、指の腹で小刻みに振動を送ってきた。

くちゅくちゅと淫靡《いんび》な音が響き渡る。その音で、かなりの愛液が滴《したた》っているのが伝わってきた。

初めての快感に戸惑うのに、聴覚をも刺激され、何がなんだかわからなくなってしまう。

「ダメ、だ……メっん……あっ！」

玖生が淫唇を押し開き、愛蜜まみれの孔《あな》に指を挿入した。

萌衣の心臓が一際《ひときわ》高く弾む。窮屈な蜜筒に沈められた指に違和感を覚え、玖生を追い出そうと勝手にそこに力が入った。

「思ったより狭いな……」

玖生は不思議そうに言い、ふっと唇をほころばせた。

「萌衣が久し振りだと知って……俺がどれほど機嫌がいいかわかるか？」

萌衣は息を詰めながら〝久し振り？　違う、初めてなの〟と言いたくなるが、言葉はたちまち彼方《かなた》へ消えていった。玖生が指を深くまで進めたせいだ。

緩急をつけて抽送を始める。薄い粘膜を擦《こす》られる感触に慣れていないせいで、意識がそこから離れない。妙な感覚なのに、弄《いじ》られるだけで熱が広がった。

「ほぐれてきた」

玖生の囁《ささや》きに、身体が変になっていく。彼の指が出たり入ったりするたびに、腰が抜けそうな快《こころよ》い疼《うず》きに満たされていった。

「あっ、は……ぁ、んぅ」

狭い蜜孔が緩《ゆる》んでくると、玖生は淫液の助けを借りて指を奥まで進めた。

萌衣はされるがまま受け入れていたが、途中で目を開けた。既に心地いいのに、自分でも理解できない何かが迫ってきて、今以上に身体が変になりそうになる。

蜜壷に収まる玖生の指がやや太くなったのがわかるや否や、彼が手首を返して蜜壁を擦《こす》った。苦しさと気持ちよさが相まって、一瞬にして顔を歪ませる。

「ダメっ……う、ぁ……んふ……あ……んっ」

身体が変になっちゃう！　――と思ったところでようやくわかった。膣内に挿入している指が、いつの間にか二本に増えている。リズミカルに動くそれにより、尾てい骨から背筋に走る快感が二倍になって走った。

「ンっ、いやぁ……っ！」

萌衣はすすり泣きに似た喘ぎを漏らして抵抗するが、玖生の手技は止まらない。速くなるにつれて、ぐちゅぐちゅと淫猥《いんわい》な音が立つ。襲いかかる潮流に、身体が何度もビクンと跳ね上がった。

迫りくる甘美なものに抗《あらが》えない。聴覚をも襲われて、萌衣はひたすら淫声を上げる。

やにわに玖生の指が花芽をかすめる。針で刺されたような痛みに煽《あお》られ、瞬《また》く間に甘い電流が背筋を伝って脳天へと突き抜けた。

「んんんっ！」

身体がふわっと浮き上がる感覚と共に、熱いうねりが四方八方に広がっていく。

初めて我が身を包み込む四肢の痺《しび》れに、萌衣は身体を硬直させ、命綱の如《ごと》く枕をぎゅっと握り締めた。にもかかわらずものの数秒で高みから落下し、ベッドにぐったりと沈み込む。肩で息をしなければ呼吸を整えられないぐらい苦しい。

初めて体験した絶頂に陶酔していると、玖生が膣内を掻き回していた指を抜いた。

「……っんぁ」

少し動かしただけでいやらしい音が響く。そこはあふれ出た蜜液で、濡れそぼっていた。

男性から愛されると、こんな風になることに驚きを隠せない。しかし、これは恋人がいる女性なら誰もが経験する悦《よろこ》びだ。それが、ついに萌衣にも訪れた。

幸せのあまりうっとりした息を吐き出すと、こめかみに柔らかいものが触れた。

「あの有能で清楚な秘書が、可愛らしくイクんだな」

途端、萌衣の頬が紅潮していった。

玖生の理想とかけ離れていたのだろうか。それとも彼が付き合ってきた女性に比べて、自制できていなかったとか？

「萌衣……」

再び玖生が萌衣に迫ってきた。勝手に反応してしまった自分が恥ずかしくて、萌衣は力の入らない手で彼を押し返そうとするが、逆に手を取られた。

玖生は萌衣を自分の方へ引き寄せ、顔を傾ける間も決して目を逸らさない。萌衣を捉《とら》えたまま皮膚の薄い手首に唇を押し当てた。

「……っ！」

思わず目を眇《すが》めて呻《うめ》く。それでも玖生は吸い続けた。

十数秒経った頃、ようやくそこを舌で舐めて顔を離す。手首の内側に、赤い花が咲いていた。後輩たちの首筋に咲いていたものと瓜二つだった。

これがキスマーク――そう思って赤い花に見入っていると、玖生が再びそこに口づけた。

「他の誰でもない。俺が萌衣をこんな風にさせてる」

玖生は熱っぽい眼差しで、萌衣を射貫く。男性の色香を目《ま》の当たりにして、萌衣は眩暈《めまい》を起こしたようにくらくらしてしまう。

不意に、玖生は萌衣の手を彼の首の後ろへ持っていく。萌衣が反射的にそこを掴《つか》むと、彼にひょいと引っ張り上げられ、パンティをするりと脱がせられた。

嘘！

萌衣はできるだけ腕に力を入れて玖生に身体を寄せ、火照《ほて》った顔を隠した。

きっとパンティはびしょびしょに濡れている。それを見られるのがどんなに恥ずかしいか、玖生にはわからないだろう。そして男性の前で、初めて秘められた部分を晒《さら》す行為も……

「力を抜いて」

無理だ。玖生が求める行為に怖さはないが、緊張でどうにかなりそうなのに、リラックスなんてできない。

このまま先に進めばどうなるのか。

玖生が少しずつ腰を曲げるにつれ、萌衣の身体も後方に倒れていく。萌衣は手を滑らせて彼の腕に縋《すが》り付くが、そのままスプリングの効いたベッドに仰向けにさせられた。

声を発せられないほどの羞恥《しゅうち》に見舞われつつも、未知の世界に足を踏み入れる瞬間を期待している自分もいる。

萌衣が玖生の腕の中で身震いすると、彼が萌衣の額《ひたい》に唇を押し付けた。

「ちょっと待ってて」

そう言うと、玖生はシャツを放り投げ、ズボンを脱いだ。ボクサーパンツで隠された男性自身が、萌衣の目に飛び込んできた。生地がはち切れそうに隆起したそこは、形がくっきりと浮かび上がっている。とても大きくて、太くて、自然と萌衣の口腔に生唾が溜まっていく。それを呑み込もうとしても上手くいかない。

玖生が恥ずかしげもなくボクサーパンツを下げると、息苦しさは一段と酷くなった。

窮屈な生地から解放された、赤黒い昂《たかぶ》り。それは勢いよく跳ね上がり、もの凄《すご》い角度で天を突いている。加えて芯が入ったみたいに滾《たぎ》っているのに、しなやかに揺れた。しかも玖生が動いても、決してうな垂れない。

経験豊富な後輩たちから男女間の赤裸々な艶話《つやばなし》を聞かされていたが、想像以上だ。

萌衣には未知の行為で、当時は腑に落ちなかったが、今は彼女たちが言っていたのがようやくわかった。

勃起すれば、こんなにも鮮烈なのだと……

玖生は萌衣に見られているとわかっているのに欲望で目をぎらつかせ、堂々とした所作で萌衣に覆いかぶさってきた。

「は……ぁ」

萌衣の大腿になすりつけられた玖生のものは、恐ろしいほど力強い。萌衣は瞼《まぶた》を閉じて視界を遮断するが、何もかもが初めてのせいで意識を逸らせない。

その時、玖生の手に胸の膨らみを包み込まれた。そこを揉みしだいては、乳首を捏《こ》ねてくる。

「ンっ、ぁ……んふ……ぁ」

鼻から抜ける悩ましい声。堪《たま》らず手の甲で口元を塞ぐが、玖生が急に耳孔に舌を挿《さ》し入れてきたので抑えられない。

「ぁん！」

ちゅくっという粘液音が響き、背筋にびりびりとした衝撃が駆け抜ける。一度達しているせいで、甘い潮流が下肢の力を奪うのは簡単だった。それでも身を捩《よじ》って耐えるが、すぐに崩れてしまう。

自分の意思ではどうにもならない。

「俺のためにもっと啼《な》いてくれ」

耳元で囁《ささや》かれて、萌衣の身体の熱が一気に上昇していく。脳の回路がショートしてもおかしくないぐらいの熱量だった。

どうしよう、どうしたらいいのか頭が回らない！

玖生がもたらす愛戯に身をゆだねるしかできず、萌衣は絶え間なく喘いだ。

次第に柔肌《やわはだ》をまさぐる玖生の手が下がり、脇腹を撫でて腰のラインに這わす。さらに太股へと伸びた。

「萌衣……」

玖生が萌衣の膝の裏に手を差し入れて、そのまま持ち上げた。ぐしょぐしょに濡れた花弁に冷たい空気が触れたことで、いやらしい姿勢を取らされていると気付く。

秘められた部分を開かされている！

「イ、イヤ……」

「嫌じゃない」

玖生の語気が心持ち強くなった。そこに苛立《いらだ》ちを感じて、萌衣は恐る恐る瞼《まぶた》を開ける。

すると玖生は苦々しい顔つきで萌衣を見下ろし、唇を求めてきた。しかし重なる寸前で止まり、艶《なま》めかしい息を吐く。

萌衣が身震いすると、玖生が生き物のように蠢《うごめ》く蜜口に雄々しい切っ先をあてがう。そしてキスしながら昂《たかぶ》りを挿入してきた。

「んあっ……」

指とは比べものにならない圧迫感に、萌衣の身体が一気に強張《こわば》る。狭い媚孔のみならず、濡筒を押し広げられた。

「ン……っ、んんふぁ……！」

悲鳴を上げるが、それは全て玖生の口腔に消える。くぐもった声さえも彼のものだと言わんばかりに、激しく口づけされた。そうしながら一度軽く腰を引いた彼は、再び一気に奥を貫いた。

「んんんんっ！」

破瓜《はか》の痛みで瞼《まぶた》の裏に火花が散り、萌衣は悲鳴を上げた。

身体中の熱が一気に沸騰し、まるで感電したみたいに身動きできなくなる。目の奥がちくちくし、涙腺が緩《ゆる》んでいった。目尻からあふれた涙は、こめかみへと流れていく。

痛みのせいですすり泣きが止まらない。すると、玖生が上半身を起こした。

「……初めて？　ま、まさか……」

玖生の言葉は聞き辛かったが、それでも何を言っているのかだけはわかった。

信じられないとばかりに、玖生の声帯が震えているのも……

萌衣は瞼《まぶた》を押し開け、濡れた瞳で玖生を見上げる。

「誰とも経験がない？　俺が最初の男？」

目を見開く玖生の顔からは、血の気が引いていく。きっと、未経験だった萌衣を疎《うと》ましく思っているのだろう。しかし、萌衣が処女だと見抜かれたからには嘘を吐いても仕方がない。

萌衣は正直に小さく頷いた。

途端、萌衣の蜜壷に埋《うず》められた玖生の怒張が意思を持ったように肥大した。今でさえ苦しいのに、より一層薄い皮膚を引き伸ばされて呻《うめ》いてしまう。

しかし、玖生はただ萌衣を凝視していた。

「信じられない……。男の興味を一身に浴びる君が、その年齢まで清らかなまま――」

玖生が顔を歪める。同時に、萌衣の蜜筒に包み込まれた彼の角度がさらに鋭くなった。

「あ……っ」

萌衣の上体がビクンと跳ね上がる。

玖生は歯を食いしばって息を殺していたが、数秒後に目をカッと見開いた。

やはり萌衣が未経験だというのが気に入らないのだ。玖生にとって、処女は面倒臭いに違いない。これも後輩たちからの受け売りだが、こんな風に痛がっていたら興が削《そ》がれてしまうと言っていた。仕事の波に乗っている上司の腰を折る、ダメ秘書と同じだ。

「ごめ――」

「悪い。初めてなのに……嬉しくて、止められない」

初めてなのが嬉しい？　面倒だとは思ってない？　――と、萌衣は額《ひたい》に汗を滲《にじ》ませて玖生に目で問う。

不安に駆られるものの、萌衣は彼の嬉しそうな表情を見て取り越し苦労だとわかる。それだけではない。蜜壷に収められた熱茎は、今もなお、力を失うどころか雄々しく漲《みなぎ》っていたからだ。

玖生は、それぐらい萌衣をもの凄《すご》くほしがっている。

恐れや喜びといったものを感じて、胸が高鳴った。

しばらくして、玖生がゆっくりと腰を引いた。硬くて太い剣がずるりと抜ける感覚に、思わず顔をしかめる。

でも裂傷の痛みは、小さくなっていた。玖生のものを収める鞘がぬめりを帯びているせいかもしれない。いや、その大きさに慣れたのだろう。

そう、萌衣を欲する玖生の熱量に……

玖生はゆったりしたリズムを刻み始め、萌衣の深奥を抉《えぐ》る。

「んっ、……ぁ、あ……っふ……ん」

「大丈夫だ、萌衣を気持ちよくさせてあげる」

甘い声で囁《ささや》き、玖生は萌衣の唇を優しくついばんだ。甘噛みしては唇で挟み、萌衣の喘ぎを引き出そうとしてくる。

「後悔はさせない」

玖生は乳房の上まで捲《めく》り上げた萌衣のシャツに手をかけ、簡単に脱がす。彼は素っ裸になった萌衣を眩《まぶ》しげに見つめてきた。

「この方が綺麗だ。……綺麗すぎてくらくらする。きめ細かな白い肌、手触り、そこから匂い立つ花のような香り。何もかもが俺を興奮させる」

玖生の唇が頬から顎《あご》のラインに滑り下り、首筋を這う。それに合わせて萌衣が顎《あご》を上げると、彼が鎖骨の辺りを吸った。

「あ……っ、ん……ぅ」

その間も玖生は萌衣の膝の裏を腕で支えて、抽送を繰り返す。

いつの間にか破瓜《はか》の痛みは気にならなくなっていった。玖生の硬茎で蜜壁を擦《こす》られるたびに、下肢の力を奪う熱いうねりが巻き起こったためだ。

あまりの気持ちよさに、媚孔を押し広げる雄茎を締め上げた。

「声が変わってきた。……特にここ」

玖生が急に腰を回し、ある部分をめがけて律動する。

「ダメ……、っぁん、そこっ……ん、あ……っ」

萌衣の艶《つや》っぽい声が止まらない。緩《ゆる》やかな間隔で打ち付けられるだけなのに、萌衣の身体がどんどんおかしくなっていった。

萌衣はシーツをぎゅっと握り締めて抗《あらが》うが、身体が勝手に心地いい潮流に身をゆだねてしまう。自分の意思ではどうにもならず、玖生の全てを受け止める他なかった。

玖生は自分のやり方を教え込むように、複雑な拍子で押し上げてきた。肥大する彼自身で攻められて、徐々に悦楽の波が高くなる。

「ぁん、ぁん……やぁ、んんっ、は……ぁ」

「俺の……俺だけの色に染まっていく。綺麗だ」

玖生の力強さに圧倒されて、萌衣は何度も快《こころよ》い波に襲われる。だんだん腰が甘怠《あまだる》くなり、制御すらできない。

「待っ……て、っぁ、は……んぅ」

「待たない。萌衣を、気持ちよくさせたい」

玖生の言葉が途切れ途切れになる。彼もまた切羽詰まっているのだ。萌衣が拙《つたな》いせいで、彼を苦しませている。

ああ、自分より玖生を悦《よろこ》ばせたい！

「……ぅん、もっと、めちゃくちゃに……シて！」

萌衣は怠《だる》い腕を上げ、彼の背中に両手を回して引き寄せた。引き締まった胸板に乳房が押し潰されても構わずに、彼を抱きしめる。

「ああ、萌衣！」

玖生が切なげに萌衣の名を口にし、さらに大腿の後ろに手を滑らせた。彼にそこを強く押されると双丘が浮き、辛い体位になる。

「んんっ！　ぁ……っ、はぁ……んぅ」

玖生は萌衣の身体を執拗に揺さぶった。萌衣を搦《から》め捕ろうとする快感が渦を巻き、官能の世界へと誘う。

「ぁ……、や……ぁ、ダメっん、そこ……っ、あぁ」

目が眩《くら》むほどの恍惚感に包まれて、萌衣の口からは喘ぎ声しか出なくなる。玖生の欲望をもろに受け、萌衣は一段と高みへ押し上げられていく。

もう何がなんだかわからなくなってきた。

激しさを増す抽送のリズムでベッドのスプリングが軋《きし》み、ぐちゅぐちゅと卑猥《ひわい》な粘液音が静寂に包まれたベッドルームに響き渡る。

ああ、ダメ！　もう……耐えられない！

体内で蠢《うごめ》く熱が膨張し、息も絶え絶えになる。この甘い責め苦から早く解放されたくて、萌衣は身を捩《よじ》り玖生の背に爪を食い込ませた。

そこで玖生の律動が変化した。

「嘘……、あっ、そん……な、んぅ……！」

速さのみならず、腰を回転させたり角度を変えたりして、濡れた蜜壷を攻めてきたのだ。

「く、りゅう……！　お願い、あぁ、もう……」

「わかってる、イかせてあげる」

玖生は辛そうな表情で額《ひたい》に汗を滲《にじ》ませているが、萌衣の総身《そうしん》を猛烈に揺すって愛液を攪拌《かくはん》させる。

萌衣は迫りくる潮流が怖くて、いやいやと枕の上で髪の毛を乱す。でも彼は手加減をしない。

「ダメ……っん、あぁ……ん！」

その時、玖生は二人が繋《つな》がった部分に手を忍ばせ、ぷっくりした花芽を擦《こす》り上げた。

刹那《せつな》、瞼《まぶた》の裏で火花が散り、蓄積していた熱が一気に飛散した。

「つんんぁぁぁ！」

萌衣は嬌声を上げながら仰け反り、無音の世界へと天高く舞い上がった。

眩《まばゆ》い閃光に包まれて、身体を巡る血が燃え上がる。萌衣は狂熱の愉悦に身を昂《たかぶ》らせ、初めての境地へと導かれた。

言葉では言い表せない、身が蕩《とろ》けるほどの恍惚感。このまま最上の世界に浸《ひた》りたいと思ったが、いきなり足元が抜けて一気に落下していった。

「は……ぁ」

身体が弛緩すると、ベッドに深く沈み込んだ。快感の波に漂《ただよ》っている最中に、玖生が萌衣の深遠を突き上げて呻《うめ》く。精を迸《ほとばし》らせて、何度もぶるっと身体を震わせたのち、玖生は脱力して萌衣に体重をかけた。そして、萌衣の首筋に湿り気を帯びた息を零《こぼ》す。

触れ合わせた胸から届く、玖生の鼓動音。それは萌衣の弾む心音と協奏し合う。一生得られないと思っていた重みと体温を感じ、萌衣は彼を抱きしめた。

胸の奥がほんわかとしてきゅんと疼《うず》いた。同時に感情が沸き立ち、痛みで流した涙とは別の熱いものが生まれてくる。何もかもが初体験のせいで上手く表現ができないが、それが全然嫌ではなかった。玖生と紡げた素晴らしい余韻をいつまでも分かち合いたいと願ってしまう。

萌衣の身体はまだ気怠《けだる》かったが腕に力を込め、玖生の滑らかな背中を優しく撫でた。しばらくそうしていたが、二人の息が落ち着いてくると、玖生がゆっくりと腰を引いた。

「……っぁ」

濡壷からずるりと抜ける感覚にビクンと身体を強張《こわば》らせてしまう。玖生は、萌衣の横で仰向けになった。

濃厚な熱気が満ちていた十数秒前とは違い、今は静寂に包まれ、空気がピンと張り詰めている。小さな針を落としても、その音が聞こえるのではと思うほど緊張が増していた。

エッチをしたあと、どういう反応を示せばいいのだろうか。

後輩たちは自《みず》ら進《か》んでセックスの話題を持ち出したが、誰一人、愛し合った直後の行動を話さなかった。

ああ、わからない。どうしたらいいの？

息を殺して天井を凝視していたが、この空気に辛抱できなくなってきた頃、急に腰に腕を回されて玖生の方へ引き寄せられた。

「きゃ……！」

萌衣は咄嗟《とっさ》に玖生の胸に手を置き、至近距離で彼を見下ろす。萌衣を抱いていた時の情熱的な眼差しとは違い、ほんの少し冷たい色を宿していた。

「玖生さん？　あの――」

「どうして初めてなんだ？」

言っている意味を理解できず、萌衣は眉根を寄せた。

「言い方を変えよう。どうやって男たちの好奇の目から逃れられた？」

「逃れる？」

「うちで萌衣を知らない社員はいない。一緒に飲みに行きたいと思う社員も少なからずいる。だが萌衣は……どの男の毒牙にも引っ掛かっていない。何故だ？」

「わたしが処女だとおかしいの？」

「おかしい」

間を置かずに断言されてしまった。

やはり不思議がられている。この年齢まで男性と結ばれていなかった事実に……

萌衣が誰とも付き合った経験がない件については、別に説明してもいい。しかしそれを聞いた玖生は、ハズレクジを引かされたと思わないだろうか。

「萌衣、結婚生活を楽しいものにするためにも、俺に隠しごとは――」

萌衣は衝動的に手を伸ばして、玖生の唇に指を載せた。

「別に隠そうとは思ってない。その……なんでも話せば気分を害するんじゃないかなって」

玖生はしばらく考え込むが、彼の唇に触れる萌衣の手を掴《つか》んで引き下ろした。

「打ち明けてくれなければ、どうとも言えないな」

玖生の鋭い瞳を間近で捉《とら》えて、萌衣はビクッとした。それでもきちんと向き合うと決めたのだからと、彼の胸の上で握り拳《こぶし》を作る。

萌衣が真実を話せば、玖生は欠陥品を妻にしたと思うに違いない。その時の彼の反応を目にするのが怖かった。けれども、秘密にはしたくない。素直な胸の内を告げたい。

萌衣はかすかに唇の端を上げた。

「わたし……恋をしたことがないの」

「恋をしたことがない？」

訝《いぶか》しげに目を眇《すが》める玖生に、萌衣は小さく頷くが、慌てて首を横に振って打ち消した。

「どっちなんだ？」

「中学生の時に、初めて好きになった人がいたの。告白はまだだったけど、彼とは仲が良くて心は通じ合っていた。そう思っていたけど違った。彼が男友達に〝萌衣は好きじゃない。友達なのに好きになられても困る〟って言っているのを聞いてしまって」

玖生の反応を見るのが怖くて、萌衣は軽く俯《うつむ》く。ただ彼から離れるのではなく、彼の胸にそっと凭《もた》れた。

「その頃から男性の気持ちがわからなくなった。わたしに好意を示しているように見えても違うんじゃないかって。大人になっていろいろな知識を得たのに、それがかえって邪魔になってしまって」

萌衣が上体を起こすと、玖生が萌衣の頬に触れた。彼と目を合わせて、話を続ける。

「あのね、わたし、恋愛がわからないの。心が揺れないから、誰かと付き合おうという気が起きなかった。でもわたしは、もうすぐ三十歳。こんな状態では結婚もできない。だから――」

「だからお見合いサイトにアクセスした？」

萌衣は首を縦に振る。

「登録者の中には、きっと一人ぐらいはわたしを気に入る人がいる。その人と結婚できればいいと思ったの。愛を知らなくても、心を通わせられればきっと幸せを得られると思って」

玖生は話を聞きながら、萌衣の唇に指を走らせる。

「そして運良く俺が現れた。お見合いサイトで男を選んでも俺を選んでも、結局は同じ。だったら、手っ取り早く結婚できる男に決めたわけだ」

そう言われると身も蓋もないが、結局のところお互いが切望するものを手に入れた。万々歳なのに、どうして玖生は苦々しい表情を浮かべているのか。

それでいて、萌衣に触れるのを止めない。

そんな風にされて、萌衣の心の奥がざわつき始めた。しかも、無性に玖生に触れたくなる。

萌衣の指がぴくっと動いた時、玖生が嘆息した。

「俺は運が良かったんだな」

「……良かった？」

玖生は、萌衣の唇に落としていた視線をついと上げる。

「真《ま》っ新《さら》な萌衣を手に入れられた」

「真《ま》っ新《さら》？　……わたしは欠陥品よ。他の女性と違って人生の迷子になってる」

「そうか？　俺はそうは思わない。萌衣は俺という夫を……手に入れたんだ。この俺を搦《から》め捕ることができたのは萌衣だけ」

搦《から》め捕る？　わたしが？　——と思いながら眉をひそめると、玖生が笑った。

まるで憑き物が落ちたかのように晴れやかに……。

やっぱり萌衣には、男性の心を理解するのは難しい。

萌衣が小さく息を吐くと、玖生が唇を軽く捲《めく》ってきた。一瞬ビクッとするが、彼はそのまま歯に、唇に指を滑らせる。

「言ったよな。恋愛がわからなくなったと」

玖生の触れ方にドキドキしながら、萌衣は小刻みに頷く。

「だったら、俺が教えよう」

「……えっ？」

「俺たちは、もう既に夫婦だ。恋人同士が感じるものとは違うが、男に大切にされ、愛されるのがどういったものなのか、教えてあげる」

「わたしに？」

萌衣は目をぱちくりさせ、玖生の真意を測ろうとした。

好きでもない相手にそこまで手間を掛けるとは、あまりにも人が良すぎる。いや、ほぼ初対面の相手に契約結婚を申し出る人なので、普通の価値観には当てはまらないだろうが……

「ほら、また眉間に皺《しわ》が寄ってる。萌衣は考えすぎるんだ。俺の妻としてただ享受すればいい。こんな風に萌衣に触れるのは俺だけなんだから」

萌衣の後頭部に回した玖生の手に、力が入る。萌衣は導かれるまま玖生と距離を縮めると、彼がかすかに唇を開けた。

キスされる――そう思った時には、玖生が萌衣の唇を塞いでいた。

「っんぅ」

玖生の胸に触れる手に力を込めた。彼は口づけているだけなのに、身体の芯が甘く疼《うず》いてくる。

萌衣の唇を食《は》んでは舌を口腔に差し入れてくる行為に、胸が震えるのを止められない。

それでいて、玖生に求められることに妙に心が躍った。でも不安や恐怖もあり、答えのない情動に囚われてしまう。

「考えるな。男が与えるものを素直に感じていればいい」

そう言って、玖生は萌衣の背中に腕を回した。一気に体位を変えて、萌衣にのし掛かる。

「これも覚えておくんだ。こうして萌衣に触れるのは俺だけだというのを。真っ白だった君を染め、いろいろな感情を教えるのは俺だけだというのを」

「玖生さん……」

「玖生だ。これからは玖生と呼んでくれ」

「く、りゅう……」

萌衣が玖生の言葉を繰り返すと、再び唇を奪われる。一気に流れ込んできた熱情の潮流に身をゆだねて、萌衣は静かに瞼《まぶた》を閉じたのだった。

＊＊＊

腕の中で眠る萌衣を見ながら、玖生は目を細め、彼女のきめ細やかな頬に指を走らせた。

これまでの玖生は、付き合う女性に処女性を求めたことはない。どちらかといえば、男性経験が豊富な女性の方が好みだった。

もちろんそれには理由がある。

経験済みであれば、独占欲があっても引き際を心得ている女性が多い。しかし玖生が〝初めての男〟となると、大抵執着心を剥《む》き出しにして縛ろうとする。

玖生はそういう女性が大嫌いで、恋人が処女だった際は落胆したほどだ。

なのに、萌衣に対してはそういった情意が一切湧かなかった。それどころか、処女だったと知って胸が躍った。

「萌衣……あの男とは男女の関係などなかったんだな」

とは言っても男の勘で、あの男性の方は萌衣に対してなんらかの想いがあるのではと睨《にら》んでいた。

玖生はしばらく萌衣の顔に見入っていたが、ベッドを揺らさないようにして起き上がり、上着に手を伸ばした。そこに入っているスマートフォンを取り出すと、〝ホテルのバーで萌衣と一緒にいた男を調べられるか？〟と打ち、海藤に送信した。

スマートフォンをナイトテーブルに置こうとした直後、液晶が眩《まぶ》しく光る。それは海藤からの返信で〝全力で調べます。お任せください〟とあった。

もう明け方だというのに、早々に返信するとは。ＳＭＳでの場合は急いで返信しなくてもいいと言っているのに……

もしかして、早起きして身体を鍛えてるとか？

玖生は呆れながらもいつも一生懸命な海藤に感謝して、スマートフォンを置いた。

あとは、海藤に任せればいい。彼は仕事にしろ、私事にしろ、玖生を幻滅させたことは一度もないのだから。

玖生は再び萌衣の隣に横たわると、彼女を腕の中に引き寄せて瞼《まぶた》を閉じた。

玖生に処女を捧げて二十日ほど経ったが、彼の振る舞いは明らかに一変した。〝いろいろな感情を教えるのは俺だけ〟と宣言したように、愛する女性の如《ごと》く萌衣に接し始めた。

付き合いで外食する日はあっても頻度は減り、週末の外出はなくなった。代わりに、ドライブやウィンドウショッピングに萌衣を連れ出した。

他にもある。玖生は萌衣の部屋を衣装部屋に変えた。萌衣の部屋からベッドが消えたことで、自然と萌衣は彼と一緒のベッドで休むのが決定したのだ。

玖生はただ萌衣を腕に抱いて眠る日もあれば、セックスを求める日もあった。

萌衣は玖生の行動に戸惑いつつも、結局は拒まなかった。そんな中、ふと彼が自分に手を伸ばすのは、ほとんど仕事で遅くなった夜だと気付いた。

不在を詫びているのか、それとも玖生がいなくても平然とする萌衣への罰なのかはわからない。

しかし、彼に抱かれるたびに、少なからず萌衣の心も変化していた。

多分、いい傾向なのだろう。でも馴染みのない感情に戸惑いも大きかった。

「萌衣？」

物思いに耽っていた萌衣はハッとして我に返った。

銀座にあるジュエリーショップに来ているのに、意識を飛ばしてしまうなんて……

エンゲージリングなどが並べられたショーケースから顔を上げると、玖生が萌衣の背後から覆いかぶさるようにショーケースに手を置いた。

ちょっと横を向けば玖生の頬にキスできる距離に、慌てて身を仰け反らせる。けれども彼の腕の中にすっぽり収まるほど密着していて、そう簡単に動けない。しかも、嗅《か》ぎ慣れたスパイシーな香りに包み込まれると、情熱的な夜の記憶が甦《よみがえ》って身体が蕩《とろ》けそうになった。

「気に入ったのがあった？」

玖生の吐息が耳元にかかり、そこをくすぐられる。思わず喘いでしまいそうになり、萌衣は奥歯を噛み締めて必死に堪《こら》えた。

「玖生が決めて。どういったものをつけたら、ご両親受けがいいかわからないし」

「言っておくが、俺の両親だけに見せるためのものじゃない。萌衣の両親にもだ」

玖生にやんわりと注意を受け、萌衣はショーケースに目線を落とした。

玖生の言うとおりだ。今もまだ、両親には結婚報告ができていないので、そちらも考えなければならない。というのも、契約結婚に至った理由を考えると、まだ話せる状態ではなかったからだ。

唐突に娘が結婚したと知れば、怒りが先行するに決まっている。ただ最終的には祝福してくれるだろう。ずっと浮いた話がなかった娘の心を射止めてくれた男性を、両親が受け入れないわけがない。そこまでは予想がつくのだが、そのあとが気になって動けなかった。普通に考えれば萌衣の両親は、彼の両親に挨拶《あいさつ》に伺《うかが》おうとする。

そうされると、今度は玖生が困る。彼の両親もまた、萌衣の存在を知らないのだから……

それでまずは一つずつ片付けるのが最善だと思った萌衣は、先に玖生の両親と会って婚約話を白紙に戻し、そして自分の両親に報告すると決めた。

そういう流れで話し合いを進めていた時、玖生から〝次の日曜日は、エンゲージリングとマリッジリングを見に行こう〟と言われ、今に至っている。

四十歳前後の女性店長は、玖生の要望を聞いてはいろいろなものを勧めてくれる。でも、いくつものゼロが並んでいるのを見ると、萌衣は尻込みして選べなかった。

「わかった。俺はエンゲージリングを選ぶ。萌衣はマリッジリングを選んで。普段から身に着けるから、萌衣の好みに合った方がいいだろ？」

「普段から？　……それって会社でも？」

萌衣は驚いて再び振り返ると、玖生が心持ち横に身体をずらして萌衣の肩を抱いた。

まだ慣れない親しげな仕草にドキッとしてしまうものの、身体の力が抜けるのも速かった。玖生の態度が変わったせいもあると思うが、萌衣自身も感じ方が以前と違うためだ。

玖生をまじまじと凝視していると、彼がショーケースに肘を載せてからかうように小首を傾げる。

「俺の妻だろ？」

「……う、うん」

「毎日着けてほしい」

まさか、玖生が独占欲の証《あか》しをずっと身に着けてほしいと願うなんて……

「俺はエンゲージリングを見てくる」

玖生は萌衣の頬を軽く撫でて、反対方向にあるショーケースに向かった。

その時、誰かから電話がかかってきたのか、玖生がポケットからスマートフォンを取り出して耳に押し当てる。

「どこまで調べられた？　……うん？　つまり――」

そこで玖生の話し声が聞こえなくなる。

友人？　もしくは仕事の電話？

どちらにしろ、玖生はいつも忙しく働いている。こちらが心配になるほどだ。

目的があるとはいえ、休みの日はこうして萌衣を連れて外に誘ってくれるし……

今以上に料理を勉強して、玖生をささやかながら支えていければ――と思っていると、同世代と思われる可愛らしい女性店員が萌衣の前に立った。

「とても大事にされてるんですね」

「えっ？　大事に？」

素《す》っ頓狂《とんきょう》な声で訊《たず》ね返す萌衣に、女性店員がにっこりした。

「お仕事中はマリッジリングを嵌《は》められないんですか？」

「いいえ、特に決まりはありませんけど……」

そう、決まりはない。だが秘書室に所属する女性は、皆寿《ことぶき》退社している。専業主婦になるためではなく、夫の海外転勤や地方転勤に付いていく予定があったためだ。

現在、既婚女性は萌衣以外誰もいない。

つまり、職場でマリッジリングを嵌《は》めるのは萌衣が初めてになる。今は誰も萌衣が結婚したと想像すらしていないが、それに気付いたら皆から質問攻めに遭うだろう。

あまり騒がれたくないから時期を考えないと——と思っていた萌衣の前に、女性店員がトレーに新しいリングを置いた。

「ですよね。会社が禁止するってなかなか聞きませんし……。あえて嵌《は》めない夫婦もいらっしゃいますけれど。でも、お客さまは旦那さまから嵌《は》めてほしいと思われていますよね。羨《うらや》ましいです」

「羨《うらや》ましい？」

「ええ。愛されているってわかりますもの」

愛？　玖生が萌衣を？

「こちらは最近人気のある木目金《もくめがね》で——」

女性店員が取り出したマリッジリングの説明を始める。

それを聞きながら、ちらっと玖生に意識を向けると、彼はショーケースにあるリングを指しては熱心に訊《たず》ねていた。初めて見る真面目な表情に、驚きを隠せない。

玖生と暮らし始めてまだ数ヶ月だが、当初とは比べものにならないぐらい真剣に向き合ってくれている。

その時、玖生が不意に首を回した。二人の視線が絡まり、萌衣の心臓が一際《ひときわ》高鳴る。

玖生の目を見返すのが無性に恥ずかしくて、さっと俯《うつむ》いた。

「これなどいかがでしょうか。昔ながらのデザインですが、定番のリングとして人気ですよ」

「ええ」

説明を始める店員に相槌《あいづち》を打つものの、萌衣の耳に内容が入ってこない。友達からサプライズで誕生日を祝われたみたいに、喜びで心臓が弾んでいる。

「プラチナのみもシンプルで素敵ですけど、ピンクゴールドが入ると柔らかさが増すので、こちらも大変人気の高いリングになります」

身体がおかしい。早鐘を打つ鼓動に比例して、息が上がってきた。しかも下腹部の深い部分が熱くなる。

キッチンで片付けをしている最中に、背後から玖生に抱きしめられた際に感じたものと似ていた。欲情してる？　でも、それとは違う気がする。

あの日は玖生が出張を終えて帰ってきた日だった。数日ぶりに会えた喜びに包まれて……

萌衣は額《ひたい》に握り拳《こぶし》を当てて目を閉じた。しかし、その時の記憶を掘り起こす前に腰に触れられ、萌衣は飛び上がった。

「何をそんなに驚くんだ？」

少し不機嫌そうな声に、萌衣は首を回す。

「さっきまで向こうにいたのに、今は傍にいたから」

「それは萌衣が――」

玖生が言いかけて、口籠もる。

萌衣は小首を傾げるが、玖生は咳払いしてトレーを顎《あご》で示した。

「気に入ったのがあった？」

「えっ？　えっと……」

萌衣は、ちらっとトレーに目線を移す。

真面目に一生懸命選んでくれている玖生に、萌衣は〝あなたが気になって何も考えていませんでした〟などと言えるはずがない。

萌衣はトレーに出されたマリッジリングを見る。

その時、ふと一つのリングが萌衣の目を引いた。スターダストが印象的な、幅広い平打ちストレートデザインのマリッジリングだ。男性ものは十八金グリーンゴールド、女性ものは十八金コーラルゴールドで、両方ともプラチナのスターダストがあしらわれている。後者にだけ、プラチナの台座に一連のダイヤモンドが填《は》め込まれていた。

オーソドックスなプラチナのマリッジリングでいいと思っていたが、このごつごつした感じの男性用リングは玖生に似合いそうだ。

どうせ嵌《は》めるのなら、玖生の風格を損ねないものにしたい。

「ねえ、これってどうかな？」

萌衣は目を引いたリングを指して、玖生を窺《うかが》う。萌衣の心を覗《のぞ》き込むような目を向けていた彼は、萌衣が指した先にあるリングに視線を移した。

マリッジリングを確認するや否や、彼の表情が徐々に輝いていく。

「いいじゃないか。さりげないペア感が洒落《しゃれ》ている。それに萌衣の華奢《きゃしゃ》な指に映えそうだ」

「わたし？　……わたしより、玖生の指に似合うかなって思ったんだけど」

「いや、俺のことは二の次だ。このコーラルゴールドは、萌衣にとても似合う。そして、俺の願いも込められてる。このダイヤモンドのように、光り輝く日々を過ごしてほしいという気持ちが」

玖生が流し目をしながら口角を上げる。慈愛に満ちた眼差しを受けて、萌衣は胸が苦しくなる。

これまでの人生、萌衣をこんな風に見つめてきた男性は誰一人いない。〝俺が傍で守るから〟と情愛を傾けてくる人は……

そんな玖生から目が逸らせなくなる。次第に二人の間に濃厚な空気が漂《ただよ》っていった。息をするのも辛くなってきた時、店長が訊《たず》ねてきた。

「お気に召したものがございましたか？」

にこやかな面持《おもも》ちで、ショーケースの上にトレーを置く。

「ええ。マリッジリングはこれを。エンゲージリングは、先ほどお知らせしたものを」

「承知いたしました」

店長は満面の笑みを浮かべ、萌衣たちをテーブル席へ誘う。

女性店員が出してくれた紅茶をいただいたあとは、指のサイズを測り、ダイヤモンドの数やカラットなどのカスタマイズの手続きをする。しかしエンゲージリングの調整については何も言わなかった。そういえば、どういったデザインのものを選んだかさえ、玖生は教えてくれてもいない。

店長が席を外した隙に、萌衣は隣に座る玖生の方を向く。

「エンゲージリングは？　わたし、まだデザインを見てない――」

　と言いかけたところで玖生が萌衣の手を掴《つか》んだため、萌衣は言葉を呑み込んだ。

「わかってる？　エンゲージリングは妻となってほしい女性に贈るもの……。俺が萌衣に相談するとでも？」

「だけどさっき、エンゲージリングを選ぶって……」

　玖生が意味ありげににやりと唇の端を上げる。

「エンゲージリングの完成は来年になるが、楽しみにしていてくれ。……今から渡すのが楽しみだ」

　玖生が萌衣の唇に、ついと視線を落とす。

　瞬《また》く間に、萌衣の心臓はぎゅうと締め付けられた。それは玖生がキスしたい、エッチがしたいという合図でもあったためだ。彼の吐息が柔らかくなるのも、感情が昂《たかぶ》って少しかすれるのも、もう何度も体験している。萌衣の身体も期待で震え上がった。

　そうなるのは、玖生が一度も萌衣を不安にさせたこともなければ、怖がらせたこともないからだろう。そして決まって心を温かくしてくれる。それが心地よくて、彼の庇護のもとでもっと包まれたいと願ってしまう。

「萌衣……」

　玖生の甘い声に、萌衣の手に自然と力が入る。

　ここは家の中ではないのに、我を忘れてしまいそう……

その時、こちらへ来る店長の姿が目の端に入った。萌衣は玖生と距離を取ろうとするが、彼が萌衣の肩に手を回してきた。頭を掻き抱いてきた彼に引き寄せられる。

あっと思った時には、既に遅かった。

「ンぅ……」

玖生に唇を塞がれる。身体がカーッと燃え上がり、思考が飛びそうになる。でも、なんとか理性を総動員させて彼を押し返した。

「……家じゃないのに」

「俺は拒まれると奪いたくなるんだ」

知っているはずだ――と言わんばかりに、玖生は片眉を上げる。

そう、萌衣は知っている。玖生は求めたものは必ず手に入れるのを……

玖生と同じベッドで眠るようになって以降、どんな場所であっても彼の求めを拒めた試しはない。いつも彼の手練手管に骨抜きにされてしまう。

今もそうなりそうだったが、すんでのところで我に返った。家だったら完全に流されていたに違いない。

「お待たせいたしました」

玖生から顔を背《そむ》けると、店長が正面のソファに座った。

もしかして見られた!?

まだ学生なら若気の至りで済ませられるが、いい年齢をした大人が店内でする行為ではない。

萌衣が羞恥《しゅうち》で頬を熱くさせている間に、店長が清書された注文書を玖生の前に置く。

「ご注文いただいたデザインの説明をいたします」

たとえ目にしていたとしても素知らぬ振りをする店長のスルー能力に感謝しながら、彼女の説明に耳を傾けた。

オプションとして流麗な曲線を描くように表面加工を追加、男性用の一粒の石をダイヤモンドに変更、そして女性用のダイヤモンドのカラーとクラリティの質をランクアップさせる旨が紙面に書かれていた。

それだけでとんでもない値段に跳ね上がっていて、萌衣の目が回りそうになる。普段使いのリングに、そんなにお金をかける価値があるとは思えない。

萌衣は玖生に〝本気？〟と目で問いかけるが、彼は気にもせずサインした。

「お渡しは来月……十一月二十五日となります」

「わかりました。では、よろしくお願いします。完成を楽しみにしています」

玖生は愛想良く言って立ち上がる。萌衣も続くと、彼が萌衣の腰に手を添えた。

「ありがとうございました」

外まで見送りにきた店長が頭を下げる。萌衣たちも彼女に挨拶《あいさつ》して、人通りの多い歩道を歩き出した。

既に陽は西に傾き、かなり薄暗くなっていた。

「今夜はどこかで食べて帰る？　それともデパ地下で買って、家で飲みながら食べる？」

周囲を見回すと、大通りは外国から訪れた観光客でひしめき合っている。

外食もいいが、総菜などを買って家でのんびりするのがいいかもしれない。

「家に帰りたいな」

そう言うと、玖生が嬉しそうにクスッと笑う。

「俺も同じ気持ちだ。萌衣と家で……誰にも邪魔されずに過ごしたい」

「わたしが作ってもいいけど？」

「いや、今日は萌衣を疲れさせたくないから。俺も……」

俺も？　明日からまた仕事が始まるから？

萌衣が小首を傾げると、玖生がさらに萌衣を傍《かたわ》らへ引き寄せた。

「同僚と遊ぶのはいつだった？」

「来月の一日。後輩はハロウィンに遊びたいって言ったんだけど、その日の午後は秘書室の皆でハロウィンを楽しむ予定だから、変更したの」

「そういえば言ってたな。萌衣の会社では、北欧で取り入れられている交流会〝フィーカ〟という名の休憩が設《もう》けられていると」

「うん。お菓子を食べながら気軽に同僚たちと情報交換をするの。普通のコーヒーブレイクとはちょっと違うんだけど、そのお陰で皆とコミュニケーションが取れてる」

萌衣は、入社する前から続いている交流会について玖生に説明した。

こうして仕事の話を共有できるのっていいな……

「それで、一日はどこに行くんだ？」

「夕食を摂ったあと、渋谷《しぶや》に行くみたい」

「渋谷!?」

玖生が心持ち声を張り上げた。〝わざわざ人出が多い場所へ行くのか？〟と言わんばかりの目つきに、萌衣は苦笑いした。

「後輩の要望だから……。どうして行きたいのかはわからないんだけど」

萌衣は肩をすくめて、自分も理由は知らないと伝えた。

今回、吉住が夕食を摂ったあとに渋谷へ寄ると決めたのだが、いつもの彼女なら若者や外国人旅行客が多いところよりも、大人な雰囲気を楽しめる場所を選ぶ。

だからこそ、どうして渋谷を選んだのか不思議だった。

「あそこは特に人が多いから、気をつけろよ」

「うん……」

その時だった。

「危ない！」

玖生が、萌衣を強く引き寄せた。

「……っ！」

玖生にぶつかると同時に、彼の逞《たくま》しい腕の中に包み込まれる。

直後、萌衣のすぐ脇を電動スクーターが通り過ぎた。

萌衣は、彼に抱かれてどぎまぎしていた。

「こんな場所で危ないな」

玖生が苛立《いらだ》ちを滲《にじ》ませた声を上げる。萌衣は、彼に抱かれてどぎまぎしていた。


玖生の動作は様《さま》になっていて、まるでドラマでよく見る恋人同士みたいだ。付き合っていれば、本当にこういう風に相手を守るんだとわかり、萌衣の心がじんわりと温かくなっていった。

でも、萌衣と結婚する前に交際していた美女たちも、玖生はこうやって守ったんだと思うと、胸にチクリと針で刺したような痛みが走った。

この感覚は、いったい？

「萌衣、大丈夫か？」

「大丈夫……」

早く立ち直らなければと思うのに、離れがたくて玖生のジャケットを掴《つか》む手に力が入ってしまう。

「萌衣？」

玖生が萌衣の顎《あご》の下に触れるだけで、身体の芯に甘い疼《うず》きが走る。小さく息を吸い込むと、彼に顔を上げさせられた。自分でもどんな表情をしているのかわからないまま、彼と目を合わせる。

「……っ！」

玖生は驚いたように目を見開いた。その双眸《そうぼう》には、欲望めいた光が宿っている。

「帰ろう、今すぐに」

萌衣がきょとんとしている間に、玖生が萌衣の手を引いて歩き始めた。

「……か、買い物は？」

萌衣は何故か先を急ぐ玖生に訊《たず》ねた。

「デリを頼めばいい」

「デリ？　デリバリーのこと？」

さっきの話とは全然違う——と思うものの、玖生の艶《つや》のある表情に目を奪われて何も言えなくなる。彼の歩く速度に合わせるため少し呼吸が乱れるが、引っ張られるまま進む。

やがて二人は、大通りの裏手にある駐車場に停めてある黒のＳＵＶ車へ辿《たど》り着いた。

萌衣が助手席に、彼が運転席に乗り込むが、彼はエンジンをかけない。助手席に手を掛けると身を乗り出し、萌衣の唇を求めた。

「んんぅ」

ジュエリーショップでされたキスとは違って情熱的で、とても心を揺さぶられる。唇を貪《むさぼ》られ、口腔に舌を滑り込ませられると、萌衣はうっとりと目を閉じた。

「萌衣……」

愛しげに名前を呼ばれるだけで萌衣の乳房は張り詰め、先端がぴりぴりする。玖生の愛戯を求めて身体が滾《たぎ》ってきた頃、彼は萌衣の唇を甘噛みして口づけを終わらせた。

「つぁ……」

萌衣は余韻に浸《ひた》っていたいと思いつつ、少しずつ瞼《まぶた》を押し上げた。

「帰るぞ」

玖生の目には〝帰ったらこの続きをする〟という欲望が宿っている。

よもや外出中に玖生の心に火が点《つ》くとは想像すらしていなかったが、それが嫌だとは思わない。萌衣自身、あの素晴らしい時間を共有したいと望んでいたためだ。

玖生は名残惜しげに萌衣の唇を指の腹で撫でたのち、運転席に座り直してエンジンをかける。そして駐車場を出ると、夫婦で暮らす低層マンションに走らせた。

玄関の鍵を開けて中に入り、玖生は萌衣がヒールを脱ぐ前に横抱きに掬《すく》い上げた。萌衣は慌てて彼の首に腕を回して至近距離で見返す。

「く、靴……」

「落とせばいい」

玖生の声がかすかにかすれる。その声音《こわね》に身体がぶるっと震え、つま先に引っかかっていたヒールが廊下に落ちた。〝あっ！〟と思うが、そちらに目を向ける余裕はない。彼がベッドルームへ続くドアを開けたからだ。

玖生は萌衣を性急に、しかし優しくベッドに下ろす。そして萌衣の顔にかかる髪の毛を払いのけると、車中での続きを求めてきた。

萌衣は静かに瞼《まぶた》を閉じ、玖生のキスを受け入れた。

「ンっ……ぅ」

玖生から求められる日が多くなってきたのは自覚しているが、この日の夜は、ねっとりとまとわりつくような愛技を繰り返し、幾度《いくど》となく快感を送り込まれた。

それは一度や二度では終わらない。玖生が達しても手を緩《ゆる》めなかった。萌衣をベッドから出してくれたのは、二人のお腹がぐ〜と鳴った午前三時頃だった。

——数日後。

先日の夜、玖生は執拗な蜜戯で萌衣を翻弄《ほんろう》した。しかも快楽に走った利己主義なものではなく、どれも萌衣の秘められた感覚を呼び覚ますものだった。

もちろん当初から玖生はそういう風に萌衣を抱くが、あの日の夜は、今までと違った。心の籠もり方が、これまでとは全然比べものにならないのだ。

萌衣を初めて抱いてから玖生は本当に変わった。そして萌衣自身も……

『聞いてるか？』

萌衣はハッとし、スマートフォンを握り締める。

「う、うん」

秘書室での仕事を終えた、十六時三十分。会食に出席中の景山を出迎えるため、オフィスビルのロータリーに立っていた萌衣のもとに、玖生から電話がかかってきた。

玖生の声を聞いたことで先日の秘め事が甦《よみがえ》り、反応が遅れてしまった。

萌衣は咳払いして自分を戒める。

『専務はまだ来てない？』

「えっと……うん」

見慣れたハイヤーがロータリーに入ってきていないかをもう一度確認して、返事した。

『叔母が、待ち合わせ場所に到着するのは十八時過ぎになりそうだと言っていた。役員会議が長引いて抜けられないらしい。萌衣から伝えてほしいそうだ』

「景山に伝えておきます」

『よろしく頼む。萌衣になら安心して頼めると言っていたから』

このご時世、連絡を取る方法ならいくらでもある。なのに、わざわざ萌衣に景山への言付けを頼んできた。それぐらい玖生の妻を信頼してくれているのだろう。

萌衣の胸の奥がほんわかとしてきた時、ロータリーに一台の黒塗りの車が入ってきた。会社と契約しているハイヤーだ。車内に景山の姿が見える。

「あっ、もう行かないと！」

『わかった。そうだ、今夜は夕食を摂って、渋谷に行くんだよな？』

「うん。後輩はそう言ってた」

『じゃ、だいたい二十一時前後に渋谷か――』

玖生がボソッと呟《つぶや》いた。普段なら聞き取れるが、運悪くロビーで笑い声が起きたため途中までしか耳に届かない。

「何？」

『いや、いい。じゃ、またあとで』

「うん」

つられて答えて電話を切る。だが玖生の言葉が頭に引っ掛かり、小首を傾げた。

「……あとで？」

しかし、今はそればかりに集中していられない。萌衣は車を降りた景山に会釈《えしゃく》する。

「お帰りなさいませ」

「ただいま。問題はなかった？」

萌衣は景山から書類が入った鞄を受け取ると、エントランスに向かう途中で不在中に問題はなかったと報告した。そのままエレベーターに乗り込み、役員フロアがある階へ向かう。

「今日はこれで終わりだね？」

「このあとのご予定はございません」

「じゃ、今日の報告は明日の朝に聞くよ」

「承知いたしました。ところで、HASEソリューションの長谷川さまから連絡がありまして――」

役員フロアの階で景山を下ろしたところで、萌衣は吉沢が遅れる旨を伝えた。

「一時間は遅くなるのか……。仕事なら仕方ないな」

最初こそしょんぼりしたが、景山はすぐに和《なご》やかに萌衣に「ありがとう」と言う。そこで彼と別れた萌衣は、秘書室に戻った。

退勤時間まであと少し。榊原はかなりの集中力でキーボードを打っている。萌衣も景山を出迎える前までしていた、打ち合わせ報告書の作成をする。

そうこうしている間に、退勤時間を迎えた。

「水谷先輩、準備はいいですか？」

榊原が目を爛々《らんらん》と輝かせて、萌衣に話しかけてきた。

「ええ、大丈夫」

「じゃ、行きましょう！」

仕事終わりとは思えないぐらい元気いっぱいに片手を上げ、榊原は秘書室の同僚たちに声をかける。吉住の他に参加するのは、同僚男性の三井《みつい》、木下《きのした》、そして主任の津田《つだ》だ。津田は萌衣の一つ上の先輩で、あとの二人が榊原と吉住のそれぞれ同期だった。

男性陣の中で木下だけが頭一つ飛び抜けて身長が高く、相貌《そうぼう》も整っている。三井はやや横幅があるが愛嬌たっぷりで、細身の津田は毎週ジムに通うほど健康に気を遣っていた。

榊原はそんな男性陣と話しながら、先陣を切る。萌衣や吉住は、そのあとに続いて会社を出た。最寄り駅へ移動して電車に乗り、予約しているお店へ向かった。


——数十分後。

表参道の裏路地にある、商業ビル。そこに入っているイタリアンバルが、目的地だ。〝安い・美味《おい》しい・雰囲気がいい〟と三拍子揃っているためか、秘書室内でも噂になっていた。

榊原が吉住を何度も誘うのを耳にしていたが、そこで食べたという話は聞いていない。だから今回、どうせなら皆で行こうと思い予約したのだろう。

店外にはもう老若男女の列ができ、席が空くのを待っている。

「人気があるのね」

ボソッと呟《つぶや》いた萌衣の腕に、榊原が手をかける。

「行きますよ、先輩」

そう言った時、男性スタッフが現れた。吉住が予約している旨を告げると、彼は萌衣たちを半個室の予約席に案内してくれた。

店内はダークブラウンで統一され、洗練された内装をしている。そこにオレンジ色の間接照明が灯《とも》り、温かみを添えていた。

本場のイタリアンバルだと、もっと華やかな明るい色が使われていて賑やかな感じだが、ここは上品な趣《おもむき》を感じる。

上京してきた学生時代の先輩や友人たちを招待する際、ちょうど良さそうだ。

堅苦しくないのに、砕けすぎてもいないから……

若干硬めのソファに着席すると、間を置かずに乾杯用のスパークリングワインが運ばれてきた。

「皆で集まって食事ができることに、乾杯！」

榊原が元気よくグラスを掲げて音頭《おんど》を取る。他の皆も彼女に続いて乾杯した。

直後、榊原が事前に注文した料理を手にしたスタッフが現れる。

それぞれの前に置かれた溶岩プレートには、前菜の生ハムやサーモンのマリネ、人参サラダ、チーズ、キノコのソテー、さいの目にしたトマトのブルスケッタが盛られていた。

あとは取り分けるスタイルで、シーフードサラダ、ペンネのボロネーゼ、マルゲリータ、そしてバンビーノの載った大皿が並べられる。

ドリンクは飲み放題らしく、スパークリングワインを飲み終わったあとは、各々《おのおの》好きな飲み物を注文した。萌衣と吉住は主にフレッシュジュースを選んだが、榊原はワインやカクテル、男性陣はビールなどを飲んで話に花を咲かせる。

もちろん萌衣は専《もっぱ》ら聞き役で、秘書室の和を大事にしている津田も同様だった。

「皆が仲良く話すのを見ていると、こっちまで気分が弾むな」

榊原の話に屈託なく笑う同僚たちを見ながら、萌衣は隣の席の津田に頷いた。

「わたしも同じです。特に榊原さんが配属されて以降、秘書室は本当に明るくなりましたよね」

「ああ。マーケティング戦略部の井上さんにしごかれているせいか、最近は秘書としての心配りがワンランクアップした。数年も経てば、役員にも可愛がられる存在になるだろう」

「そうですね。あとは、もう少し言動が落ち着けば……と思いますけど」

「確かに。けれどもまだ若いからな。そのうち、精神面も成長すると信じたい」

津田の言うとおりだ。榊原はまだ若い。一年、また一年と経てば、うっかり心の声を口に出さなくなるに違いない。傍には、お手本として素晴らしい吉住がいるのだから……。

その後、萌衣は皆と世間話をしては飲み、お腹を満たした。

二時間ほど経った頃、ようやくイタリアンバルを出たが、吉住と津田、そして萌衣以外は皆足取りがふらふらだった。

美味《おい》しい料理に楽しい会話とくれば、自然とアルコールが進むのも無理はない。

「これじゃ、もう遊ばない方がいいね。お開きにしましょう」

吉住がそう言うと、榊原は両手をばたつかせて抗《あらが》う。

「まだこれからです！　先輩たちと渋谷に行きたいんです！　行っていいって、言ってくれたじゃないですか」

意地でも行くと言い張る榊原。

吉住は萌衣に目を向け、鼻の上に皺《しわ》を寄せて小さく頭を振った。

「行くったら行く！」

駄々を捏《こ》ねる子どもみたいな振る舞いにどうしようかと思っていると、吉住が大息《たいそく》した。

「じゃ、どっちにするか決めて。家に帰るか――」

「帰らない！」

「じゃ、望みどおり渋谷には行くけど、あの辺りを散策したら帰る」

「嫌！　せっかく皆で集まったんだもの。まだ飲み足りな――」

「家に帰るか、渋谷を散策するか、どっちか一つよ。諦めることを覚えなさい」

吉住がぴしゃりと言い放つと、榊原は顔をくしゃくしゃにして彼女の腕にしがみ付いた。

「帰りたくない……」

「わかった。じゃ、渋谷を散策して帰ろう」

萌衣は不思議に思いながら二人のやり取りを見ていたが、吉住が「行きましょう」と促《うなが》したため、電車に乗った。

二十一時を過ぎていても、渋谷駅は想像を絶するほどの人だかり。サラリーマンや大学生、塾帰りらしき高校生ぐらいの子たちもいる。外国人も多く、まるで初詣並みの人混みだった。

その中には、奇抜なコスプレをしている人もいた。否、コスプレではなく仕事着かもしれない。可愛いメイド服を着ている女性たちや、ホストみたいに派手な相貌《そうぼう》の男性たちだったからだ。

そんな彼らを物珍しげに見ていた時だった。

「危ない！」

吉住の声に、萌衣はさっとそちらに意識を戻す。楽しげに笑ってふらつく榊原を、彼女が腕を取って支えていた。旅行者がカメラを回しながらはしゃいでいるのを見て、榊原のテンションも上がったみたいだ。

萌衣も榊原を支えるために動くが、その前に三井と木下が手を貸した。彼らの後ろに、津田が心配げに立つ。

萌衣はそれを確認して、榊原たちから一歩下がった吉住の隣に並んだ。

「今日の榊原さんはどうしたの？　テンションが高いのはいつものことだけど、注意されたらすぐに自重するのに」

吉住は人の波に押されつつ、萌衣に顔を寄せる。

「実は先日、榊原さんの彼氏が浮気したらしくて。〝そんな彼氏はこっちからごめんよ！〟と言って彼女の方からフったと話してくれました。スッキリした反面、時々イライラしてたので、あたしが今回〝渋谷へ行く？〟と誘って……。すみません、事前に相談しなくて」

「ううん。そっか……そういうことがあったのね。それで、結構速いピッチで飲んでたんだ」

萌衣はようやくわかった。

男女間の心の移り変わりはまだ理解できないが、榊原は裏切られて辛かったのだ。イタリアンバルでは、その反動で明るく振る舞っていたに違いない。

「イタリアンバルでは不思議議だったの。どうしてあそこでお開きにしなかったのかなって。事情があったからなのね」

「はい。スクランブル交差点って観光客が多いじゃないですか。周囲の賑やかな雰囲気を味わうことで、気が晴れたらなって」

「わたしも気持ちの切り換えが必要だと思う。吉住さんが事情を知っていてくれて、榊原さんも助かったんじゃないかな」

「だったらあたしも嬉しいな。それにしても、想像していたよりも凄《すご》い人の数ですよね……っあ！」

ぐいっと押されて、吉住がよろけてしまう。

「大丈夫⁉」

萌衣は咄嗟《とっさ》に吉住を支えると、彼女は頷く。でも周囲を見回した直後に、顔をしかめた。

「水谷先輩、スクランブル交差点を渡ったらお開きにしましょう。そのままタクシー乗り場へ向かって榊原さんを連れて帰ります」

吉住の言うとおり、その方がいいだろう。記憶を失うほど酔ってはいないが、これまでと違って、榊原はかなり自分を解放し過ぎている。

はっちゃけたい気持ちもわかるが、榊原が危険な目に遭う前に帰してあげたい。

「そうしましょう」

萌衣が頷いた時、スクランブル交差点の信号が青に変わった。待っていた人たちが一斉に渡り始める。榊原が「行くよ！」と声を上げて進み出した。彼女を守りながら木下と三井、そして津田が続き、萌衣たちも後ろを追った。

カメラを回す人もいれば、自撮りする人もいる。中央でポーズを取ったり、集合写真を撮ったりする人たちの間で、榊原が立ち止まってジャンプして手を突き上げた。

「あたし、絶対後悔してない！」

萌衣は吉住とさっと目を合わせる。お互いに頷き合うと、彼女は津田たちに話しかけた。彼らが「わかった、そうしよう」と言うと、ちょうど信号が点滅し始めた。

「行くよ」

吉住は榊原の手を取り、交差点を渡り切ると、そのまま大通りに沿って進んだ。

「あれ？　どこに行くの？」

「大丈夫、安心して」

そう言って吉住は榊原をタクシー乗り場へ促し、最後尾に並んだ。次々にタクシーが到着するので、ものの一分ほどで順番が回ってくる。

「タクシーに乗るの？」

「そうよ」

榊原を乗せると、吉住が振り返った。

「じゃ、彼女を送ってきます」

「男手が必要だろ？　心配だから俺たちも付き添うよ」

そう言って、木下が榊原の隣に、三井が助手席に乗り込んだ。萌衣も一緒に乗りたかったが、定員オーバーで無理だった。

「しっかりサポートしてあげてくれ」

津田の言葉に、男性陣が頷く。

「今日はありがとうございました。また明日会社で」

吉住が頭を下げて後部座席に身体を滑り込ませると、タクシーは発進した。

残された萌衣と津田は、お互いに顔を見合わせる。

「ここで解散しようか」

「そうですね。ではお気を付けてお帰りください。失礼いたします」

最初、萌衣は東口と西口を指してどちらの方がいいかを訊《たず》ねようとしたものの、津田が腕時計をちらっと確認したのを見て止めた。

もしかしたら真っすぐ駅へは行かず、どこかへ立ち寄る予定なのかもしれない。

「また明日！　水谷さんも気を付けてな」

軽く手を上げた津田は、予想どおり道玄坂《どうげんざか》の方角へ向かう。萌衣は彼を見送ると身を翻《ひるがえ》して歩き出した。

再びスクランブル交差点を通り抜け、渋谷駅前広場に戻ってきたまさにその時だった。

「すみません。もしかして、水谷さん……ですか？」

いきなり声をかけられた萌衣は、思わず足を止めて振り返る。短い髪をアップバングにした男性と目が合うと、何故か彼は嬉しそうな顔をした。

「あっ、やっぱり水谷さんだ！」

「あの……」

萌衣は困惑しながら、玖生と同年代ぐらいの男性をまじまじと見返す。彼は顔の彫りが深く、とても見目がいい。老若男女問わず、周囲を歩く人たちの目を引くほどだ。

これほどの男性と一度でも会ったら忘れるはずない。なのに、萌衣は男性が誰かまったくわからなかった。

仕事関係者でないことを祈りながら、萌衣はおずおずと男性に訊《たず》ねる。

「どなたかとお間違えでは？」

「あれ？　……君は水谷さんじゃないの？」

萌衣が首を横に振ると、男性がニヤニヤと笑い始めた。

「なら、間違ってない。そっか、君があいつを骨抜きにしたんだ」

「誠司、急いでると言って先に店を出たくせに、何をナンパして――」

急に割って入ってきた男性を見て、萌衣は目を見開いた。

「玖生？　えっ……どうしてここに？　この男性とお友達？」

玖生も萌衣を見て、驚きの表情を浮かべている。

その時、男性がぷっと噴き出すのが聞こえて、萌衣はそちらに目を向けた。

「島方誠司です。玖生とは幼馴染《おさななじ》みで……水谷さんの話はこいつから聞かされてたんだ。写真も見せてもらってたし」

「玖生のお友達の、誠司さん⁉」

どこかで聞いた名前だと思うや否や、ある出来事が萌衣の頭を過《よぎ》った。

そう、玖生が香水の匂いをさせたあの朝を……

クラブで一緒に飲んだ相手は、目の前にいる島方だったのだ。

「今夜は玖生に呼び出されて一緒に夕食を摂ったんだけど、知ってました？　渋谷で待ち合わせしたのは、もしかしたらどこかで水谷さんと偶然会えるかもしれないと思ったみたいで」

それって、わたしを心配して？　――と、玖生を仰ぎ見た。

「誠司……」

玖生が軽く睨《にら》んでも、島方は頬を緩《ゆる》めっ放し。さらには傍目《はため》も気にせず彼の背中をばんばん叩いた。彼は島方に叩かれても反論せず、大きくため息を吐く。

そんな仲が良さそうな二人を、萌衣は微笑ましく眺めた。

「ああ、水谷さんともっと話したいのにな。ララからのお願いがなければ、絶対にここにいたのに」

ララ？　恋人なのだろうか。

小首を傾げる萌衣の横で、玖生が島方を手で払う。

「行け行け……」

島方は大笑いして、萌衣に視線を移した。

「今度時間を作るので、結婚のお祝いをさせてくださいね。じゃ！」

それだけを言うと、タクシー乗り場の方へ走っていった。

玖生にも負けないぐらい格好いいのに、なんて気さくな人なのだろうか。

萌衣が島方の後ろ姿を目で追っていると、玖生が萌衣の手を握り締めた。

「面白いお友達ね。偶然だったけど、お友達に会えて嬉しかった」

萌衣は隣に立つ玖生ににっこり微笑みかけるのに、何故か彼は不機嫌そうにしていた。

「玖生？」

「いくら俺の友人とはいえ、初対面の男にあんな表情を……」

「えっ？　何？　……あっ！」

スクランブル交差点を急いで渡ろうとする人たちにぶつかられて、萌衣はよろけてしまう。勢いを止められず、そのまま玖生の方へ倒れ込んだ。

「ごめんなさい」

「こっちだ」

玖生は萌衣の手を取り、人混みをいとも簡単にすり抜けていく。

ようやく玖生が立ち止まったのは、駅から数百メートル離れた通りだった。近くにコンビニエンスストアがあるため人の流れは途切れないが、断然駅前広場より空いている。

「どうしてこっちに？」

息を荒らげながら訊《たず》ねると、玖生が萌衣の腰に両腕を回し、自分の方へ引き寄せた。驚いた萌衣は咄嗟《とっさ》に彼の胸に手を置き、背を反らせる。

「ちょっとした嫉妬」

「嫉妬？」

「いいか、誠司はララ……ホステスに入れ揚げてる。あいつに惚れるのはやめてくれ」

「ほ、惚れる？」

萌衣はぷっと噴き出した。

恋がわからない萌衣が、玖生の友人を好きになるはずがないのに……

「それはあり得ない――」

「本当？」

玖生が萌衣の頬を撫で、小さなダイヤモンドが付いたゴールドのチェーンピアスを指で弾いた。

「……うん」

急に親密な行為をされて、頬が上気してきた。それを隠したくて、ゆっくりと面《おもて》を伏せる。

「それにしても、まさか誠司が萌衣に声をかけるなんて思ってもみなかった。俺が見つけたかったのに」

「さっき島方さんが言ってたけど、彼と渋谷で食事をしたのは、どこかでわたしと会えるかもしれないと思ったからって……本当？」

萌衣は玖生に問いかけながら顔を上げた。こちらを見下ろす彼の双眸《そうぼう》には真摯《しんし》な想いが宿り、ネオンの光が反射して輝いている。でもそれだけではなく、熱情のようなものも浮かんでいた。

「運良く会えたら御《おん》の字……ぐらいにしか思ってなかった。だから、この奇跡に感激している」

「奇跡？」

確かにそうかもしれない。スマートフォンなどで連絡を取り合って待ち合わせをするならいざ知らず、何も約束せずに会えるなんて凄《すご》い確率だ。

「わかってる？　こんな偶然は普通なら起きない。いや、確率はゼロじゃないから会うこともある。ただ望んでも簡単に叶わない。なのにこうして会えたのは……運命だ」

「運命……」

「ああ。俺が萌衣に声をかけたのも、それに乗った萌衣も……。最初は節度を守った関係を貫くつもりだったのに、俺が二人の距離感を取っ払ったのもだ。そうして、俺が――」

玖生が萌衣の腰に回した手を上に滑らせ、背に添える。そこに力を込めると、彼の吐息が萌衣の唇に触れるぐらいまで距離を近づけてきた。

真っすぐに見つめてくる玖生の瞳に魅せられて、手足の先がじんじんと熱くなってくる。それは次第に身体中に伝染していった。

「萌衣」

甘い声で囁《ささや》かれて、萌衣の心臓がきゅんと疼《うず》いた。少しずつ呼吸が速くなるにつれて二人の唇が重なりそうになった瞬間、玖生がキスした。

「ンぅ……」

萌衣が玖生の上着をぎゅっと掴《つか》むと、彼がさらに顔を傾けて深い角度で唇を貪《むさぼ》ってきた。

玖生にそうされると心が騒ぐのはいつものこと。けれども、今日はこれまでと全然違う。人の目があるのに、玖生に強く抱いてと懇願したくなる。もっと彼の熱を与えてほしいとも……

どんどん塗り替えられていく感情に胸が震え、脳の奥がボーッとしてくる。

萌衣が〝もっとほしい〟と思った時、何故か玖生が顎《あご》を引いた。

「あ……っ」

物足りなさからつい艶《つや》のある息を吐くと、玖生が萌衣を抱きしめ、お互いの額《ひたい》を擦《こす》り合わせてきた。

「こんな風に、萌衣だけがほしくなってしまったのも、運命なんだ」

わたしだけ？　玖生がこうしたいと望むのは、わたしだけ!?　――そう思うと同時に、萌衣の胸の高鳴りが激しくなっていった。

世の女性たちは、こんな風に彼氏から一途に想われるのだろう。萌衣もそれを初めて感じることができて嬉しくないわけがない。

しかしそこでふと脳裏に浮かんだのは、榊原の彼氏が浮気したという話。

たびたび榊原から彼氏とのデート話を聞いたが、二人はとても仲が良く、羨《うらや》ましいと思ったほどだ。にもかかわらず、彼氏は彼女を裏切って破局となった。

恋愛経験のない萌衣が、榊原に助言できることは何もないが、萌衣は逆に彼女に教えられた。

いくら心が通い合っても、亀裂が生じれば瓦解《がかい》するのだと……

つまり現在玖生との関係は良好だが、榊原たちのように不和になる可能性がある。そうなれば、契約どおり袂《たもと》を分かってそれぞれの道を歩むことになるかもしれない。

その瞬間を思い描くだけで、心臓を鷲掴《わしづか》みにされたみたいな痛みが走る。堪《たま》らず萌衣は玖生に縋《すが》り付いた。

「萌衣?」

突然の萌衣の行動に、玖生が戸惑いの声を上げる。

愛し合っている最中以外では、萌衣自《みずか》ら玖生に一度も腕を回したことがないのだから、それも当然だ。

でも萌衣は、そうせずにはいられなかった。無性に怖くて、不安で、身震いが止まらない。

そんな萌衣を玖生が優しく抱き返してくれたものの、心のざわつきは収まらなかった。

玖生に促《うなが》されて家路に就いたのは、それから十分も経ってからだった。

第四章

葉が散ってしまった街路樹に、冬の訪れを感じるようになった十一月下旬。

萌衣は足元を吹き抜ける北風にぶるっと震えた。厚手のカーディガンの前を合わせると、玖生が肩を抱いてきた。

「大丈夫か？」

「うん」

「さあ、早く車へ行こう。河口湖まで二時間かかる」

「二時間……」

萌衣は既に暗闇に包み込まれた空を見上げた。

銀座の通りでは街灯の灯りが煌々《こうこう》と点《つ》き、店舗からは眩《まばゆ》いくらいの光が零《こぼ》れているので、歩道で玖生を見失うことはない。

しかし萌衣は、あえて玖生の腕に手を掛けて身体を寄せた。これから向かう河口湖での三日間が心配なあまり、行動に移してしまう。

今夜から二泊三日の予定で、河口湖の湖畔《こはん》にあるオーベルジュで過ごす。そこで開かれるパーティに、萌衣たちも出席するためだ。

オーベルジュとは宿泊施設を備えたレストランを指すが、今回向かう場所はかなり敷地が広く、プライベートヴィラが数十棟建っている。美味《おい》しい料理が食べられるだけでなく、プライベート空間が保たれているのもあり、静寂を好む人たちから人気があるらしい。

パーティには、仕事関係で付き合いのある社長夫妻や役員夫妻が呼ばれているとのこと。投資家、レストラン、IT会社、セキュリティ会社などの経営者もだ。そこに、玖生のような御曹司も含まれている。職種は違うが、ほとんどが仕事で親しくなった人たちだ。

今回のようなパーティには当然ながら主宰者がいるが、それは指名制らしい。前任者から後任者へとバトンが繋《つな》がれていくのに合わせて、会場も毎年変わる。年末年始の準備で忙しくなる時期と重なっているため、招待客全員が集まるのは難しいが、それでもかなりの人数が毎年保養と親睦を兼ねたこのパーティに出席するという話だった。

そしてそのパーティには、玖生の両親も招待されていた。そこで萌衣は紹介される。

玖生の妻ではなく、恋人として……

いきなり玖生の両親と会って〝結婚しました〟と報告しても到底受け入れられ難《がた》い。それで彼はまず萌衣を紹介し、話の流れを見て真実を告げるという筋書きを作ったのだ。

萌衣は玖生の腕に置いた自分の左手に、ついと目線を落とす。

指にはたった今受け取ったマリッジリングが輝いていた。ダイヤモンドの輝きが綺麗なそれは、想像以上に華奢《きゃしゃ》な指に映える。

初めての男性とお揃いのリングがマリッジリングというのは、嬉しい反面、心の奥がむずむずするほどの気恥ずかしさもあった。

しかし、忘れてはいけない。マリッジリングが意味するところを……

萌衣としては、どういう立場であっても冷静に対処するつもりでいるが、玖生の両親との初対面を考えると否応なく心拍が速くなっていく。

萌衣は黙ったまま、渋滞の幹線道路を眺めていた。都心を離れれば若干車の流れが良くなると思うが、今日は金曜日。二十二時には到着したいと言っていたが、どうなることか。

「サービスエリアに寄りたくなったら言ってくれ」

「うん、ありがとう」

いつも萌衣を気遣ってくれる玖生の気持ちに、自然と頬が緩《ゆる》んだ。

本当なら途中で休憩したいが、なんといっても今日は玖生の両親と初めて会う日。最初が肝心なので、遅くに到着して心象を悪くしたくなかった。

「だけど……大丈夫。マリッジリングを受け取る前に夕食を摂ったから、お腹は空いてないし。何より今夜は玖生のご両親に会う日でしょ。なるべく早く向こうに着きたい」

玖生の横顔を見ながら正直に伝えると、彼はハンドルをきつく握り締めた。そして赤信号で停車すると、軽く身を乗り出し、膝の上に置いた萌衣の手を掴《つか》んだ。

「もう既に緊張してるんだな？」

「……わかるの⁉」

目を見開く萌衣に、玖生が優しく頷く。でもこちらを見る双眸《そうぼう》には、強い意志が宿っていた。

「萌衣、俺は絶対に嫌な思いはさせない。必ず守るから、安心してついてきてくれ」

そうだ、玖生は決して萌衣を悲しませるような真似はしない。実の両親の前であっても、きっと萌衣を守ってくれる。

玖生の眼差しを受け、萌衣の身体に入っていた余計な力が少しずつ抜けていった。

「うん。玖生を信じてる」

萌衣の返事に満足した玖生が、愛情を込めて手に力を入れてくる。車が動き出すと、彼は正面を向いてアクセルを踏んだ。

一般道から中央自動車道に進んでも、二人の間に信頼と情に満ちた空気が漂《ただよ》う。その居心地よさに、自然と心が寄り添っていく。

玖生がもたらしてくれた夫婦生活には、感謝しかない。男性から与えられる慈《いつく》しみも、女性としての悦《よろこ》びも、彼がいなければ知り得なかっただろう。

これまでに芽生えた感情も――そう思っていると、玖生が唇の端を上げた。

「そんなに見つめられても、何も出ないけど？」

玖生のからかいに、萌衣もクスッと笑う。

「何もいらない。もう充分にしてもらってるから」

萌衣は玖生が嵌《は》めてくれたマリッジリングに触れる。

「玖生はわたしの知らない景色を見せてくれるし、未経験なことも教えてくれる」

「これからももっと体験させてあげる。……女性としての喜びもだ」

いろいろな体験も、女性としての喜びも、数え切れないぐらい教えてもらった。これ以上の何があるというのか。

しかしそれ以上を訊《き》くのもなんだか憚《はばか》られて、萌衣は黙って意識を外に向けた。

高速に入った当初は多かった車両も、八王子を過ぎたあたりで徐々に減っていった。そこで萌衣は、今回開かれるパーティについて気になり、ちらっと隣を見る。

「玖生はこのパーティに毎年参加してるの？」

「出席したりしなかったり……だな。両親が欠かさず参加してるから任せてる。それに、まあ、顔を出せば出すだけ面倒だったし」

「面倒？」

「親交を深めるパーティと言ったが、他にも目的がある。お互いの娘や息子の縁組みだ」

「縁組み!?」

驚く萌衣に、玖生は苦笑いした。

「ああ。俺は一応……予約済みみたいな噂が広がっていて、縁組み云々《うんぬん》に関しては鬱陶《うっとう》しくなかった。面倒だったのは、いつ予約が確定するのかという周囲の詮索だった」

予約済みとされる相手は、きっと玖生の両親が政略結婚をさせたい相手だ。彼とその女性が結婚するという噂があるのならば、皆に相手の素性も知られていると考えられる。

萌衣が現れれば、出席者は驚くだろう。

なんだか大事《おおごと》になりそうな気がして、心穏やかではいられなくなる。

とりあえず、気を引き締めなければ……！

萌衣は再び高速道路に目を向け、連《つら》なる照明から街の灯りを遠見する。

八王子を抜けた車は、どんどん山間へと進んでいく。同じ速度で車が走り始めると、道路の継ぎ目を通るたびに規則正しい振動が送られてきた。

オーベルジュに到着すれば、今よりも神経が張り詰めるのは目に見えている。休めるのはこの道中だけかもしれない。

萌衣はその心地いい揺れに合わせて、静かに瞼《まぶた》を閉じる。いつしか眠気に襲われ、意識を放り出した。


それからどれぐらい経ったのだろうか。

玖生の話し声が聞こえてきて、萌衣は重たい瞼《まぶた》をゆっくり開けた。

「わかった。じゃ、送られてきた資料は週明けにもらおう。今、東京を離れてるからマンションに来られても受け取れない……ああ、そうだ。萌衣と一緒。……ハハッ、じゃ来週に」

玖生は笑ってスマートフォンをポケットに入れる。それから萌衣に視線を向けた。

「起きたか？」

「今の電話は？」

「ああ、海藤だ。今いろいろと……頼んでて。その連絡だ」

「海藤さん？　仕事、大丈夫なの？」

萌衣は訊《たず》ねるが、玖生が微笑んだ。

「大丈夫だ。さあ出ようか。週末なのに結構空いていて、ほんの数分前に着いたんだ」

「数分前？」

シートベルトを外して、時計を確認する。二十一時三十分を過ぎていた。

言われるまま外に出た萌衣は、肌を刺す冷たい空気に晒《さら》されて身震いしてしまう。こちらはもう冬を感じさせる気温だ。

萌衣は両手に息を吹きかけて、暖を取りながら周囲を見回した。

森林の中に佇《たたず》む白亜のプライベートヴィラが何棟もあり、それらは暗闇の中で煌々《こうこう》と輝いて浮かび上がっていた。喧騒《けんそう》など一切感じさせず、まるでファンタジーの世界に迷い込んだような錯覚に陥《おちい》る。それぐらい素敵なヴィラだった。

明日になれば、太陽の陽射しを浴びた森林や山の稜線《りょうせん》を望めるに違いない。

「中に入ろう」

「うん」

萌衣は返事し、トランクからスーツケースを取り出す玖生のもとへ移動した。

「さあ、おいで。ロビーはこっちだ」

「ありがとう」

玖生と共に、正面にある大きな窓ガラスが目を引く建物に向かう。萌衣は彼の後ろを歩きながら、駐車場を確認する。そこには高級車が十数台駐車されていた。ヴィラ全棟を貸し切りにしているという話なので、それらの車の持ち主はパーティの出席者たちだ。

萌衣は深呼吸をして気を引き締めると、玖生と並んでエントランスを通り抜けた。

広々としたロビーは茶系で統一されており、暖色系のライトが温もりを与えていた。大型ソファがいくつも設置され、奥にある暖炉では薪《まき》が爆《は》ぜている。壁際には風景画が飾られ、書棚にはびっしりと様々な本が収まっていた。それを借りて、ソファでゆったりと過ごすのもいいかもしれない。

もちろん今回ではなく、いつの日か再びここに来られたらの話だが……

正面にはフロントがあり、ロビーの調度品に合わせた色調のカウンターが設置されていた。

フロントには三十代と思《おぼ》しき男性スタッフが立ち、萌衣たちを出迎えた。

「ようこそお越しくださいました。招待状をお持ちでしょうか」

「ええ。こちらに……」

玖生が招待状を提示する。

「長谷川さまですね。私はフロントを担当しております、渡辺《わたなべ》と申します。こちらの宿泊カードにご記入いただいてもよろしいでしょうか」

出された宿泊カードに、玖生がペンを走らせる。

「簡単にヴィラの説明をさせていただきます。こちらが施設内の地図になります。フロントのある建物はここで、当館のお料理を提供する建物〝シャルール〟は——」

パンフレットを開いた男性スタッフは、ペンで印を入れてわかりやすく示す。〝シャルール〟にはレストランだけでなく、カフェやバンケットルームもあるらしい。そして、ヴィラだけでなく全施設が貸し切りとなっているため、滞在中は自由に散策していいとのことだった。またグランピング施設のように、アクティビティや湖畔《こはん》でバーベキューなども楽しめると勧めてくれた。

「お客さまが宿泊されるヴィラはこちらになります」

「敷地の端ですか？」

「フロントからは一番遠いですが湖畔《こはん》を一望できますし、裏手の露天風呂は他のヴィラよりも広くてゆったりと過ごせます」

「なるほど……」

玖生がにやりと唇の端を上げる。

何がそんなに面白いのかはわからなかったが、それについては訊《たず》ねず、渡辺が新たに示した冊子に視線を戻した。

「こちらが今回お泊まりいただく方の名簿になっております。主宰者さまより、参加者全員にお渡しするように承《うけたまわ》っております。ご連絡は下記の方法でお試しくださいませ。それでは……スタッフの戸田《とだ》がお部屋にご案内いたします」

渡辺が玖生の横を手で示す。

そちらを向くと、萌衣と同年代ぐらいの女性が近づいてきた。黒いパンツスーツを着た戸田は、手足がすらりと伸び、ショートカットの髪型が似合う素敵な女性だった。

「戸田と申します。お荷物をお持ちいたしますね」

「大丈夫です。彼女のバッグをお願いできますか？」

玖生が、萌衣のトートバッグを指す。戸田の仕事とはいえ、重たい荷物を女性に持たせたくないのだろう。

そういう思いやりにほっこりしていると、戸田がこちらを見て手を差し出した。

「わたしも大丈夫です」

自分でできることは自分でするべきだと思っている萌衣は、即座に遠慮する。二人から断られた戸田だったが、動揺を見せることなく恭《うやうや》しく頭を下げてドアを示した。

「こちらへ」

玖生と萌衣は渡辺に会釈《えしゃく》して、戸田の案内を受けて歩き出した。

外に出ると、一瞬にして冷気に肌を刺された。暖炉のあるロビーがどれほど暖かかったのかが身に染みてわかる。

「足元にお気を付けてください」

戸田は石畳を指す。歩道の両脇にはガーデンライトが灯り、まるで天の川みたいに輝いている。

屋根はないので雨や雪を防げないが、見上げれば満天の星空が広がっていた。都会の煌々《こうこう》とした
イルミネーションや塵《ちり》などで遮《さえぎ》られないお陰で、いつもは見えない小さな星まではっきりとわかる。

「本当に素敵な場所……」

「俺もここに来たのは初めてだが、いいところだな」

萌衣の独り言に、玖生がすぐさま反応した。

「今回はいろいろあってなかなか安らげないと思うが、時間を作って楽しもう」

「うん、楽しめたらいいけど……」

いつもの萌衣と違って、弱音を吐いてしまう。ここで過ごす三日間が、これまでの生活と違うと認識しているせいだ。

「大丈夫。俺がいる」

玖生が萌衣の腰に手を回した。温もりに包まれてしばらく歩いていると、正面にライトに照らされたヴィラや東屋《あずまや》、噴水などが現れた。

「ここのオーベルジュは実は——」

そう言って、戸田はオーベルジュの立地について説明し始めた。

もともとは企業の保養所や研修所として使用されていた土地だったとのこと。売りに出された際、そこの社長と知り合いだったオーナーが買い取ったという。

建物がしっかりしていたため、研修所として利用していた建物はリノベーションをし、その周囲を取り囲むようにプライベートヴィラを建てたとの話だった。

「それで、こんなに広々とした土地にオーベルジュをオープンできたんですね」

「はい。こちらで是非、非日常の空間を過ごしていただきたいと思っております。……前方の建物が、今回用意しましたヴィラになります」

戸田が示した数メートル先に、二階建ての白亜の建物が見えた。ポーチライトが点灯している玄関に行くと、彼女がカードキーでロックを解除し、ドアを開けてくれた。

「なんて素敵なの！」

玖生が玄関先にスーツケースを置く横で、萌衣は感嘆した。

目の前に広がるのはリビングルームだ。焦《こ》げ茶色をした木目調のフロアタイルが敷き詰められているのもあって、体感的に広く感じられる。白い壁紙と対比しているのが、またいい。

中央にはソファが置かれているが、全てカーテンが閉められた窓の方を向いていた。あのカーテンを開ければ、壮大な景色を遠望できるに違いない。

奥にはシステムキッチンも設置されていて、自由にお茶を淹れられそうだ。

「セントラルヒーティングで室温の調整ができますが、暖炉も用意してありますので、お好みでお使いください。説明書はシステムキッチンの台の上に置いてあります。また、メインベッドルームは二階にあります。ご不便などがございましたら、内線でフロントにご連絡ください。すぐにスタッフが伺《うかが》います」

「ありがとう。この三日間、よろしくお願いします」

玖生が戸田にお礼を言うと、彼女は白い歯を零《こぼ》して建物をあとにした。

二人きりになると、萌衣はヒールを脱いでリビングルームに入る。ハイエンドの家具が置かれたそこはすっきりしていて、非日常を感じながら過ごせそうだ。リビングルームには二階へ続く階段があり、その先にベッドルームがある。

そちらへ興味が湧いた時、背後から急に抱きしめられ、肩に顎《あご》を載せられた。

「ようやく二人きりになれたのに、萌衣は俺に見向きもせずに部屋に見惚れるんだな」

心なし拗ねた言い方に、萌衣はふっと頬を緩《ゆる》めた。玖生の言うとおり、目の前の見事な家具や内装に目を奪われてしまっていた。

「とても素敵な部屋で……。見て、吹き抜けになってる」

萌衣は腹部に回された腕に触れて、天井を見上げた。

「天井が高いだけで、広々とした空間を保てるのね。こんな家に住めたら――」

「こういう内装が好み？」

好み？　そうかも――と天井につけられたシーリングファンに目をやり、二階に続く階段からその上にある部屋を想像した。

玖生と夫婦生活を営《いとな》んでいれば、いつか子どもができるだろう。二階のホールから顔を出し〝ママ、来て来て！〟と叫び、キッチンに立つ萌衣は〝今行くわ〟と和《なご》やかに返事をするのだ。笑い声が響き渡る、温かな家庭を、こういう家で築けたらどんなにいいか。そして〝パパは呼んでくれないのか？〟とソファで寛《くつろ》ぐ玖生が嫉妬して……

ふふっと笑みを零《こぼ》すと、玖生が萌衣の手を取って、マリッジリングに口づけた。

その行為に、萌衣の胸が幸せでいっぱいになっていく。

「だったら、新居を探そう。本来なら入籍前に新居を構えるべきだったが、その時は家庭を顧《かえり》みる考えがなかった。だが今は違う。いずれ俺たちの間にも子どもが生まれたら、こういう家で育てたい」

萌衣は慌てて玖生の手を払って身を翻《ひるがえ》し、正面から彼の目を覗《のぞ》き込む。本音なのか、それとも話の流れでただ萌衣に合わせたのかどうかを確認するためだ。

萌衣の予想は後者だったが、なんと玖生は本気でそういう未来を熱望するかのように双眸《そうぼう》を輝かせている。

契約結婚とはいえ、萌衣はこの結婚を一生ものと考えている。いずれ寿《ことぶき》退社した先輩たちのように、家庭を持てる日が来ると心のどこかで思っていた。でもまさか、彼もこういう家で子どもがはしゃぐ光景を思い描いたなんて……

以前よりも玖生との心の距離が近づいた気がして、あまりの嬉しさから彼に抱きつきたい衝動に駆られた。

でも途中で頭の中にクエスチョンマークが浮かび、萌衣は眉根を寄せる。

玖生が萌衣と同じように子どもを持つ日を想像してくれたと知り、どうして胸が弾むほど嬉しく感じたのだろうか。

自分の感情に戸惑っていると、玖生が萌衣の腰に手を回してきた。そして腕に力を込めた彼の方へ、より一層引き寄せられる。

そうされることに慣れてきた萌衣は、何も考えずに玖生の背中に手を滑らせた。

「萌衣……」

玖生がゆっくりと顔を傾けて覆いかぶさってくる。萌衣は息を呑むものの、彼のキスを受け入れたくて自然と踵《かかと》を上げると、薄く唇を開いた。

まさにその瞬間、静かな部屋に玖生のスマートフォンから呼び出し音が鳴った。

二人ともビクッとし、玖生が顎《あご》を引いた。

玖生が、燻《くすぶ》り始めた愛欲をどうするんだと目で訴えてくる。萌衣は苦笑いし、彼が電話に出やすいように背を向けた。

「……母さん?」

玖生の言葉に驚いた萌衣は慌てて振り返り、液晶画面から顔を上げた彼と目を合わせる。彼は萌衣に〝取るぞ〟と目で合図を送り、スマートフォンを耳元に添えた。

「はい」

玖生は義母の話に耳を傾け続けているため、最初の一言目以降、全然声を発しない。発しないが、どんどん彼の頬が引き攣《つ》っていった。

何を言われているのかと不安になった萌衣は、気を紛らわせるようにお腹の前で両手を揉みしだく。やがて、玖生が大きく息を吸い込んだ。

「わかった。今からそっちに行って説明する。……じゃ、あとで」

玖生は萌衣を見つめて、電話を切った。

「俺がパーティに女連れで来ていると、早速連絡が入ったらしい。それで両親が……話をしたいと。どうも俺が一人で参加すると思っていたみたいだ。これから行くと伝えたが、準備はいいか?」

準備――それは義父母と初めて顔を合わせることへの心づもりに違いない。一応最初は挨拶《あいさつ》だけをする予定だが、話の流れでどう転ぶのかは誰にもわからない。

だが、妻と紹介されることへの心の準備はできている。

萌衣は自分に発破《はっぱ》をかけるように唇を引き結ぶと、玖生に頷いた。

「よし、行こう。帰ってきたら……さっきの続きだ」

甘い夜を約束するように、玖生が優しく萌衣の髪を耳にかける。感じやすい耳の裏を指でかすめられて身体が震えてしまった。

「もう！」

萌衣は笑いながら玖生の腕を叩くが、そこでハッとする。

もしかして、萌衣の緊張を解こうとしてわざとこんな素振りを……

確かに玖生の言葉と愛撫で、萌衣の肩に入っていた力が自然と抜けた。

玖生の優しさに胸をほんわかとさせながら、萌衣の背に手を添えた彼と一緒にヴィラを出たのだった。


そこから十数分後。

プライベートヴィラに囲まれて建つ建物こそ、料理を提供する場〝シャルール〟だ。そこを通り過ぎた先に、玖生の両親が泊まるヴィラがある。時折静寂を破る笑い声が聞こえてきたものの、誰にも会わずに到着した。

萌衣たちが泊まるヴィラよりもこぢんまりしている。だが〝シャルール〟への距離は近いし目の前には美しい噴水や庭園があるので、こちらの方がハイグレードかもしれない。

「ここだな」

玖生がドアの横にある呼び鈴を押すと、軽やかな音色がヴィラ内に響いた。ものの数秒後にこちらに向かってくる足音が聞こえて、ドアが開く。

「玖生、よく来たわね」

玖生と似た女性が、笑顔で出迎える。彼女こそが彼の母親だ。彼の年齢を考えると六十歳に近いと思うが、まだ五十代前半に見える。まさに、髪を綺麗に結い上げた品のあるマダムだ。

しかし玖生の母の目線がついと逸れて萌衣を認めるなり、表情が僅《わず》かに曇る。

「彼女が、玖生が同伴させた人ね。ひとまず入りなさい。中で話しましょう」

玖生の母——義母が室内に入るのを見てから玖生と目配せし、萌衣はあとに続いた。

玄関に入り、リビングルームへ進んでいく。ここのヴィラも吹き抜けになっていて、外観からは想像できないほど広々としている。リビングルームの中央にはソファがあり、かすかに白髪が目立ち始めた六十代ぐらいの男性が座っている。玖生の父、義父だ。

「座りなさい」

義母は萌衣たちにソファを指し、義父の隣に座る。

玖生に「おいで」と誘われた萌衣は、彼が座るのを待って腰を下ろした。

「玖生。まずパーティに女性を連れてくる予定があったのなら、一言断ってほしかったな」

第一声、義父が玖生に鋭く言い放つ。隣にいる義母も頷いて同調の姿勢を示した。

「それで彼女は、お前の秘書なのか？」

義父は軽く咳払いをし、含みのある言い方をする。玖生は義父の問いかけに苦笑いした。

「秘書……ね。ああ、彼女は水谷萌衣さん。二十九歳だ。秘書をしているが、俺のではない。ウェルジェリアの景山専務付きの秘書だ」

「景山専務？　もしや桐子がお付き合い中の……？」

義母が目を見開いた。それは義父も同じだった。

「そう、その景山専務」

恋人ではなく秘書という設定に変わったことに戸惑ったが、萌衣は玖生の意思に沿うと決めている。義父母に顔を向けて頭を下げた。

「初めまして、水谷萌衣と申します」

「水谷さん、ごめんなさいね。息子が女性を連れてきたと聞かされて、とても驚いてしまって。景山専務の秘書なら、妹とこれからも会うわね。いろいろとよろしく頼むわね」

にっこりした義母は、すぐに安堵した様子で義父にも微笑みかけた。

「良かったわ……。景山専務の秘書なら大丈夫よね？」

「ああ」

先ほどとは打って変わって、義父の表情が明るくなる。しかし玖生は違った。

「どういう意味？」

玖生に訊《たず》ねられて、一瞬義父母が目を合わせる。数秒後に、義母が苦笑いしながら玖生に顔を向けた。

「怒らないで聞いてね。実は今回、柴谷《しばたに》夫妻がパーティに出席されるの。その……梢ちゃんも」

「出席する？」

これまでの落ち着いた様子とは違い、玖生の声のトーンが上がった。

こんな風に急に反応した理由はいったいなんだろうか。

萌衣は玖生を窺《うかが》うが、同時に〝梢〟という名前をどこかで聞いた気がして記憶を遡《さかのぼ》る。だがまったく思い出せない。

「柴谷夫妻は明日の朝、梢ちゃんは今日中に到着するわ。それで、玖生が連れてきた女性が気になって――」

義母がさらに何かを言いかけた時、玖生が呆れたように空笑いを漏らした。

「それでか……。おかしいなと思ったんだ。女連れという連絡が入ったぐらいで話がしたいなんて。これまで一度もなかったのに」

「ねっ、これでお母さんたちの気持ちがわかったでしょ？」

「ああ。だったら、俺も……誠実にならないとな」

そこに込められた、玖生の揺るぎない意思を感じて、萌衣は身体を強張《こわば》らせる。そんな萌衣の手を、彼が握ってきた。

「萌衣は景山専務に大事にされている秘書。そして、俺にとっても大切な人でもある」

「玖生にとって？　それってどういう意味なの」

恐る恐る訊《たず》ねる義母と、息子の言葉をじっと待つ義父。

玖生は結婚の件を言うことに決めたのだろう。

萌衣は深呼吸をして、玖生に取られた手に力を込める。それを合図に、彼が萌衣に微笑みかけた。

「俺の妻だ」

「……妻？」

義父母がきょとんとした顔つきで呟《つぶや》いた。

「入籍したんだ。八月に。来年には披露宴を開いて、親族を呼びたいと思ってる」

いきなり飛び出した〝披露宴〟の三文字に、萌衣の呼吸が止まりそうになった。一度もそんな話をしたことがないのに、玖生には披露宴の計画が頭にあったなんて驚くしかない。

「ちょっと待ってくれ。……入籍した？　八月に？」

声を震わせながら訊《たず》ねる義父に、玖生が力強く頷く。それを受け、義父母の顔から血の気が引いていった。

「ご挨拶《あいさつ》もせずに勝手に籍を入れてしまい、本当に申し訳ありませんでした」

萌衣はまずは謝ることが先決だと思い、口を挟む。しかし義父母は、玖生の告白が衝撃的だったみたいで、固まっていた。

「萌衣は悪くない。俺がそうしたいと頼み、籍を入れてもらった。……父さんたちにはわかるはず」

義母が慌てた素振りで義父の袖を引っ張ると、義父は妻をなだめるように彼女の手に触れた。

「わかってる……」

義父は不安そうな面持《おもも》ちで瞼《まぶた》を閉じた。そして目を開けると、真っすぐ玖生を見返した。

「今の話は本当なんだな？　お前は隣にいる萌衣さんを妻に――」

玖生が萌衣の手を持ち上げた。左手の薬指に嵌《は》められたマリッジリングを示し、尚且《なおか》つ自分の左手も見せた。

それを確認した義母は、両手で口元を覆った。

「これまでどんな女性と付き合ってきても、ペアリングだけは絶対に嵌《は》めなかったのに」

「遊びで付き合う女性と妻が同列なはずがない。妻になら束縛されたいと思うのが普通だ」

玖生の説明に、義父が力なくうな垂れる。

「あなた、どうするの？　だって今回は……」

義母が焦る一方、義父は微動だにせずテーブルに視線を落としていた。

あまりにも不穏な空気に、萌衣はおろおろしながら玖生を窺《うかが》う。しかし彼は、萌衣と違って堂々としていた。結婚したと報告したらこうなるとわかっていたのだ。だから最初に萌衣を紹介し、時期を見て真実を告げると言ったに違いない。

「結婚したい女性がいたのなら、もっと早くに……相談してほしかった」

義父が面《おもて》を上げ、声を絞り出しながら言った。

「相談できる状況ではなかった。それは父さんも知ってるはず。好きでもない子を俺にあてがおうとした時、俺は何度もノーと言ったが聞いてもくれなかったんだから」

「玖生のお嫁さんには、梢ちゃんがいいと思ったのよ」

義母が訴えるのを聞いて、萌衣は息を呑んだ。

思い出した。玖生が萌衣に契約結婚を申し込んだ際、ポロッとその名を漏らした。だから頭の片隅に、その名前がこびりついていたのだ。

その〝梢ちゃん〟こそ、玖生が逃れたかった政略結婚相手……

「こうなったからには、柴谷夫妻に妻を紹介しようと思う」

「駄目だ！」

初めて義父がきつく拒む。しかし玖生は、小さく首を横に振った。

「梢にもきちんと伝えるべきだ。早ければ早い方がいい。どちらにしろ、もう彼女を嫁として迎える日は来ないのだから」

義父母が大きく肩を落とす。それでも玖生に懇願の目を向けた。

「玖生……お前の言いたいことはわかった。だが柴谷夫妻や梢ちゃんに結婚した件を話すのは、東京に戻ってからにしないか？」

「どうして？　父さんも言ったじゃないか。結婚したい女性がいたのなら〝もっと早く〟に相談してほしかったと。先延ばしにすれば、余計にこじれてしまう」

義父母は玖生の言葉にぐうの音も出ず、押し黙った。

「今日はもう遅いから帰るよ。また明日」

玖生は萌衣の手を引いて歩き出す。

このまま戻っていいの？　もっときちんと話をするべきでは？　――と萌衣は肩越しに振り返った。義父はうな垂れ、義母は「どうしたらいいの？」とおろおろしている。

その姿に後ろ髪を引かれながらも、萌衣は玖生に逆らえず一緒に外に出た。

山から吹いてくる冷たい風に、知らず識らず身震いしてしまう。でもそれは寒さからなのか、それとも自分が親子の間に不和をもたらしたせいなのか、はっきりしない。

とはいえ、萌衣が影響を及ぼしているのは確かだ。

「玖生」

「どうした？」

萌衣の手を引く玖生に話しかけるが、立ち止まる気配はない。

「ご両親ともっと話した方が良くない？」

思い切って口を開くと、玖生が苦々しい表情を浮かべて鼻を鳴らす。

「言いたいことは伝えた。両親も先延ばしにしてもいい方向へは進まないとわかっているはずだ。俺が妻帯したのは事実。あとは前を向いて行動するだけだ」

それはわかっている。しかし、本当にこれでいいのかという不安に苛《さいな》まれてしまう。

「さあ、ヴィラに戻ろう。運転の疲れを露天風呂で癒やしたい。萌衣と一緒に」

口元をほころばせた玖生が、萌衣に流し目を送る。

いつもの萌衣ならこうして誘われると心が躍るが、今は義父母が気になって気持ちが乗らない。玖生はと言うと、もう前を向いている。義父母のもとへ戻るつもりはさらさらないようだ。

だったらわたしが——と思い、萌衣は玖生の腕に触れた。

「うん？　どうした？」

「ちょっと、化粧室に寄ってくる」

萌衣はそう言って、少し先に見える建物を指す。

「じゃ、外で待ってる」

「ううん、大丈夫。先に帰ってて。戻ったらお茶を淹れるから、お湯を沸かしておいてくれたら嬉しい」

「わかった。じゃ、いろいろと……今夜の準備をしておく」

玖生が萌衣の額《ひたい》にキスをした。ほんの軽くだったが、そこには彼の想いが籠もっていた。

「気を付けて」

玖生が顔を上げるのを感じ取った萌衣は、瞼《まぶた》を開けて頷いた。

「すぐに戻るから」

萌衣はそう言って玖生の傍を離れる。萌衣を見守る彼に〝早く行って〟と手で合図を送ると、彼はようやく背を向けた。

玖生の後ろ姿が視界から消えるとくるっと方向転換し、萌衣は来た道を戻った。

義父母が泊まるヴィラを出たのはほんの数分前なので、まだリビングルームにいるだろう。呼び鈴を押したら、玖生が戻ってきたと思って素早く出てきてくれるに違いない。

ヴィラに到着した萌衣は、ドアの横の呼び鈴に手を伸ばした。

その時だった。

「どうするの？　こんな風になるなんて」

義母の悲痛な声が、ドアを隔《へだ》てた向こう側から聞こえてきた。反射的に手を胸に置き、一歩下がる。義父母が外に出てくるのではないかと思ったが、ドアは一向に開かない。

「これは私も予想してなかった」

義父の困惑した声音《こわね》に、萌衣は申し訳ない気持ちでいっぱいになる。

入籍した直後に挨拶《あいさつ》に伺《うかが》っていれば、こんな風に苦しめることはなかったかもしれない。だからこそ、今萌衣にできることがあるのならば動いて、義父母の役に立とう。

これ以上、家族間に不和をもたらす真似だけは絶対にしたくない。

「明日、柴谷夫妻と話を詰める予定だったのよ？　その流れで、皆に婚約発表をしようと話していたのに、どうするの？」

えっ？　婚約を発表!?

思ってもみなかった情報に、萌衣の心臓が飛び跳ねた。

「梢ちゃんは玖生のことが好きよ。玖生も梢ちゃんを歳の離れた妹みたいに可愛がっていたから、この婚約話は上手くいくと思ってたのに」

「ああ。私もこれで柴谷さんとこのアパレル会社と、さらに強固な関係を築けると考えた。だが、玖生が萌衣さんを妻と紹介したら、どうなると思う？　柴谷家全員を辱めてしまう。それだけじゃない。きっと仕事にも支障をきたす」

義父の覇気のない声音《こわね》から、肩を落とす光景が浮かんできた。

義父母は苦境に立たされている。萌衣としては、彼らに迫りくる危機を黙って見過ごせない。

今は萌衣も長谷川家の一員なのだから……

ではいったい何をすればいいのだろうか。

「だったら、どうするの？」

「とにかく柴谷夫妻の面目を保つことが先決だ。後日詫びに伺《うかが》うとしても、この三日間は、玖生が妻帯した事実を隠さなければ」

「あなたは何もわかってないわ。どんな女性と付き合っても彼女たちの束縛を嫌ったあの子が、隠れて結婚したの。妻の存在を隠せば、萌衣さんを傷つけることになる。息子がそんな真似をすると思う？　……絶対しないわ」

そこで一瞬間が空くが、義父が疲れたように息を吐く音が聞こえた。

「だが、これしか方法がない」

「そうね。……柴谷夫妻との関係を守るために、玖生が選んだ女性を、親の私たちが悲しませてしまうのね」

義母の声にはいろいろな感情がまじり合っていて、複雑な心境のようだ。萌衣自身も原因の一つだと思うと、だんだん居たたまれなくなる。

落ち着かなくなった萌衣は、俯《うつむ》いて両手を揉んだ。

「萌衣さんには申し訳ないが、玖生に頼もう。ここにいる間は独身で通してほしい、今回だけ梢ちゃんに情けをかけてほしいと」

義父の言葉に、萌衣も賛成だった。義父母が後日お詫びに伺《うかが》うと言っているのだから、わざわざここで騒ぎを起こす必要はない。

だから、萌衣が玖生にお願いしよう。親子の間の緩衝材になれるのは、萌衣だけだ。

本来なら義父母の前に姿を現して〝申し訳ありません！〟と謝りたかった。だが、自分が現れることで場の雰囲気をもっと悪くしそうな気がした萌衣は、瞼《まぶた》を閉じて唇を引き結ぶ。そして身を翻《ひるがえ》すと、玖生の待つヴィラへと歩き出した。


周囲のヴィラから聞こえてくる音楽や笑い声に、胸を締め付けられる。

ここに来ている人たちは、玖生が梢と婚約間近だと知っている。そこで彼が萌衣を妻と紹介すれば、義父母が危惧する事態が発生する。

こうして耳に入ってくるパーティ参加者たちの声に、萌衣は先ほど義父に賛同した思いが間違いではないと再び確信した。

あとは前に向かって進むだけ……

萌衣は玖生が待つヴィラへ戻るため、急ぎ足で庭園を抜ける。しばらくすると、煌々《こうこう》と照らされて暗闇に浮かび上がるヴィラが視界に入った。

萌衣は玄関ポーチに進み、呼び鈴を押した。

『……はい？』

「わたし」

『今開ける』

楽しげな声が聞こえると同時に、電子ロックが外れた。重厚で大きなドアを開けると、ちょうど玖生がリビングルームからこちらへ歩いてくるところだった。

「萌衣にヴィラのカードキーを渡していなかったな。リビングルームのテーブルの上に置いてあるから」

「うん、ありが――」

最後まで言い終わらないうちに、萌衣は正面から玖生に抱きしめられた。

「言われたとおり、いろいろと準備をしていた。露天風呂に飲み物と果物を用意したし、ジャグジーもセットした。必ず今夜は……筋肉痛になるから」

玖生が微笑んで額《ひたい》を触れ合わせてくると、鼻で萌衣の鼻を突いてきた。

「萌衣、露天風呂へ行こう」

「待って……」

「待たない」

玖生が顔を傾けて唇を求めてきた。封じられる直前で、萌衣は彼の唇に手を置いてキスを防いだ。

しかし玖生が、萌衣の指を舌でぺろっと舐める。

「玖生！」

萌衣は、頬を赤らめながらさっと手を引いて、制止の声を上げる。しかし、すぐに本来の目的を思い出し、玖生の腕に手を置いた。

「お願いがあるの」

「何？」

萌衣は、吸い込まれるような瞳を向けてくる玖生を見返した。

「ここで過ごす間、わたしたちの結婚は……内緒にしない？」

玖生はきょとんとするものの、次第に〝何を言っているんだ？〟と訝《いぶか》しげな顔をした。

萌衣は咳払いして、理由を説明する。

「わたしたちが結婚したことで、玖生の希望は叶ったよね？　結局、政略結婚はご破算になったわけだし。だったら今は、結婚の件を伝えなくてもいいんじゃないかなって」

途端、玖生の眼差しが鋭くなる。

「何故秘密にしたいんだ？」

「パーティの出席者とは顔見知りでしょ？　しかも玖生と梢さんの婚約話は既に噂されてる」

「それで？」

「梢さんも参加されるのに彼女ではない女性を妻にしたと知ったら、柴谷夫妻のみならず彼女の面目も潰す。そのせいでお義母《かあ》さんたちは気まずくなる。そうなるのがイヤなの。だからここにいる間は、その……結婚の件を伏せるのってどうかな」

「つまり、梢にも今までと変わらない態度で……妹のように接しろと」

玖生の淡々とした声音《こわね》に緊張しつつも、萌衣は頷く。

「俺に、妻以外の女性に優しくしろと言ってるんだな？」

萌衣に問いかける声が一段と低くなった。まるで、そこにあるものを凍らせるかの如《ごと》く冷たい。

萌衣の口腔が乾き、胃酸が込み上げてくる。それを押し殺して、おずおずと口を開いた。

「そうすれば、お義母《かあ》さんたちの顔を潰さずにすむ。……これで上手くいくと思うの」

必死に訴えるものの、玖生が承諾する様子はない。こうなったら、何故結婚を秘密にしたいのか、その理由をきちんと伝えるべきだろう。

「実は――」

そう切り出した萌衣は、玖生に嘘を吐いて義父母のヴィラに戻った話をした。彼の眉間の皺《しわ》が深くなるが、恐れずに続ける。

「お義母《かあ》さんたちの話を聞いて思ったの。わたしも柴谷夫妻の顔を潰すのは避けた方がいいって。東京に戻ったあと、謝りに伺《うかが》うそうよ。玖生が描くとおりの展開になるんだから、今回はお義母《かあ》さんたちの顔を立てない？」

「そういう問題じゃない」

玖生は真剣な顔つきで吐き捨て、萌衣の腕を掴《つか》んで軽く揺さぶってきた。

「萌衣はそれでいいのか？　俺の妻になりたいと望む梢が隣にいてもいいのか？」

玖生の剣幕に驚きながらも、萌衣は小刻みに頷いた。

すると、玖生は信じられないとばかりに手を離し、唖然とした表情を浮かべた。そして一歩、さらにもう一歩下がって萌衣と距離を取る。

「どうしたらそんな風にさらっと言えるんだ？　夫を他の女性に押し付けるとは……」

「押し付け？　ち、違う。わたしは、お義母《かあ》さんたちの顔を立てて――」

「俺なら萌衣に他の男のもとへ行けなんて、何があろうとも絶対に言わない」

玖生が強く訴えるが、萌衣にはピンとこなかった。

もし、玖生からなんらかの理由でとある男性に優しく接してほしいと頼まれれば、萌衣は喜んでそうする。それが彼のためなら尚更だ。

「ここにいる間だけよ。お義母《かあ》さんたちの悩みを軽くしてあげたい」

「俺を苦しめるのはいいんだな？」

「えっ？」

どこが玖生の気に障るのかわからず、萌衣は眉根を寄せる。すると、彼の顔が能面のように無表情なものへと変わっていった。

「わかった。……だがこれは、俺が望んだことじゃない。萌衣自身が懇願したんだからな」

玖生が淡々と言い放った。

その声音《こわね》に空気が凍るほどの冷たいものが宿っていたため、萌衣は怯《ひる》んでしまう。だが、最終的に玖生は理解してくれたのだ。

「ありがとう」

萌衣は玖生に一歩近づき彼の腕に手を伸ばすが、触れる直前で動きを止めた。萌衣を見る彼の目が、いつもと違ったせいだ。

そこに感情はなく、まるで萌衣など玖生が気にかける存在ではないみたいな……

心の距離を取られた気がして、萌衣の心臓がきゅっと縮まったような痛みに襲われる。

「玖生、わたし――」

その瞬間、ヴィラ内に呼び鈴の音が響き渡った。萌衣は反射的に玄関の方へ振り返る。

きっと直接玖生に会って話そうと決めた義父母が、ここまでやって来たに違いない。

萌衣は玖生の傍を離れて玄関に向かい、ドアを開けた。

「お義母さ――」

出かかった言葉が、途中で尻すぼみに消えてしまう。そこにいたのは義父母ではなく、愛らしい女性だったからだ。

身長一六〇センチに満たないくらいのショートボブの女性は、身体にぴったりとしたベージュ色のタートルネックを着用し、大きめのカーディガンを羽織っている。ミニスカートにブーツを合わせていて、とても似合っていた。

ただその女性は、萌衣を見るなり満面の笑みを消し、訝《いぶか》しげに目を眇《すが》めた。

「あなたはどなた？　ここは……玖生くんが泊まっているヴィラでしょ？」

玖生くん？

「梢？」

玖生の声に反応して、萌衣は肩越しに彼を窺《うかが》う。

この子が梢ちゃん？　――と目で問いかけるが、玖生は驚いた表情で彼女を凝視していた。

「玖生くん、会いたかった！」

萌衣を押し退けて玄関に入ってきた梢が、そのまま玖生の胸に飛び込む。

「おい、靴！」

「あっ、ごめんなさい」

梢は謝るが、玖生に会えた喜びが勝るのか、笑顔のままだ。頬をピンク色に染め、さながらアイドルを見るように双眸《そうぼう》を輝かせている。

「許して。玖生くんに会えるのは、久し振りなんだもの」

梢は楽しげに笑ってブーツを脱ぐ。そして再び玖生の腰に両腕を回して、彼を仰いだ。

「就職する気はなかったのに、ママとパパに玖生くんの妻になるなら教養も必要だって言われて画廊に就職させられて……。その上、半年間も海外研修に行かされたのよ！　玖生くんに会えなくてどうにかなりそうだった。ねえ、あっちで話そう」

梢はにっこりすると、玖生の腕を引っ張って彼をリビングルームへ誘う。

梢はどことなく同僚の榊原と雰囲気が似ているが、梢の方が少し子どもっぽい。兎《うさぎ》みたいにぴょんぴょん跳ねては、玖生に抱きつく。

「おい、落ち着けよ。もう社会人なんだろ？」

「社会人とは言っても、今年大学を卒業したばかりよ。年増と一緒にしないで」

梢は頬を膨らませて鼻の上に皺《しわ》を寄せ、ちらっと萌衣を見た。

年増って、もしかしてわたし？　――と驚く萌衣だったが訊《たず》ね返さず、口を噤《つぐ》み続ける。

そんな萌衣の心に気付かず、玖生は手でポンポンと梢の頭に優しく触れる。萌衣はその光景に言葉を失い、自然と両手を握り締めた。

「どっちにしろ、こういう風に男に抱きつくな。勘違いされるぞ」

「玖生くんにしかしないもの」

梢は玖生をソファに座らせると、彼の隣に腰を下ろしてしな垂れかかる。

「彼女は誰なの？　玖生くんのヴィラにいるのは何故？」

「彼女は――――」

玖生はそこで、意味ありげに萌衣に目配せした。こういう展開を求めたのはあくまで萌衣であって、彼ではない。萌衣が筋書きを考えろと言わんばかりの目つきだ。

萌衣は震える手を背中に回し、マリッジリングを外してポケットに隠した。

「水谷萌衣と申します。秘書をしております」

「秘書？」

梢は萌衣をじろじろと観察するように凝視する。

嘘は言っていない。実際萌衣は秘書だし、旧姓で仕事を続けている。結婚の件だけを伏せ、あとは真実を話せばいい。そうすれば綻《ほころ》びも出ず、彼の妻だと知られる心配はないだろう。

萌衣は小さく息を吸い込み、何を訊《き》かれてもいいように身構えた。

「玖生くんの秘書って、確か海藤さんっていう男性じゃなかった？　女性に代わったの？」

「……みたいだな」

「みたい？」

梢が玖生を仰ぐが、彼はただ肩を竦《すく》めるだけだった。

「ところで、どうしてここに来た？　話なら明日でもいいだろ？」

「早く会いたかったんだもの。まだ夜も遅いわけではないんだし」

「梢の感覚ならな」

「忘れたの？　あたしは海外で仕事していたのよ？　この時間ならまだ早い方よ。ねえ、いいでしょう？」

「仕方ないな……」

玖生が片方の口角を上げると、梢が歓喜して彼の腕に体重をかけた。

「あっ」

萌衣はつい反応してしまう。それに気付いた玖生が萌衣に目を向けたが、すぐに梢に戻した。

「梢のヴィラはどこだ？」

玖生はテーブルに置いてある冊子を取り、プライベートヴィラの地図を確認する。

「あたしが泊まるヴィラ？　えっと……あっ、水谷さん。コーヒーを出してくれる？」

急に梢に頼まれて、萌衣は玖生を見る。梢の要望に応えていいのか訊《たず》ねたかったが、彼は地図から顔を上げない。

「……承知いたしました」

萌衣は今の自分は秘書なのだと言い聞かせて、キッチンへ向かう。

カウンターの上にあるカプセル式のコーヒーマシンを見つけた萌衣は、ブレンドコーヒーをセットした。その間も、目はソファにいる二人に吸い寄せられる。

どういう会話をしているのかは耳に届かないが、梢の笑い声や、嬉しそうに頬を染める横顔を確認する限り、玖生の話に夢中なのがわかった。

義母が〝梢ちゃんを歳の離れた妹みたいに可愛がっていた〟と言うのを聞いたので、あれが普通なのだろう。玖生の接し方は、まるで彼女の実の兄みたいだったからだ。

そして、萌衣がそうしてほしいと頼んだ。だから、萌衣に何も言う権利はない。なのに、二人のやり取りが思ったよりも親密過ぎて、心の奥がざわめいてしまう。そのたびに手に持ったスプーンをソーサーに落としたり、トレーにカップを置く際に音を立てたりしてしまった。

自分の失態を心の中で叱咤《しった》し、気持ちを切り換えてコーヒーを運ぼうとする。

その時、玖生が梢の額《ひたい》を愛情込めたように指で叩いた。

瞬間、心臓に刃を突き刺されたみたいな痛みが走り、萌衣の手の力が抜ける。トレーが手元から離れてフローリングに落ちた。

カップの割れる音で、玖生と梢がさっと振り向いた。

「何をやってるの？」

「も、申し訳ございません！」

萌衣は謝りながら膝を折り、トレーに割れたカップの破片を置いていく。

こんな失敗、人前で一度もしたことないのに！

羞恥《しゅうち》と情けなさに苛《さいな》まれると同時に、それらともまた違うどす黒い感情が湧き出てくる。

「すぐに、淹れ直します」

声を詰まらせつつも、はっきりと伝える。

大小の破片を取り除いた萌衣は、手早くキッチンペーパーを掴《つか》んで飛び散ったコーヒーを拭《ぬぐ》った。

「梢、コーヒーは散歩がてら別の場所で飲もうか」

「いいの？　じゃ、あたしのヴィラに来て。今夜は一人だから……玖生くんが泊まってもいいし」

泊まる？　一緒に!?

萌衣はハッとして顔を上げた。しかし玖生は、梢だけを見ている。

「行こう。……萌衣、片付けておいてくれ」

玖生はそう言うと、梢の背に触れてさっさと歩き出した。

女性を普通にエスコートする所作だが、萌衣の目には恋人を愛おしむ仕草に見えて、息苦しくなる。

待って玖生、行かないで——と呼びたくなるが、萌衣は二人の背中を見送るしかできなかった。

「ねえ、あたしがイギリスやフランス、イタリアを回った話を聞いてくれる？」

「ああ」

それを皮切りに、梢が息せき切って話し出す。玖生は彼女に相槌《あいづち》を打ちながらドアを開けた。彼女を外へ誘導した直後、カチリと物寂しげな音が響く。

一人きりになると、萌衣はびしょ濡れのキッチンペーパーを強く握り締めた。ドアが開いて玖生が戻ってくるのではないかと見つめ続けるが、そんな望みは叶わなかった。

「はっ……」

萌衣は自分を嘲笑《あざわら》った。

これは萌衣が望んだこと。長谷川家の一員として発した提案は、今も間違っていないと思っている。なのに玖生が女性に優しくする姿を目《ま》の当たりにして、想像以上に胸が張り裂けそうになった。もちろん恋人未満の関係なのはわかっている。しかし、頭と心が追いつかない。

もやもやした思いに抗《あらが》えず、乱暴に手を動かしてしまう。

「……痛っ！」

萌衣の指に痛みが走った。咄嗟《とっさ》に手を引いてそこを見ると、血が滲《にじ》み出ていた。次第に鼻の奥がツンとし、瞼《まぶた》の裏を刺激する波が襲ってくる。呼応して周囲の輪郭がぼやけていった。

そこで初めて、萌衣は自分が泣いていると気付いた。あふれ出た涙は頬を伝って手の甲に落ちる。

「どうしてこんなに涙が……」

震える手で頬を拭《ぬぐ》うが、涙が止まらない。慟哭《どうこく》してしまいたくなるほど、心が荒ぶってきた。奥歯を噛み締めて我慢しても、漏れる声は一層大きくなる。

玖生は悪くない。萌衣は彼に結婚を秘密にしたいと頼み、自分は秘書だと名乗った。これは筋書きどおりだ。にもかかわらず、彼に一秘書として扱われたのが悲しくて、辛くて、自分でもどう対処すればいいのかわからない。

これまでは萌衣を愛しく見つめていた玖生の目が、今では梢に取って変わっていれば尚更だ。

「……うっ！」

まるで、この先もそうなるかのような思いに襲われて、強烈な切なさに苛《さいな》まれる。

イヤよ、そんな風になるのはイヤ。玖生が慈愛の目を向ける相手はわたしだけ、気遣う相手もわたしだけ！　――そう思ったところで、萌衣は呆然と宙を見つめた。

「どうして？　どうしてそう思うの？」

萌衣は誰かの特別な存在になれればと思っていたが、〝誰か〟に当てはまる男性は一人もいなかった。なのに、いつの間にかそこを玖生が占めている。

「わたし、玖生の特別な人に――」

玖生が特別に想う人、愛する人になりたいの？　……そうなの？

それを悟った瞬間、萌衣の心を固めていた氷の牙城が音を立てて一気に崩れ落ちていく。そして誰にも穢《けが》されずにいた純粋な心が表に出てきた。

玖生への愛を自覚したそこは、眩《まぶ》しいぐらいに光り輝いている。その存在を嬉しく思う反面、いつか失われるかもしれないと思うと、再び気落ちしていった。

今になって、ようやく玖生が〝俺を苦しめるのはいいんだな？〟と言っていた意味がわかった。愛する人を誰かに押し付ける行為は、自分も苦痛に襲われるというのを……

しかし、玖生はそれでも受け入れた。萌衣が望んだことだからだ。

「わたし……！」

今すぐにでも玖生に謝りたい！

玖生を追うべく走り出す。まずはリビングルームのローテーブルに置いてあるカードキーを取ろうとしたが、なんとそこにはなかった。

「ヴィラに戻ってきた時は、確かにあったのに……」

鍵までも自分の行く手を阻《はば》むのか。

追いかけるのを諦めた萌衣は、キッチンに戻った。鍵を開けっ放しにして外に出るわけにはいかない。

遣《や》る瀬《せ》ない思いを抱えながら濡れた頬を手の甲で拭《ぬぐ》い、ロボットのようにコーヒーカップの残骸《ざんがい》を片付けると、無気力のままボーッと立つ。

ヴィラは静まり返っていて、萌衣は一人きりなんだと強く意識させられた。

ここに到着した時は、こんな風になるとは思ってもいなかったのに……

萌衣はポケットに入れていたマリッジリングを取り出し、きつく握り締めた。その手を額《ひたい》に当てて目を閉じる。

玖生が戻ってきたら告白しよう。自分の心がようやく見えたと話したい！

萌衣はおもむろに手を下ろすと、マリッジリングを取り出して左手の薬指に嵌《は》めた。そして、そこにキスを落とした。

＊＊＊

玖生はヴィラを出ると、梢の背に添えた手を下ろした。彼女を早く連れ出したくてせっついたが、こんなに嫌な気分になったのは初めてだ。

梢はただ粗相をした萌衣に文句を言っただけだが、心に決めた女性に対してそんな態度を取られると、こんなにも腹が立つとは思いもしなかった。

「寒い……。ねえ玖生」

梢が玖生の腕に手を回し、小ぶりながらも弾力のある乳房を押し付けてきた。

玖生は顔をしかめるが、何も答えずに〝ジャルール〟に向かう。そこのカフェで一杯だけ付き合えば、梢の気持ちも落ち着くに違いない。それから萌衣のもとに戻ろう。

そう思っていたのに、梢は急に違う方向へ連れていこうとする。

「そっちじゃない。こっちだ」

玖生は、噴水の横にある建物を顎《あご》で指す。ところが梢は首を横に振って、駄々を捏《こ》ねる。

「あたしのヴィラに行こう。今夜はあたし一人だから……泊まっていって？　いいでしょ？」

「駄目だ」

玖生は即答する。

「どうして？　おばさまもそのつもりよ。だって、あたしたちの婚約を正式に――」

「梢。コーヒーを飲みに行くのか、ここで別れるか、どっちか一つだ」

玖生が強い口調で告げると、梢は唇を尖らせる。しかし、ここで我が儘《まま》になればもう話せないと思ったのか、「飲みに行く」と言った。

玖生は内心〝子守りはごめんだ〟と思ったがそれを顔に出さず、梢がしな垂れかかるのを嫌々許して〝ジャルール〟へ向かった。

レストランの営業は二十三時までで、ラストオーダーは二十二時三十分となっている。そこでは、顔見知りの人たちがまだ夕食を楽しんでいた。投資家の瀬山《せやま》夫妻や知的財産権法に精通した弁護士の中野《なかの》夫妻がいる。前者は玖生と同窓だが十歳年上の先輩で、後者は両親と親しくしていた。

こちらに気付かないほど話に夢中だったので挨拶《あいさつ》はせず、隣のカフェへ梢を誘う。そこの営業時間は零時までだが、ルームサービスは二十四時間使用できると書いてあった。

「かなり充実したオーベルジュだな」

ソファ席に座ってカプチーノとブレンドコーヒーを注文したあと、玖生は周囲を見回した。

「まさか三日間も玖生くんと過ごせるなんて。神さまが祝福してくれてるのかも」

梢がうっとりとした表情で呟《つぶや》く。そうされても、もちろん玖生の心は動かなかった。

これは昔から変わらない。過剰に好意を示されれば示されるほど、冷静な自分が顔を覗《のぞ》かせる。

歴代の恋人に対しても、誰一人夢中になった試しはない。

萌衣だけだ。萌衣だけが玖生を揺さぶった。

「不思議だな……」

「何が？」

小さく口元をほころばせた玖生に、梢が訊《たず》ねる。

「なんでもない」

そう返事をしたのと同時に、スタッフが現れて注文した品をテーブルに置いた。

これを飲んで、早くここを出よう。結婚した件を隠そうと萌衣に言われて苛立《いらだ》ってしまったが、

それについて謝る前に梢が現れた。

一人残された萌衣は、きっと辛い思いをしている。玖生が梢を連れ出そうとした際、萌衣の表情がいつもと違ったから……。

「ねえ、聞いてくれる？　この秋までヨーロッパを回ってたんだけど――」

梢が玖生の興味を引こうと、研修先で知り合った人たちに誘われて現地の祭りを楽しんだことや、文化の違いで失敗したことなどを矢継《やつ》ぎ早《ばや》に話し始める。

玖生は聞き役に徹して相槌《あいづち》を打ちはしたが、梢の話が右から左へと抜けていく。早くヴィラに戻りたい一心だったため、心ここにあらず状態だ。

結局いろいろな話を聞く羽目になったが、カフェの閉店時間になってようやく席を立てた。

礼儀として、梢が泊まるヴィラまで送り届ける。

「じゃ――」

「玖生くん、行かないで。お願いよ」

梢は玖生の手を掴《つか》んで制してきた。玖生は内心困惑しながら、彼女の手をゆっくりと払う。

「自分のヴィラに戻るのは普通だろ？」

「わかってる。でも秘書が待つヴィラに帰ってほしくない。あたしと過ごして。一緒の部屋で……」

玖生がわざと大息《たいそく》する。

「梢、簡単に男を部屋に引き入れようとするんじゃない」

「皆にはしていない。あたしが望むのは、玖生くんだけ……」

柴谷夫妻の手前、これまで梢を傷つける真似はしなかった。その結果がこれだ。玖生がいろいろな女性と付き合っていても、特別な場所は自分だけのものと思っている。

それは幻想に過ぎないと納得してもらわなければならないのに、両家が勝手に進めた婚約話のせいでこんなことが起きてしまった。さっさと真実を伝えるべきだが、萌衣と約束した以上、自《みず》らそれを破るつもりはない。

今は……

「俺にとってお前は、妹も同然だ」

玖生は梢から一歩下がり、はっきりと告げる。怒るかと思いきや、梢は小さく頷いた。

「わかってる。玖生くんにとったら、あたしはまだ子どもなのよね？　だからパパもママも働けって言ったんだと思う。見識を広めてこそ、玖生くんの妻に相応《ふさわ》しくなるから」

玖生は梢の前向きな発言に呆れる。ここまで女として見られないとほのめかしても、嫁げると思っているとは……

「ゆっくり休めよ」

いつの日か、梢を大事にしたいと思う男性が現れるだろうが、それは決して玖生ではない。

玖生は梢に背を向けて歩き出した。彼女が玖生の名を呼んでも決して振り返らない。ただ暗闇の中で輝く満天の星空を眺めたのだった。

＊＊＊

「戻ってくるのかな……」

萌衣は二階で見つけたプレイルームに入り、壁際に置かれたソファに座っていた。三十畳はあるそこには、ビリヤード台が一台、ダーツの的が二つあり、天井からは大型テレビが吊り下げられていた。

さすがプライベートヴィラだ。宿泊客が外に出なくても楽しめるように工夫がなされている。

「けれども、わたしは一人きり」

玖生が出ていってからもうすぐ二時間になる。日付も変わったのに戻ってくる気配はない。

梢に誘われるまま彼女のヴィラに泊まるのだろうか？

玖生が梢を優しく抱き寄せる光景が、いとも簡単に脳裏に浮かぶ。途端、瞼《まぶた》の裏がちくちくしてきた。あれほど泣いたのに、まだ涙腺が枯れていないとは……

萌衣はソファの上で膝を抱えて、悲しみを堪《こら》える。しかし、ざわつく情動を自分の意思ではどうにもできない。チェストの傍へ行き、ダーツケースを開ける。そして、ダーツの矢を数本取って的の前に立った。

恋愛がわからないせいで、同級生や同僚たちが感情を爆発させても、いつも〝もう少し余裕を持てないのかな？〟と思っていた。

なのにまさか、自分が彼女たちと同じ気持ちを味わう日が訪れるなんて……

コンプレックスが終わりを迎えた嬉しさを感じつつも、こんな辛い目に遭いたくなかったという思いもあり、遣る瀬《やせ》ない気持ちになる。

「……ンっ！」

思い切り腕を前に押し出して矢を投げるが、的に届く前に下に落ちた。手首のスナップが利きすぎて、刺さらなかったのだ。

まるで、今の萌衣の心を表しているようだ。

萌衣がしたお願いが間違っていたから、矢は的に……玖生の心に刺さらないと。

それでもやらずにはいられず、再びダーツの矢を放り投げる。だが、やはり大きく的を外れてしまった。

「どうしてわかってくれないの？」

「長谷川家のためだったの」

「お義母《かあ》さんたちに恨まれたくない！」

矢を拾っては投げ、心の中で淀む悪い気を口から吐き出す。それでも、やはり的には刺さらない。

「わかってる。あの子に優しくしてって言ったのはわたし自身だって」

萌衣はダーツの矢を握り締めると、的を睨《にら》み付けた。

「だからといって、触れてもいいとは言ってない！」

その時だった。これまでと違って矢はほんの僅《わず》か弧を描き、ギリギリだが初めて的に突き刺さった。

「えっ？　嘘、あ、当た――」

呆然と的を見つめていた次の瞬間、背後から回された腕にきつく抱きしめられ、萌衣は言葉を失った。

頭の中が真っ白になるほどの衝撃に心臓が止まりそうになる。しかし慣れ親しんだ香り、力強い腕、そして左手の薬指に嵌《は》められたお揃いのマリッジリングを目にして、身体に入った余分な力が抜けていった。

萌衣は胸を熱くさせながらも手を玖生の腕に載せ、彼に擦《す》り寄った。

「……嫉妬？」

嬉しそうな声で耳元をくすぐられて、萌衣の頬が上気した。しかし素早く玖生の腕の中で身を翻《ひるがえ》し、彼を見上げる。

「確かに結婚を隠そうって言ったのはわたしだけど、玖生は必要以上に梢さんに触れてた」

萌衣は玖生の胸元を叩いた。初めて気付いた玖生への想いが、萌衣を大胆にさせている。こんな自分は初めてだが、言わずにはいられなかった。

それぐらい玖生を誰にも渡したくない。

「いい傾向だ」

玖生がニヤニヤしながら萌衣を見下ろす。得意げな表情が無性に気に障り、萌衣はもう一度彼を叩こうと手を振り上げる。すると、その手首を彼に掴《つか》まれた。

「何を怒ってるんだ？」

「聞いていたんでしょ？　わたしの独り言を」

「ああ。ダーツの的に八つ当たりしてた。俺に見立てて……」

「だったらわかってるくせに」

萌衣は玖生を睨《にら》むが、逆に彼はご機嫌になる。それがまた萌衣をむしゃくしゃさせた。

「玖生……あっ！」

玖生は萌衣の手首を引っ張り、腰に回した手に力を込めてくる。二人の身体がぴったり重なると、萌衣は自然と顎《あご》を上げた。

「教えてくれ」

さあ——と目を輝かせて、玖生が先を促《うなが》す。

息が止まりそうなほど萌衣の胸がドキドキし、手が熱くなってきた。衣服越しからでも伝わる鼓動の速さに、今度は呼吸が速くなる。

「どうして触れてほしくなかった？　もしかして、触れる相手は萌衣だけにしてほしいと？」

玖生は萌衣の手を上げて、彼の首の後ろへ回させた。萌衣は手に力を込めて彼に縋《すが》り付き、ゆっくりと踵《かかと》を上げていく。

「何故、そうする相手は萌衣だけにしてほしいんだ？」

言葉を発せられない萌衣に代わり、玖生が再度問い詰めてくる。だが彼の声音《こわね》は甘く、萌衣を抱擁する力は優しい。唇をなぶる吐息も同様だ。

そんな玖生に、身体の異変が起こっていた。下腹部に触れる彼の象徴部分も、即座に萌衣を貫けるぐらいに硬くなっている。

玖生から流れてくる熱量に眩暈《めまい》を起こしそうだ。

ああ、玖生の全てがほしい。どんなしがらみも忘れて、一途に彼だけを愛し、彼だけに愛されたい！

「……す、好きなの。誰にも渡したくない。わたし、玖生を愛してる」

ついさっき気付いた玖生への想いを、素直に曝け出した。しかし彼がどう反応するのかわからず、萌衣は不安を抱えて彼の返事を待つ。

お願い、なんとか言って！　――そう心の中で叫ぶと、玖生が萌衣の腰に回した腕に力を込めて持ち上げた。驚く萌衣と共に、その場でぐるぐると回転し始める。

堪《たま》らず萌衣が玖生の首にしがみつくと、あっという間に座らされた。そこはソファではなく、ビリヤード台だった。萌衣を抱きながらいつの間にか動いていたのだ。

玖生はビリヤード台に手を置き、そっと上体を屈める。萌衣が息を呑む間も、彼は双眸《そうぼう》を爛々《らんらん》と輝かせていた。

「好きなんだな？　俺を好きになってくれたんだな？　そういう気持ちを理解できるようになったんだな？」

「うん。玖生と暮らしていろいろと感じ方が変わって……。でも何故そうなったのか、深くは考えてなかったの」

「それで？」

玖生が顔を近づけてきた。萌衣の額《ひたい》に額《ひたい》を触れ合わせ、軽く動いては鼻の頭を擦《こす》ってくる。

「これまでは長谷川家の嫁、玖生の妻という器《うつわ》を大事にしていた。今回もそうだったんだけど、玖生が梢さんに優しく接するのを見て、急に胸が痛くなって……。そこで気付いたの」

「何を？」

「わ、わたし……」

萌衣は瞼《まぶた》を閉じ、震える手に力を込めた。

「わたしを見るような目を他の女性には向けてほしくない。わたしだけを――」

そこまで言った瞬間、玖生が顔を傾けて萌衣の唇を塞いだ。咄嗟《とっさ》に手をついて身体を支えるが、玖生の求めはやまない。

「……っぅ！」

苦しくて呻《うめ》き声を上げると、ようやく玖生は萌衣の唇を甘噛みしてキスを終わらせた。唇がひりひりしているが、嫌ではない。彼が萌衣を欲しているとわかるからだ。

「萌衣に結婚の件を隠したいと言われて、本当に腹が立ったが……結果、良かったよ」

「どうして？」

「俺を誰にも渡したくないと思うほどの、萌衣の愛を知れた。つまり恋愛迷子が終わりを迎えたってことだろ？」

玖生は快活な様子で萌衣を見つめる。

「愛する人の心を手に入れられるとは……嬉しくて堪《たま》らない」

「愛する？　わたしを？」

「ああ。愛してる。こんなにも萌衣を愛するようになるとは想像すらしなかった。……俺の愛する女性は、この先も萌衣だけ」

玖生から愛の告白を受け、萌衣の胸が歓喜で震えた。

「わたしにも、わたしを愛してくれる人が……」

萌衣は片手を上げて玖生の頬に手を添える。

ああ、幸せすぎてどうにかなりそう！

萌衣がうっとりと瞼《まぶた》を閉じると、玖生が萌衣の手に自身の手をかぶせた。その感触に目を開き、そっと彼を窺《うかが》う。彼は萌衣の手を自分の方へ引き寄せ、手のひらに熱烈な口づけを落とした。

「ここで、萌衣がほしい。想いをぶつけてもいいか？」

玖生の声が情熱的にかすれる。それだけで、萌衣の心は震えた。

ああ、玖生から求められたい、そしてわたしも——そう思った萌衣は、小さく頷いた。すると彼は萌衣の手を離して上着を乱暴に脱ぎ捨てた。シャツのボタンを外していき、裾をズボンの中から引っ張り出す。

萌衣が玖生の男らしい所作に魅了されている間も、彼は萌衣を眩《まぶ》しげに見つめていた。

「萌衣も脱いでくれ」

玖生が萌衣のトップスの裾に手をかける。萌衣が両手を上げると脱がされ、彼の手でブラジャーも取り払われた。豊かな乳房が露《あらわ》になると、彼が萌衣の手を持ち、後ろ手でつくように促《うなが》す。ビリヤード台の上で胸を反らす格好に悶《もだ》えてしまい、自然と乳首が硬くなっていった。呼吸のリズムが速まるにつれて乳房が揺れ、玖生の目を惹き付ける。それだけで、まだ生地に覆われている秘所が潤《うるお》ってきた。

「いつ見ても……綺麗だ」

玖生は乳房を両手で持ち上げて中央へ寄せる。柔らかさを堪能しては、指の腹で先端を転がした。

「ンッ！」

突如甘い電流が走り、萌衣は肩を窄《すぼ》めた。玖生が捏《こ》ねくり回した頂《いただき》を舐めたからだ。その上いやらしく舌先を見せ、膨らむそこを何度も攻めてくる。唇で挟んだと思ったら、ちゅぶちゅぶと唾液の音を立てた。

「あ……っ」

玖生は反対側も同様の舌戯を始め、緩急をつけながら小刻みの振動を送ってくる。弄《いじ》られたそこは、間接照明の灯りを浴びて艶々《つやつや》に光っていた。

「んぅ、ぁ……はぁ……く、玖生っ」

双脚《そうきゃく》の付け根がズキズキとし始め、とろりとした淫液が滴《したた》り落ちてきた。それは生地を濡らし始める。膝を擦《こす》り合わせて隠したくなるが、ちょうど両脚の間に玖生が身体を入れているので動けない。

萌衣が我が身を襲う心地いい刺激に唇を引き結ぶと、玖生が先端を咥えた。

「つんん！」

身体を支える腕の力が一気に抜ける。萌衣の肘が曲がり体勢が崩れるが、それでも玖生は乳房を揉みしだく手を止めない。ありとあらゆる関節が怠《だる》くなり、力が入らなくなる。

「は……ぁ、はぁ……」

萌衣がビリヤード台の上で仰向けになって初めて、玖生の舌技から解放された。萌衣は呼吸を整えたかったが、あまりにも気持ちよかったせいで上手く息ができない。

そんな萌衣の肌を舐めるように、玖生がスカートを捲《めく》り上げていく。

「ぁ……」

秘所を隠すパンティが、玖生の目に晒《さら》される。そこは既にいやらしい花蜜が浸潤して光っているに違いない。

羞恥《しゅうち》で萌衣の頬が赤らんだその時、玖生が生地越しに淫唇の筋に沿って指を走らせた。

「ンぅ……！」

萌衣は声を引き攣《つ》らせて、閉じていた瞼《まぶた》を押し開いた。

「凄《すご》い濡れてる……。萌衣のここが透けてて、とてもいやらしい」

「く、玖生！」

恥ずかしさのあまり玖生を止めようと発しただけなのに、〝早くイかせて！〟と誘う際と同じ懇願の音色になっていた。

「見ているだけでぴくぴくしてる。俺が早くほしいと」

玖生が感嘆し、再び媚襞に指を這わせた。

「あ……っ」

萌衣はすかさず顔を背《そむ》け、瞼《まぶた》をぎゅっと閉じる。最初は優しくなぞるような指使いだったが、徐々に速さが増し、淫靡《いんび》な粘液音が響き始めた。

「は……っ、んんっ、んっ、……あっ、だ、ダメ……っんぅ」

「俺を誘惑して……悪い子だ」

「わ、わたしは、別に……っん！」

玖生は萌衣の腰に腕を回し、その身体をひょいと持ち上げた。次いでパンティに指を引っ掛けて、一気に抜き取る。そして、膝の裏に手を差し入れ、そこをぐっと押した。膝を曲げながら両脚を大きく開く格好に、萌衣の身体の芯が熱くなる。

「……っぁ」

大腿の裏を撫でて、玖生が距離を詰めてきた。秘められた周辺に、熱くて湿ったものが吹きかかる。

「蜜が垂れて台に染み込んできた。何をされるのかわかっていて、戦慄《わなな》いてる。期待してる？」

萌衣は腕を腹部の上に載せて、これから起こるであろう手技に耐えるべく握り拳《こぶし》を作った。

ああ、指で掻き回されちゃう――そう思った直後、想像していたものとは違う愛戯が始まった。

「ダメ……っ！　あっ……う、嘘……」

玖生はぱっくり割れた萌衣のそこに口づけたのだ。濡れそぼっているのに、絶妙な舌戯を駆使して舐めてくる。

「あぁ……シャワーを浴びて、ない……のに」

「必要ない」

玖生は艶《つや》のある息を吐いては、淫襞に沿って舐め上げ、尚且《なおか》つ充血してきた花心を舌先で突く。

ぴりっとした鈍痛が、瞬《またた》く間に波状に広がっていった。萌衣はなんとかして踏ん張ろうとするのに、仔犬がミルクを夢中で舐めるような舌技で攻められると、もうどうにもできない。

「んぁ……っん、っん……は……ぁん、やぁ……」

萌衣の脚の力が抜けていく。

ダメ、ダメ……。気持ちよすぎてどうにかなりそう！

玖生の動きで時折上肢が打ち震えるが、彼は手を休めない。それどころか大腿をさらに強く押し、蜜蕾から垂れてくる蜜を舌先で掬《すく》い始める。

「く、玖生……っん！　あ……っ、それ……んふ……、ぁ、だ、め……っ」

手のひらに爪が食い込むほど、萌衣は力を込めた。

「凄《すご》くとろとろだ……。わかるか？　萌衣のエッチな液体が滴《したた》り、台に染みていってる。いやらしく糸が引いていて」

「やだぁ……」

玖生の言葉に、萌衣の顔が火照《ほて》ってくる。そこだけではなく、媚唇も身体も脳の奥もだ。

こういう経験は初めてではないにもかかわらず、玖生に求められると毎回翻弄《ほんろう》され、自分の身体ではないみたいになる。恥ずかしさはあるが、彼だからこそ反応していると思うと、歓喜に包まれる。

玖生を愛しているから……

「ンぅ！」

玖生の温かな吐息が秘められた場所にかかるたびに、萌衣は薄く唇を開けて甘い喘ぎを零《こぼ》した。

「もう我慢ができない。萌衣がほしい。萌衣を……激しく愛したい」

玖生の情欲に満ちた声に、彼に愛される行為が萌衣の脳裏を巡っていった。

今夜はどういう体位で求められるのだろうか。毎回どれも素晴らしいせいで、どれがいいなんて選べない。だが今は、しっとりとした行為よりもめちゃくちゃに愛されたい欲求があった。

玖生の愛情を身体で受け止めたい……と。

玖生はいつの間にか起き上がっていた。ビリヤード台でしどけなく横たわる萌衣に見入りながら、荒々しくシャツを放り投げる。加えてベルトを抜き取り、ズボンのホックを外した。

服を剥《は》いでいく姿に、目が釘付けになる。玖生の鍛えられた胸元は、激しく上下していた。いつ見ても見事で強靭《きょうじん》な体躯《たいく》に惚れ惚れしていると、彼がズボンとボクサーパンツを脱ぎ捨てた。

「……っぁ」

知らず識らず感嘆の声を漏らした。心臓が口から飛び出るのではないかと思うほど弾み、身体が小刻みに震える。

いつにも増して、玖生自身は昂《たかぶ》っていた。しかも先走りによって雄の穂が光っている。もの凄《すご》く硬そうなのに、彼が動いてもしなって天高く突いていた。

男性の象徴を見ているだけで、萌衣の口腔が渇いてくる。なんとか潤《うるお》そうとして何度も生唾を呑み込むが上手くいかず、そこが痙攣《けいれん》してきた。

「萌衣」

玖生が萌衣に片手を差し伸べる。おずおずと手を伸ばしてそこに載せると、強く引っ張られた。

「あっ！」

玖生の方に倒れ込むのに合わせて、彼は萌衣の腰に片腕を回して持ち上げた。ビリヤード台から下ろされてホッとするのも束の間、台に両手を置くように導かれる。

玖生に背を向ける体勢にされて、慌てて肩越しに振り仰ぐ。すると彼は萌衣の腰に腕を回し、スカートの裾をたくし上げた。そうしながら萌衣の肩に、耳の後ろに唇を這わせる。肌を舐める感触に萌衣が喉の奥を詰まらせると、彼の指が内腿をかすめ、秘められた場所に触れた。

途端、そこが重たくなりじんじんしてくる。

「ぁ……ん」

玖生が淫襞を弄《もてあそ》ぶ。くちゅくちゅと淫猥《いんわい》な音が聞こえるにつれて、萌衣の息が上がってきた。

「ダ、メ……っん、は……ぁ、く、りゅう……んぅ」

誘惑に満ちた吐息は、どんどん艶《なま》めかしくなる。

「そんな風に呼ばれるだけで、身体が熱くなってくる」

玖生は萌衣の耳元で囁《ささや》き、耳朶《じだ》を甘噛みしてきた。同時にしつこく花弁を擦《こす》り上げる。そして、蜜戯ですっかり熟《う》れた花芯を探り当てると、そこに振動を送った。

「……んぅ、ぁ……ぁんっ……はっ」

ぴりっとした痛みに身体を強張《こわば》らせ、萌衣は尾てい骨から背筋にかけて走る疼《うず》きに耐える。しかし絶え間なく刺激されるため、それも叶わない。身体の芯に灯《とも》った火が、一層燃え上がっていった。

「や……ぁ、んくっ……」

花蕾を中心にして広がる甘い波紋に、萌衣は打ち震えた。

「可愛い声で啼《な》く萌衣を、もっと淫《みだ》らにさせたい」

玖生の指が媚唇を押し退けて蜜口に触れた。挿入されると思った矢先、期待が先行して腰が抜けそうなほどの快感が走り抜ける。

「んんっ……ぅ！」

萌衣が瞼《まぶた》を閉じて軽く仰け反ると、玖生の指はそこを離れた。

えっ？　やめちゃうの？　——と大きく息を呑み、肩越しに振り向く。

玖生は萌衣のスカートのボタンを外し、ファスナーを下げた。スカートは花びらみたいに足元で咲き、萌衣は守護を失った花柱となる。

玖生は萌衣の腰に触れ、腹部に手を滑らせた。そのまま黒い茂みに指を絡める。

「……っん」

再び下肢の力が抜けそうになる。慌ててビリヤード台をきつく握り締めると、唐突に玖生が腰を突き出した。双丘の割れ目に沿って動かす硬い感触に、萌衣は想像せずにはいられない。

あの楔《くさび》で、濡れた媚口を四方八方に広げられるのを……

ああ、早く満たしてほしい！

欲望を隠せない息を吐いた途端、玖生が不意に腰を引き、漲《みなぎ》った自身を萌衣の双脚《そうきゃく》の合わせ目へと滑り込ませてきた。

「ンっ！」

玖生のものが媚襞を刺激する。愛液がそこにまとわりつくため、彼がどんな動きをしても滑らかに擦《こす》られる。

「萌衣……。君を気持ちよくさせたい。そして俺を感じさせたい！」

玖生は萌衣の腰を掴《つか》むと、切っ先で淫唇を突いてきた。

「ぁん、あ……っんぅ」

萌衣はビリヤード台に手を置いて身体を支えていたが、次第に腕の力が抜けていく。体勢が低くなった頃に、玖生がぱっくり開いた媚孔に熱茎を捩り込んできた。

「はぁ……っ、ぁ……んふ」

上体が弓の如《ごと》くビクンとしなると、怒張がさらに鋭角になった。薄い膜を引き伸ばされる圧迫感に呼吸がしにくくなる。脳の奥が痺《しび》れてくるのを感じた萌衣は、瞼《まぶた》を閉じて心地いい波に身をゆだねた。

「ああ、とても熱い……。どうにかなりそうだ」

玖生はゆったりしたリズムで腰を引いては浅く挿《い》れる。いつもと違う蜜壁を擦《こす》られて、萌衣は小さく喘いだ。

濡壷からいやらしい蜜が掻き出され、内腿を伝い落ちる。

「あっ、ぁっ……んぅ……、は……ぁ、んく」

玖生の抽送は穏やかだが、徐々に彼の素肌が双丘にぶつかるぐらい深奥まで貫かれる。そのたびに、尋常ではない快楽の潮流に襲われた。

「ダメ、それ……あっ、……んんっ、ぁ……そこ……っ」

「もっと、もっと淫《みだ》らに乱れてくれ」

玖生は萌衣の腰を支える両手に力を込め、時間をかけてスピードを増していった。

「あぁんっ！」

あまりの気持ちよさに、萌衣は猫みたいに背を反らせてしまう。

「ここが、いいんだな？」

クスッと笑う玖生の息遣いでも感じさせられる。乳房が異様に重くなり、頂《いただき》もぴりぴりしてきた。

「あっ、あっ……っんぅ、やぁ……ダメっん」

玖生は萌衣が一際《ひときわ》声を上げる場所を探り出すと、内壁を擦《こす》り上げる腰つきで貫いた。萌衣をめくるめく世界へ誘おうとしてくる。

それが嫌なのではないが、玖生の顔を見て愛し合いたい。彼の双眸《そうぼう》を覗《のぞ》き込み、そこに宿る萌衣への想いを感じたかった。しかし、太くて硬い熱杭で深くまで突き上げられて、彼が刻む律動に抗《あらが》えない。

「くりゅ……っんんっ、ぁ……はぁ……いいっ、んふぁ」

「凄《すご》い締め付けてくる……。イきそう？」

萌衣は何度も頷き、玖生の情熱的なスピードを受け入れる。そして快《こころよ》いうねりにうっとりしながら、瞼《まぶた》を押し上げた。

直後、大量の淫液が視界に入り、身体が一気に燃え上がる。昂《たかぶ》りで攪拌《かくはん》されるせいで、愛蜜が内腿を伝い落ちていたのはわかっていた。けれども彼の動きに合わせてポタポタと垂れ、萌衣の両脚の下で絨毯《じゅうたん》にシミができているとは思いもしなかった。

「ぁ……っ、ん、ひ……ぃ……、ん……ぁ」

萌衣は爪先《つまさき》に力を入れて、絨毯《じゅうたん》に食い込ませる。すると、玖生が苦しげに呻《うめ》いた。

「くっ……！　も、え……！　そうくるんなら――」

玖生は萌衣を虜《とりこ》にしていた快楽のリズムをおもむろに鈍らせていった。イきそうになっていたのに、途中で萌衣を押し上げる衝撃がなくなる。

「あぁ、お願い、止めないで」

すかさず懇願するが、玖生は萌衣の蜜壷を広げていた硬茎を引き抜いた。

「やぁ……」

落胆の声を漏らしてしまう。

こんな状態で放り出さないで――そう思っていると、玖生が萌衣の脇に手を、膝の裏に腕を回して、勢いよく掬《すく》い上げた。

驚いて息を呑んだ萌衣は、間近で玖生の顔を覗《のぞ》き込む。彼は悪ふざけを企《たくら》むように目を輝かせて歩き出した。

「萌衣、これからだ」

萌衣の頬に、目尻に口づけして、玖生が囁《ささや》いた。そうして萌衣を立たせたのはダーツ台の近くの壁際だった。萌衣はそこにぐったりと凭《もた》れ掛かった。

下肢に力が入らないまま身体を震わせていると、急に玖生が萌衣の太股を撫で上げた。

「玖生ぅ……んっ！」

膝の裏に腕を差し入れられ、片脚を持ち上げられた。萌衣は反射的に玖生の首に両手を回し、倒れそうになるのを防ぐ。

「さあ、もう一度一つになろう」

「ン……ぁ、くりゅ……んっぅ」

昂《たかぶ》りの切っ先が、とろとろな花弁をついてきた。再び彼の硬いもので貫かれると思うと、萌衣の心臓が弾み、蜜孔がぴくぴくする。

「あっ、待っ……立てな……、っんく」

ほぐれてきた蜜口に、玖生自身を振り込まれる。媚壁を広げられる刺激に、萌衣の身体の力が抜けていく。壁に押さえ付けられていなければ、膝の裏に腕を入れて持ち上げられていなければ、萌衣はその場にへなへなと座り込んでいただろう。

「は……ぁ、んっ、んっ……ふぁ」

愛蜜で滑る窮屈な鞘に、玖生の硬くて太い剣がスムーズに埋められる。萌衣の温もりを味わうように、熱茎が奥へと進む速度はゆっくりだ。しかし一度達しそうになった身体は、たったそれだけで着火する。脳の奥にまで熱が広がり、周囲の音も消えていった。

感じるのは、目の前にいる玖生だけ……

「萌衣、キスして」

「んっ」

玖生の精強な律動で、萌衣は少しずつ爪先《つまさき》立ちになる。思いきり彼に凭《もた》れて彼の唇を塞いだ。

「んふ、っん……はぁ……んく……は……っ」

玖生は口腔に舌を差し入れ、萌衣のそれに絡めてくる。彼のいやらしい動きに萌衣は思わず逃げるが、すぐに捕まってしまう。

「はぁ……んぅ、っ……ふ、ン……っ、ふぁ……」

玖生はじゅるじゅると唾液の音をさせながら萌衣の舌を求め、滑らかに腰を動かす。そうして緩《ゆる》やかなリズムを徐々に速めてきた。

「ぁん、ぁ……ん、は……っ、あ……ぁ」

愛液の助けを借りて、玖生が敏感な内壁を突き上げると、双丘から背筋へかけて悦《よろこ》びが走り抜けた。

萌衣は玖生の首に両腕を巻き付けたまま、全体重をかける。

「つぅ……んっ、んっ……ダ、メ……ぁんんぅ」

「萌衣、蕩《とろ》けそう？」

キスができる距離で訊《たず》ねられて、萌衣はただ首を縦に振るしかできなかった。

「もっと……もっとだ。俺で感じてくれ」

「……っん！　あっ、恥ずか……しぃぃ」

「とろとろになる萌衣を見たい。俺しか知らない……可愛い萌衣を」

萌衣の目尻に唇を這わして、萌衣のもう一方の脚を抱え上げた。

「んんんっぅ！」

不安定な体勢が怖くて、堪《たま》らず玖生の腰に両脚を絡ませる。そのせいで深く繋《つな》がってしまった。

「っ、ダメっ、ん」

玖生をぎゅっと抱きしめて、身体中を駆け巡る快《こころよ》い疼《うず》きに身悶《みもだ》える。

「駄目じゃない。〝気持ちいい〟だろ？」

萌衣は羞恥《しゅうち》に見舞われながら、潤む目で玖生を軽く睨《にら》み付けた。

「めちゃくちゃに、なっちゃう」

「そうさせたいんだ。俺の腕の中で蕩《とろ》けさせたい」

玖生は萌衣をさらに揺すり始めた。奥を突かれて、上手く声が出てこなくなる。しかも、彼の猛烈な腰つきで体内で渦巻く熱が膨張し、萌衣は呑み込まれそうになった。

「萌衣……、萌衣……！」

「嘘、あっ……！　そこっ……ダメっん、あ……っ、ん、はぁ……」

「ああ、最高だ。俺を強く締め付ける！」

「……っぁ、や……はぁ……、んっ、ひぁ……」

情火が鋭利な矢となって脳天へと突き抜けるのを、もう防げない。

萌衣の白い頬は薔薇色《ばらいろ》に染まり、吐息は熱を孕《はら》み始める。自分の意思ではどうにもできず、玖生が作り出す悦《よろこ》びに囚われた。

「だ、ダメ……っ、ダメ……んんっ、あぁぁ、イク、イク……っ、んぁ」

耳孔の奥で膜が張り、耳鳴りがし始めた。このままされ続けたら、身体が壊れてしまう。

「もっと駆け上がれ、もっと、激しく、もっとだ！」

玖生が苦しげにそう言い、一段と律動を速めた。

先ほどから喘ぎすぎて、声が嗄《か》れてきた。高鳴る鼓動音と荒々しい息遣い、そして貫かれるたびに響く淫靡《いんび》な粘液音だけにしか意識が向かなくなる。

悦楽の炎に包み込まれた萌衣は、絶え間なく淫声を上げた。その熱はすぐにでも弾けそうなのに、まだ手が届かない。

お願い、もう……めちゃくちゃになる！

やがて甘美な波の満ち引きが大きくなり、足首、膝へと上がってきた。迫りくる快楽に身が震えるのを止められない。

もうダメ、イク！

「あっ、あんぅ、……だ、ダメ……ん、い、イっちゃう……んっ！」

「イってくれ。ほら……飛ぶんだ」

猛烈な突きに背を反らせると、萌衣は迫りくる奔流《ほんりゅう》に身をゆだねた。

「ぁん、ぁん……っ、は……ぁ、ダメ……んく！　……い、イク……っ！」

玖生がこれまで以上に深奥に楔《くさび》を打ち込む。挿入の角度が変わったせいで、ぷっくりした花芽を強く擦《こす》られる。

刹那《せつな》、張り詰めていた膜がパチンと破裂し、体内の熱が一気に放出された。

「いや、っんん、あぁ……っ！」

それは瞬《また》く間に全身を駆け巡り、身体がふわっと浮き上がった感覚に陥《おちい》った。玖生に回した腕に力を込めて快《こころよ》い潮流に乗り、萌衣は背を弓なりに反らして天高く舞い上がる。そうして飛翔しながら、蜜筒に収められた玖生の雄茎をきつく締め上げた。

「う……っ！」

玖生がくぐもった声を発した。しかし素晴らしい愉悦に陶酔していた萌衣の耳には届かない。深淵で勢いよく精を迸《ほとばし》らせ、何度か身体を痙攣《けいれん》させる彼を本能のまま抱きしめた。

「あ……あっ……はぁ……」

詰めていた息を吐き出して、玖生にぐったりと凭《もた》れ掛かる。彼は萌衣のこめかみや頬に唇を落とすが、その間も彼の身体はまだ力が漲《みなぎ》っていた。

もしかして、完全には達していないのだろうか。

もう一回？　――そう訊《たず》ねるように、萌衣は玖生の湿った襟足を撫でる。すると彼が腰を引き、萌衣の蜜壷に埋《うず》めた彼自身を抜いた。

「あん」

ずるりと抜ける硬いままの怒張から、まだ満たされていないことが伝わってくる。

萌衣は脚を下ろして立とうとするが、下肢に力が入らなくてふらついてしまう。彼は足腰が立たない萌衣を支えると、目元に唇を押し付けた。

「泣くほど気持ちよかったんだ？」

「わたし……」

いつの間に涙を流していたのか、全然気付かなかった。それぐらい、玖生の全てに魅了されて自分を捧げていた。

「ンッ……」

玖生が優しい手つきで、汗で湿る萌衣の前髪を払う。萌衣は瞼《まぶた》を閉じてされるがままになる。

その時、玖生が隣のソファに手を伸ばしてインド綿のカバーを引っ張った。マントを羽織るように肩に掛けると、萌衣を腕の中へ引き寄せる。

まだ身体は火照《ほて》っているが、急激に体温が下がるのを防ぐために気遣ってくれたに違いない。

玖生の情愛が嬉しくて、萌衣は彼の腰に両腕を回した。

これが愛する人と紡げる幸せなのかも……

まだ満足していない玖生の熱杭が、萌衣の腹部を擦《こす》り上げる。今度は萌衣が、そこを可愛がってあげたい衝動に駆られた。

「くりゅ――」

そう呼びかけて、すぐに口を噤《つぐ》んだ。玖生が、ついと目線を横へずらしたためだ。

「どうしたの？」

「……いや」

玖生はしばらく暗闇を見つめていたが、やがて上体を屈めて萌衣の瞼《まぶた》に唇を落とした。萌衣は目を閉じ、うっとりしながら彼の腰に回した腕に力を込める。

「露天風呂に入ろう。明日、筋肉痛で動けなくなると可哀相だ」

玖生は柔らかく笑い、この辺も辛くなると言わんばかりに、萌衣の双丘を揉む。

「もう！」

頬を赤らめて玖生の腰を叩くが、再び彼に身を寄せる。

玖生への愛に気付いた夜なのだから、今夜は梢の件で悩まされたくない。今はまだ何も……

萌衣は玖生に導かれて階段を下り、露天風呂に通じるドアを開けて外へ出た。

バルコニーの向こう側に見える、石造りの露天風呂。そこはオレンジ色の間接照明を受けて暗闇の中で幻想的に浮かび上がっていた。湯口からは新しい湯が注ぎ込まれ、風で揺れる葉擦《はず》れの音と協奏し合う。

自然の音に耳を澄ませると、肩に入った力がゆっくり抜けていった。

満ち足りた息を吐くのに合わせ、玖生が二人の身体を覆うソファのカバーを足元に落とす。冷気に肌を刺されて身震いしてしまう萌衣を、彼は露天風呂へと誘った。

静かに足を踏み入れると、ややとろみのある湯が肌にまとわりつく。腰を下ろす萌衣を、玖生が膝の上に引き寄せた。

「ああ、気持ちいいな」

玖生は満足げに言い、横座りする萌衣の背中を何度も撫で上げる。萌衣は玖生の愛撫にうっとりし、さらに彼の方へ擦《す》り寄った。

「なあ」

「うん？」

「まだ俺たちのことを隠すつもりでいる？」

「うん……。ここにいる間は」

「さっきみたいに嫉妬するかもしれないのに？」

「それはわたしの問題だから。今はお義母《かあ》さんたちの気持ちを最優先したい。迷惑をかけたくないの。長谷川家の嫁として」

「そうか。だったら一つだけ約束してほしい」

「何？」

「梢と会う時は、決して一人で立ち向かわないでほしい。いいな？」

どうしてそんな風に言うのか。萌衣が梢と二人きりで会話する機会は、ほぼゼロに近いのに……。

「約束してくれ」

玖生は萌衣を見返しながら「いいな？」と念を押してくる。

しばらく玖生に凭《もた》れていた萌衣だったが、少しずつ腕を伸ばして至近距離で彼を見つめた。

きっと、萌衣がまた傷付かないように心配してくれているのだ。そこまで言うのなら安心させてあげよう。

「約束する」

萌衣は微笑み、自《みずか》ら玖生の唇に唇を重ねて約束したのだった。

第五章

――翌朝。

清々《すがすが》しい秋晴れに恵まれ、空は青々と澄み切っている。

「うーん、最高！」

九時を回ってもさらさら起きる気配のない玖生をベッドに残し、萌衣はヴィラを出た。電話一本でルームサービスを頼めるが、散歩も兼ねて〝シャルール〟へ向かう。オーベルジュの全体像を眺めたかったからだ。

昨夜見たライトアップされたヴィラや石畳、噴水なども綺麗だったが、朝陽を浴びるヴィラもなんて素敵なのだろうか。

「玖生と一緒に散歩したかったな……」

本音をポロッと零《こぼ》すが、玖生がこの時間になっても起きないぐらい疲れている理由を思うと、それも仕方がないと思い直した。

何故なら、昨夜の玖生は絶倫だったからだ。

プレイルームで愛し合ったにもかかわらず、玖生は露天風呂で身体が温まった頃に再び手を伸ばしてきた。そこでのいちゃいちゃで逆上《のぼ》せてしまうと、休む間もなくベッドルームに運ばれて再び彼の愛技で乱された。

萌衣は疲れから途中で寝落ちしてしまったため、彼が満足したのかは知る由《よし》もない。でも鳥のさえずりで目を覚ますと、彼は萌衣の隣でとても気持ちよさそうに眠っていた。

愛されすぎてあちこち筋肉痛だったが、萌衣は身体に鞭打って起き上がると簡単にシャワーを浴びて着替え、今に至っている。

梢に秘書と話した以上、ここにいる間は玖生のために動かなければ……

この日は、バルーン袖のタートルネックセーターにサテンスカートを合わせている。上流階級の集まりに相応《ふさわ》しい華美な装《よそお》いではないかもしれないが、失礼にあたる服装ではない。初めて義父母と過ごすため控えめなものを用意したが、それが却《かえ》って功を奏したと言えるだろう。

萌衣は〝ジャルール〟に到着すると、大きく息を吸い込んで建物に入った。

ロビーの壁はクリーム色の木目壁紙で統一され、床は焦《こ》げ茶色の絨毯《じゅうたん》が敷き詰められていた。間接照明を設置することで陰影ができ、視覚のマジックで広々として見える。さらに廊下の奥に設《もう》けられた照明が棚やソファを照らすので、一段と奥行きがあるように思えた。

見事な内装に見惚れつつ、萌衣はすぐ右手にあるレストランに足を踏み入れた。

途端、楽しそうな会話と笑い声が響いてきた。今回のパーティに招待された人たちだ。

萌衣はテーブルに着席して食事を楽しむ人たちや、壁際にあるバーカウンターでフレッシュジュースを注ぐ人たちを眺める。そこにいるのは、二十代から五十代過ぎの女性だ。顔見知りなのか皆楽しそうにしていた。その中には梢もいて、彼女は会話の中心にいた。

梢の顔を見て、萌衣は気まずさで顔を歪ませてしまう。昨夜コーヒーカップを割るという失態を見られたあとなので、そうなるのも当然だ。

しかも、玖生に梢と一人で会うなと言われていたのに、早々に約束を破ってしまうことになる。それもあって、自然と身体が緊張で震えてきた。

とはいえ、もう逃げられない。萌衣は深呼吸して覚悟を決めると、彼女たちに挨拶《あいさつ》するために一歩踏み出した。

しかし、萌衣に気付いた四十代の女性が、さっと口を噤《つぐ》んだ。つられて、他の女性たちも波が引くように黙り込んでいく。

きっと玖生が女性を連れてきたという噂が立っているのだろう。梢が会話の中心にいることから、もしかしたら彼女たちから萌衣の素性を聞かれ、秘書だと打ち明けたのかもしれない。

それがいい方にか、それとも悪い方に取られているのかはわからないが……

なんだか足を踏み入れてはいけない空間に入ったような疎外感を味わうが、萌衣はこういう場面には何度も遭遇している。これまでの経験を思い出しながら、そこにいる女性たちに挨拶《あいさつ》した。

すると、一人のショートカットの美女が前に進み出て、萌衣の行く手を阻《はば》んだ。

萌衣よりも数歳年上ぐらいの女性の隣には、梢がいる。梢が彼女の腕に手をかけているところを見る限り、二人はとても仲がいいのだろう。

一瞬、吉住と榊原の関係が脳裏に浮かぶが、すぐにそれを振り払って女性に軽く会釈《えしゃく》する。

「梢ちゃんから聞いたんだけど、あなた、秘書なんですって？」

一七五センチはある背の高い女性は、萌衣をまじまじと観察しながら訊《たず》ねた。

「水谷と申します」

萌衣は名乗るが、女性は名前など訊《き》いていないとでも言うように片手で振り払う。

「まさかあの長谷川さんが、今回のパーティに秘書を伴うなんて……。もしかして、このパーティでいろいろと調整することが出てくる、とか？」

「絵菜《えな》ちゃん」

梢が居心地悪げに絵菜と呼んだ女性の腕を引っ張り、顔をしかめて小さく首を横に振る。彼女はそんな梢に微笑んだあと、萌衣に意識を戻した。

「ねえ、秘書ならいろいろと予定を知ってるはずよね？　長谷川さんが梢ちゃんとの婚約を発表するのって、今回のパーティ？　だから彼と一緒にここに来たの？」

「絵菜ちゃん、やめて」

梢が声を張り上げて、絵菜の腕に縋《すが》り付いた。

萌衣はなんと答えたらいいのかわからず、ただ苦笑いする。すると困惑していた梢の表情が強張《こわば》り、萌衣をキッと睨《にら》みつけた。

まるで萌衣を責めるような目つきに、萌衣の息が止まりそうになる。

「絵菜ちゃん、それはあたしが訊《き》くべきことだから」

「そうよね。当事者以外に話すことじゃないよね。じゃ、これからどうする？」

「絵菜ちゃん、先に戻ってもらっていい？　あたし、彼女と話をしたい」

話!?　いったい何を話したいというのか。

昨夜の粗相を見て、萌衣が玖生の秘書に相応《ふさわ》しくないと叱責でもするつもりなのだろうか。

そもそも玖生の秘書ではないが……

ひとまず、梢の出方を見て対応するのがベストかもしれない。

「うん、わかった。じゃ、また午後に。その時にいろいろと話を聞かせてね」

絵菜は楽しそうに梢にウィンクし、ひらひらと手を振って去った。

残された梢は、無表情で萌衣を凝視する。

萌衣が緊張した面持《おもも》ちで待っていると、梢が一歩前に踏み出した。

その時、遠巻きに萌衣たちを窺《うかが》っていた他の女性たちも席を立ち、ぞろぞろと歩き出す。

萌衣たちの横を通り過ぎる際、女性たちが苦笑いしながら「柴谷さん、また午後にね」と口々に言う。そうしてレストランから出ていった。

面倒ごとに関わるのは御免だという、わかりやすい態度だ。しかしそのお陰で、レストランには誰もいなくなった。スタッフも飲み物を補充するためか、既に奥へ引っ込んでいて人影はない。

今は完全に梢と二人きりだ。

玖生、約束を破ってごめんなさい——と心の中で謝り、萌衣は梢の出方を見守った。

しかし、待てど暮らせど梢は口を開かない。いつまでこの状態が続くのかと思いながらもじっと耐えていると、ようやく梢が軽く顎《あご》を突き出し、萌衣に冷たい目を向けた。

「あなたは玖生くんとどういう関係なの？　……秘書って本当？」

萌衣はその質問に戸惑うが、前者の質問は横に置いておいてゆっくり頷く。

「はい、昨夜も自己紹介しましたが、秘書として働いております」

「つまり上司の……玖生くんの愛人ってことなのね」

愛人？　萌衣が玖生と身体を重ねる関係であると示唆《しさ》している？　いったいどうしたらそういう考えに行き着くのか。

梢の前で玖生の妻という素振りは一切していないので、バレるはずはない。にもかかわらず、萌衣を〝愛人〟と断定するなんて……

「い、いいえ」

玖生との関係を知られないためにも、声を振り絞って首を横に振る。

すると梢は見るともなしに周囲を眺めながら空笑いする。

「〝いいえ〟？　愛人じゃないと？　……そんなわけないじゃない」

梢は大きな瞳をうるうるさせて小声で言う。

「お願い、玖生くんと別れて」

まるで萌衣と玖生の秘密は知っていると言わんばかりの発言だった。なんだか嫌な空気に、萌衣の手のひらが湿り気を帯びてくる。さらに生唾が込み上げてきた。

萌衣はどういう反応を示せばいいのか。

もし〝はい〟と答えれば、玖生との関係を認めることになる。否、そもそも嘘でも彼と別れるとは言いたくない。では〝いいえ〟と口にすればどうなるだろうか。結局のところ、彼との関係を認めることになる。

どちらでも同じ、それ以上も以下もないのなら〝断ります〟と返事すればいい。だがここで玖生との関係を暴露してしまったら、当初の計画が崩れてしまう。

だったらどうすれば……

萌衣が答えられずに口籠もっていると、梢が顔をくしゃくしゃにしてさらに萌衣に近づいた。

「わかってるの？　彼はあたしの婚約者も同然なのよ？　あなたのものには決してならないのに、一時の快楽で身体を安売りするの？」

「か、快楽？」

驚きのあまり、萌衣が素《す》っ頓狂《とんきょう》な声で返すと、梢の頬が赤いチークを叩《はた》いたみたいに上気していく。

「そう、快楽よ！　あ、あたしだって……あれぐらいのセックスできる。玖生くんが求めるなら、どんな体位でも受け入れられる。彼をもっと感じさせてあげられる。愛人は必要ない！」

いきなり梢の口から出た、男女が紡ぎ出す親密な行為に、上手く頭の中を整理できない。

萌衣は唖然としながら梢を見つめた。

恥ずかしそうに頬を染めながら、テーブルクロスを必死に掴《つか》んで動揺を隠す梢を……

その様子から、梢が性に耐性がないとわかった。ほんの少し前まで萌衣がそうだったように、彼女は純真無垢なのだ。

「大人の余裕をかましてるの？　だから反論もなし⁉」

梢の声量に驚き、萌衣の身体がビクッと震えた。

「違います」

咄嗟《とっさ》に反応して頭を振るが、それもまた梢の気に障ったらしい。

「嘘吐き！　あたしが何を言っても余裕綽々《よゆうしゃくしゃく》の態度じゃない。……笑ってるんでしょ？　女として、あたしよりも自分の方が上だって」

癇癪《かんしゃく》を起こした梢が、感情のままテーブルクロスを強く引っ張る。

途端、そこに載っていたグラスやお皿が彼女の方へ流れて床に落ちた。グラスやお皿の割れる音がレストラン中に響き渡る。円を描くように回るお皿が激しい音を立てて止まるまで、萌衣は目を見開いて散乱した床を見つめた。

それから数秒後、萌衣の横にある通路から慌てた様子でレストランのスタッフが現れた。彼らは萌衣からほんの少し離れた場所で立ち止まる。

「これは⁉」

惨状に驚いた女性スタッフが、手にしていたガラス製のピッチャーを落としてしまう。それも床に当たって割れ、オレンジジュースが一面に飛び散った。

「……オ、オーナー！」

女性が声を上げて、急ぎ足で厨房へ続く通路へ消えていった。

再び梢と二人きりになり、萌衣は割れたお皿を見回す。

ど、どうしよう！

なんとかして梢を守らなければという思いと、玖生との関係がバレてしまったことへの言い訳を考えなければという思いが絡み合い、頭の中が回らない。

その時、遠くの方で自動ドアが開く音がかすかに聞こえた。だが、萌衣の意識は割れたお皿を踏み締めながらこちらへ向かってくる梢から逸らせない。

「あたし、渡さない。あなたなんかに……絶対玖生くんを渡さないんだから！」

パリッ、パリッ……とお皿を踏む嫌な音が響き渡る。徐々に近づいてきた梢は、萌衣に向かって両手を突き出した。

「な、何……？」

一瞬、梢の動きがスローモーションに見える。彼女は萌衣を憎々しげに睨《にら》んでいたが、彼女の手が萌衣に触れそうになったところで、急に泣きそうな表情を浮かべた。その目に憎しみではなく悲しみの色が宿る。まるで〝お願い、お願い！　あたしを助けて！〟という心の悲鳴が聞こえてきそうだ。

だから、萌衣は何もできなかった。梢の手で胸を強く押されても……

＊＊＊

カーテンの隙間から射し込む眩《まぶ》しい光を受けて、玖生の意識が浮上する。

「も、え……。萌衣……？」

シーツの上に手を滑らせ、自分の隣に寝ている萌衣を探すが、彼女に触れるどころかそこは冷たい。

「もう、起きたのか？」

玖生は大きく伸びをし、ベッドに手をついて上体を起こした。

昨夜は身体を酷使したんだから、ゆっくり眠っていればいいのに——そんな風に思いながら唇を緩《ゆる》めて、髪の毛を掻き上げる。

参加者全員がプライベートヴィラに到着するのは、だいたい昼頃。アフタヌーンティーの席で挨《あい》拶《さつ》を交わし、ディナーパーティへ移るのが常になっている。

それまではまだ時間があるためのんびりしたいところだが、招待客が揃う前に、まず両親のもとへ行って梢の件を片付けなければならない。

昨夜、ひとまず萌衣の意思を尊重すると言ったが、実際はそうもしていられなかった。

というのも、萌衣を不安にさせたくないため黙っていたが、実はセックスを終えた直後に人の気配がした。暗闇に目を凝らすと、プレイルームの外にあるホールに梢がいたのだ。

梢は、玖生に盗み見がバレたとは思ってもいないだろう。もし知られたとわかっていたら、音を立てて逃げ出していたはず。しかし彼女は、階段を下りる際も慎重に足音を消していた。

どの時点から潜《ひそ》んでいたかは定かではないが、梢が萌衣がただの秘書ではないと知ったのは確実だ。

この状態で萌衣を一介の秘書として扱っても、もう梢は信じないだろう。自分の目で見た光景が真実だと思い、感情のまま萌衣を攻撃する可能性も否めない。

もしかしたらそれが原因で、騒動へと発展することも考えられる。

そうなれば、萌衣が望んだ道から外れてしまう。

「だから隠しごとなどするべきじゃなかったんだ」

萌衣の懇願に負けたとはいえ、受け入れた玖生も悪いが……

とにかく両親と直接会い、間違った分岐点に立ち返ろう。

玖生は勢いよくベッドから下り、シャワーを浴びずにチノパンと薄手のセーターを着た。そしてスマートフォンを取ろうとナイトテーブルに視線を向けた時、メモが目に飛び込んできた。

「うん？」

そこには〝散歩がてら、レストランで朝食をもらってくるね〟とあり、書いた時間も書かれていた。玖生が起きる数分前だ。

「まったく……！」

玖生は苛立《いらだ》たしげに髪の毛を掻き上げる。

梢がどういう態度に出るのか把握できないからこそ、一人で行動してほしくなかった。だがこれもまた、何が起こったのか萌衣に秘密にした玖生のせいでもある。

今すぐにでも〝シャルール〟へ移動して萌衣に付き添いたい。だが彼女を守るためにも、当初の予定どおり、まずは両親に会わなければ……

両親が不意に現れて、梢の質問に答えられなくなるのだけは避けたい。

玖生はスマートフォンをポケットに入れると、ベッドルームを出て一階へ下りる。そして、帰宅時に置いたカードキーを取り上げた。

その時ふと足を止めて、リビングルームを眺める。

「カードキー……？　ああ、そうだったのか！」

玖生は天を仰いだ。

実は昨夜、梢を萌衣から引き離す際、気付いたことがあった。リビングルームのローテーブルに置いていた萌衣のカードキーが消えていたのだ。

あの時は萌衣が自分のポケットに入れたと思ったが、今考えれば彼女にそんな暇はなかった。では、どこに消えたのか。

人知れずヴィラに侵入した梢の行動を考えれば、自《おの》ずと犯人はわかる。彼女が盗み、それを使用したのだ。

もちろん悪さをしようと考えたのではなく、ただ単に玖生にもっと近づきたいと思ったためだろう。そのせいで、運悪く玖生たちが愛し合っている光景を目にしてしまった。

「盗まなければ良かったのに……」

玖生は大きくため息を吐くと、気持ちを切り換えて外へ出た。

太陽の眩《まばゆ》い陽射しに、思わず目を眇《すが》めてしまう。目元に手をかざして影を作ると、青い空を見上げた。

「今日は長くなりそうだ」

玖生は呟《つぶや》いたのち、両親が泊まるヴィラに早歩きで向かった。

その時、遠くから男女の話し声が耳に届いた。庭園の噴水近くにある東屋《あずまや》で立ち話をしていたのは、玖生も知る荒川紡績会社の御曹司夫妻だ。

跡取りの荒川《あらかわ》は玖生より八歳年上の同窓生で、いろいろな集まりでよく顔を合わせている。食べ歩きが趣味で、時間ができれば夫婦で全国を回っているらしい。それもあってここ数年で多少体格がふくよかになったが、彼の行動力は健在で、精力的に動く姿は玖生も見習いたいところだ。

本来なら挨拶《あいさつ》するべきだが、今は心の余裕がない。午後に改めてしようとした矢先、荒川夫人の声が耳に届いて足がぴたりと止まった。

「どうして秘書を同伴させたのかしら。仕事抜きでリラックスするパーティなのに」

秘書？

玖生は眉根を寄せる。

「そうだよな。婚約も間近と噂されてる柴谷さんも来てるのに。玖生くんはそういう気配りができない奴じゃないんだけど――」

話の内容に驚いた玖生は、素早く歩き出した。

「荒川さん」

急に呼びかけられた荒川はさっと振り返り、玖生を目にするや否や驚きを露《あらわ》にした。

「玖生くん、おはよう」

「おはようございます。ところで、今の話ですが」

「今の？　あっ、ああ……玖生くんが秘書を同伴させてるって話？」

「ええ。誰が秘書と言ったんです？」

「柴谷さんだよ。ネイルサロン経営者の林原《はやしばら》さんの娘さん……絵菜さんに説明してた。玖生くんが女性を連れてきたというのは、もう噂で広まってるから……」

玖生は衝動的に天を仰いだ。

ここに来た当初は別に隠すつもりがなかったので女性連れだとバレても構わなかったが、梢の登場で旗色が変わってしまった。しかも秘書ということまで広がるとは……

「教えてくださりありがとうございます。そこに話題に上った女性はいましたか？」

玖生の問いに荒川が妻と顔を見合わせるが、即座に玖生に向き直り、小さく頭を振った。

「いや。いなかったと思う。今はわからないが……」

つまり、萌衣はまだ〝シャルール〟へ着いていないということになる。

玖生がホッと胸を撫で下ろすと、荒川に肩をポンと叩かれた。

「じゃ、私たちは失礼するよ」

そう言って、荒川は妻を促《うなが》して歩き出す。玖生は彼らが数メートル離れてから自分も身を翻《ひるがえ》した。

最初こそゆっくりだった足取りは、いつしか小走りに変わる。

偶然だったが荒川に会えて、本当に良かった。彼から話を聞かなければ、現状がわからなかったからだ。

玖生は自然に包まれたヴィラや咲き誇るコスモスの花壇などには目をくれず、両親のヴィラだけを目指す。誰にも会わなかったお陰で、数分で到着した。

玄関ポーチに入ってチャイムを鳴らそうとした時、感情的に「早く行きましょう」と言う母の声が聞こえた。

それは室内ではなく、外から発せられたものだと気付いた玖生は、壁面に沿って進む。そうして、綺麗に整地された中庭に出た。

予想どおり、両親はそこに置かれた白いガーデンテーブルにいた。コーヒーカップを持つものの口には運ばず、真剣な面持《おもも》ちで顔を見合わせている。朝の和《なご》やかさはどこにもなかった。

「玖生との結婚は伏せてほしいって頼まないと……。もう時間がないのよ」

母の言葉に、玖生は眉根を寄せる。

伏せてほしいと頼む？　昨夜、両親が萌衣に秘書という立場でいてほしいと頼んだから、彼女はあんな風に懇願したのでは？

「わかってる。だがどうやって頼む？　彼女の携帯番号は知らないのに。ヴィラに電話をかければ、玖生が出るかもしれない」

そこで母の唸《うな》り声が聞こえる。

「確かにそうよね。玖生に知られずに声をかけるのは無理かも。じゃ、どうやってお願いするの？」

やはりおかしい！

「早く動かないと、梢ちゃんに萌衣さんが玖生の妻だと知られて――」

「その必要はない」

玖生は真剣に話をする両親にも聞こえるように声を張り上げると、二人がさっと顔を上げた。

「く、玖生！　いったいいつからそこに……？」

母は目を見開き、父は諦めに似た面持《おもも》ちでため息を吐く。

玖生は両親を見つめながら大股でガーデンテーブルに近づき、空いた椅子に腰を下ろした。

両親は、どうにかして萌衣に玖生との結婚を隠してもらおうと必死になっている。しかし萌衣は、両親の願いを遂行するべく玖生に頼んできた。

そこから導き出される答えは一つ。

昨夜、萌衣は両親の気持ちを知ったが、直接話したわけではない。両親の会話を盗み聞きしたのだ。そこで両親の意に沿いたいと思い、玖生に頼んだのだろう。

「あのね、お母さんたちは――」

「萌衣に頼もうと思ってたんだろ？　ここにいる間は、俺と結婚したことを黙ってほしいと」

「……えっ？　どうして知ってるの？　お父さんとしか話してないのに」

「それは――」

昨夜、萌衣から打ち明けられた内容を簡単に説明する。

両親に萌衣を紹介してヴィラを離れたが、彼女だけが引き返し、そこで偶然二人の話を聞いてしまったことを……

「萌衣は、母さんたちに迷惑をかけたくない一心で俺に直談判した。夫婦だと名乗るのは止めたいと。結果、ケンカまでしてしまって」

「ケンカ……？」

母の問いかけに、玖生は頷く。

「ああ。その最中に梢がヴィラに訪ねてきた。萌衣は彼女に妻とは言わずに秘書と名乗った」

「言わなかったの？　本当に？　……ああ、良かった」

途端、胸のつかえが取れたとばかりに大息《たいそく》する母に、玖生は目を尖らせた。

「良かったのかどうかはわからない。今思うと……」

「何が起こってる？」

父が眉をひそめる。

玖生はどこまで言うべきか、どの部分を言わざるべきかを考えるため瞼《まぶた》を伏せた。そして一番大事なところだけを伝えればいいと結論付けると、顔を上げた。

「秘書だと言ったのに、俺と男女の仲だとバレてしまった」

「バレた？」

口を揃えて訊《たず》ねてきた両親に、玖生は頷いた。

「萌衣さんは秘書だと言ってくれたのに、梢ちゃんにバレたの？」

「ああ。ただ、妻だとは知られてないと思う。とはいえ、最初に秘書と紹介したのに、実は違ったというのが問題だ。柴谷夫妻が到着したら、梢が両親に泣きつくかもしれない」

玖生は、力なくため息を吐く。

「でも、柴谷夫妻も梢ちゃんも、玖生にはいつも恋人がいたのを知ってるわ」

「知っているのと、パーティで鉢合わせするのとでは違う」

ぴしゃりと言い放つ父に、母は最初こそ目をぱちくりさせるが、ゆっくりと俯《うつむ》いた。

「そうよね。結婚相手と望む人が今の恋人を連れてパーティに参加していると知れば、心穏やかでいられるはずないわ」

「萌衣が俺とケンカしてまで父さんたちの意向に合わせてくれたのに。バレるんだったら、最初から妻だと言えば良かった」

玖生がそう言うと、両親は真面目な表情でお互いに顔を見合わせる。

「梢ちゃんは、柴谷夫妻に泣きつくだろうか」

父が母に訊《たず》ねる。母は少し目を泳がせて考えるが、力なく首を横に振った。

「……わからないわ。でも、最初は秘書だと思ってホッとしたのに、実は恋人だと知ったのよ。かなり動揺していると思う。今は気持ちを押し隠せたとしても、あと二日間ある。萌衣さんを見るたびに辛くなって、どこかで爆発するかもしれない」

母が声を震わせながら説明する。あの愛らしい梢が豹変するかもしれないと、不安なのだろう。

「梢ちゃんは純粋だからな」

父がポツリと言ってうな垂れる。そんな両親を見て、玖生はため息を吐いた。

梢が純粋無垢？　ある意味そうだと言える。だが、彼女も所詮女。夫にと望む男が他の女性を愛する光景を見てしまったら、執着や欲望を抱く〝女〟に変わるのではないだろうか。結果、玖生が手を伸ばす相手は自分のはずなのにと想像するかもしれない。

その場合、梢の怒りはどこに向かう？　愛する男ではなく、玖生を奪った萌衣にでは？

梢が萌衣を攻撃する光景が脳裏に浮かび、玖生の身体がぶるっと震えた。

「最初こそ萌衣の望みを聞いて妻と紹介しなかったが、梢に知られた以上、正直に告げたい」

「玖生の気持ちはわかる。わかるが……すぐに答えは出せない」

「萌衣は、父さんたちの望みを叶えようとしたのに、彼女を認めないのか？」

「玖生、父さんたちはただ――」

父が何かを言いかけたが、玖生は無視して立ち上がった。

今もなお、萌衣を守ろうという気にならないのなら、ここにいるだけ無駄だ。

「確かに両親への挨拶《あいさつ》は遅れたさ。でもそれは、俺の都合に合わせてくれただけで、萌衣に非はない。彼女は父さんたちから肯定的な言葉をもらえなくても当然だと受け止め、長谷川家の嫁として行動したのに……」

母が「玖生」と遣る瀬《やるせ》なさそうに名前を呼ぶが、玖生は両親に背を向けた。

「俺は今から萌衣のところへ……〝シャルール〟へ行ってくる。そこに梢がいるらしいから、問題が起きる前に妻の傍にいたいんだ。俺がどういう行動に出ても責めないでくれ」

「玖生、待て！」

父が呼び止めるが、玖生は埒《らち》が明かないとばかりに歩き出す。一度も振り返らずにヴィラをあとにし、急いで〝シャルール〟へ向かった。

ものの数十秒で、目的の建物が視界に入る。しかし、何故かそこから一人、また一人と招待客が出てきた。

ほとんどが顔見知りの人たちだが、彼らは玖生の顔を視認するなり居心地悪そうにする。

「く、玖生くん。おはよう。今、少し急いでて……また午後に」

苦笑いし、そそくさと離れていった。

彼らの様子から今まさに何かが起きたと悟った玖生は、彼らと入れ違いで建物に入る。

その時、奥からガラスの割れる音が響き渡った。

「あたし、渡さない。あなたなんかに……絶対玖生くんを渡さないんだから！」

切羽詰まった声を漏らす主《ぬし》は、まさしく梢だ。玖生の頭の中が真っ白になり、足が止まる。

しかし直後に、パリッ、パリッ……と陶器やガラスを踏む嫌な音が聞こえてきてハッと我に返った。

嫌な感覚を振り払い、レストランに突入する。

そこで玖生が見たのは、ちょうど萌衣に向かって両手を突き出した梢の姿だった。萌衣は動こうとも声を上げようともせず、梢を凝視しているようだ。

梢は何をしようとしてるんだ？　――と思った瞬間、彼女が苦しげに顔を歪ませ、泣きそうな表情を浮かべた。その目には憎しみよりも悲しみの色の方が強く宿っている。そして彼女はそのまま大きく一歩前に進み、萌衣の胸を押した。

「きゃあ！」

萌衣の悲鳴が耳に届くや否や、玖生はなりふり構わず走り出していた。

＊＊＊

「きゃあ！」

強く押されて、萌衣の身体が後ろへ倒れそうになる。顔から血の気が引いていく中、萌衣は両手をバタつかせて足を後ろに出した。そうして重心を安定させようとしたが、そこには運悪くガラスの破片が散らばり、さらには水たまりができていた。ヒールがつるっと滑ってしまい踏ん張れなくなってしまう。

ダメ！　ガラスの破片の上に転んじゃう！　――萌衣は一瞬にして恐怖に包まれ、瞼《まぶた》をぎゅっと閉じ、息を止めた。

直後、上半身と双丘に何かが強くぶつかって全身に衝撃が走る。

「うっ……」

息が詰まりそうな痛みに襲われるが、ガラスが皮膚に刺さるようなものではない。

どうして？

状況を把握しようと、萌衣は恐る恐る瞼《まぶた》を押し上げる。

そこでようやく、自分が尻餅をつく寸前に玖生が肩を抱いて支えてくれたことに気付いた。

「どうしてここに？」

「大丈夫か？　なんともない？」

「うん……」

心臓が激しく打っているだけで、どこもなんともない。

「立てるか？」

玖生に手を借りて腰を上げる時、彼がオレンジジュースやガラスの破片が広がるそこに、片膝を突いているとわかった。

「玖生、膝！」

「大丈夫だ」

萌衣はふらつきながらも両足でしっかり立ち、玖生の腕を引っ張る。彼の膝はびしょ濡れだったが、血などは滲《にじ》んでいなかった。

ひとまずホッと胸を撫で下ろした萌衣は梢の存在を思い出し、玖生に背中を支えられながらそちらに目を向ける。

梢は突然現れた玖生に驚き、顔を青ざめさせていた。

「梢、自分がどんな真似をしたのかわかってるのか？」

玖生が表情を強張《こわば》らせ、鋭い声で叱責する。

「あ、あたしは……」

「萌衣は梢に突き飛ばされそうになっても避けたりせず、一切手を上げていない。なのに梢は、感情のまま動いて彼女を傷つけようとした」

「それは理由があって……」

「理由？　こんなことをしていい道理などない」

玖生が冷たく言い放つ。すると、おどおどしていた梢が急に胸の前で握り拳《こぶし》を作り、爆発するように声を上げた。

「あるわ！　だって彼女は秘書でありながら玖生くんを誘って――」

そこまで言った梢はハッとし、さらに手を強く握り締める。彼女の頬が次第に赤く染まっていった。

萌衣は小首を傾げて、梢をまじまじと見つめる。

いったい何が恥ずかしいのだろうか。

しかし、玖生に上目遣いをする梢の表情には妙に艶《つや》があることに気付き、萌衣は衝撃を受けた。

梢は一人の女性として、玖生を欲している！　でもどうして急に？

昨夜も梢と会ったが、あの時の彼女は玖生への思慕しかなかった。今みたいに、愛欲を宿してはいなかったのに……

「俺を誘ってた、だって？」

玖生がこれみよがしに片眉を動かし、萌衣の肩に手を回した。

途端、梢が胸の前で作っていた握り拳《こぶし》が解けて、だらりと身体の脇に落ちる。

「あ、あたし……」

「自分から白状するんだ？　昨夜……俺たちを見てたって」

「……っ！」

梢が息を呑む。すぐに何かを言おうとして口を開くがゆっくり閉じ、情熱的に潤む瞳を泳がせた。

しかし数歩近づいて、玖生の手を両手で掴《つか》んだ。

「玖生くん、秘書の誘惑に負けないで。……エッチがしたいのなら、あたしが相手をするから」

えっ、エッチ？

もう何がなんだか理解できない萌衣は、二人を交互に見るしかない。だが、玖生と梢は会話の内容がわかっているみたいだ。

萌衣の知らないところで、何かあったのだろうか。

「誘惑か……。俺は誘惑されてもいいと思ってる。いや、誘惑されたい……愛する妻になら」

愛する妻って、それは隠す予定だったのでは!?

萌衣は秘密を吐露した玖生を、そして目を大きく開けて愕然とする梢を見る。次いで、誰かに聞かれてはいないかと周囲を見回した。

レストランには、もう誰もいない。スタッフも奥に引っ込んだままだ。

安堵するものの、予定とは違う展開におろおろしてしまい身体に妙な力が入る。それに合わせたかのように、玖生が力強い腕で萌衣の肩を抱き寄せた。

「今、なんて？　愛する――」

「妻だ」

玖生は断言し、梢の手を払う。

「つ、妻？　でも、昨日は秘書って」

「紹介しよう。萌衣だ。入籍後も……秘書として働いている」

「な……！」

梢は唇を戦慄《わなな》かせ、動揺のあまり目がゆらゆらと揺れる。

「悪かった。両家の間で婚約話が出ていたからこそ、梢には真っ先に紹介するべきだったよな」

玖生は真面目な表情で淡々と告げた。

「遅れてしまったが、こうして妻を紹介できて良かった。梢、これでお前も親のしがらみから抜け出せる。婚約の件は、当事者抜きで親たちが勝手に盛り上がっただけなんだから」

「違う！　あたしは結婚話に乗り気だった。大好きな玖生くんのお嫁さんになりたかったから……。決してママたちだけが盛り上がったんじゃないわ」

梢は激しく頭を振って玖生に訴える。その大きな瞳はどんどん潤んでいき、あふれ出た涙が目尻を伝い落ちた。

それでも玖生は心を乱さず、梢を諭《さと》すようにじっと見つめる。

「梢、結婚は一方の気持ちだけでは成り立たない。知ってたはずだ。俺の気持ちが君にないのを」

「それは……！」

「悪いが、梢との縁は最初からなかった――」

「いったい何の話だ？」

不意に年配の男性の声が響き、萌衣は慌てて振り向いた。

そこにいたのは、白髪まじりのすらりとした男性と中肉中背の女性。二人とも五十代半ばほどで、驚愕した面持《おもも》ちで萌衣たちを見ている。

「ママ、パパ！」

梢は駆け出し、〝ママ〟と呼んだ女性の胸に飛び込む。

二人が梢の両親だと気付いた萌衣は玖生を窺《うかが》うが、彼は厳しい顔つきで梢たちを見ている。

「梢？　どうしたの？　な、泣いてるの⁉」

「玖生くん、これはいったい⁉」

梢の父が狼狽《ろうばい》して玖生に問いかける。そして彼の妻に守られる娘を心配げに見つめた。

「彼女に真実を告げていたんです」

「真実？」

「結婚し、妻帯したことを」

「け、結婚？　誰が？」

「俺です」

梢の父はきょとんとするが、やがて目を見開き、軽くよろめいた。

萌衣は反射的に一歩前に踏み出して支えようとするが、先に梢の父が妻の肩に掴《つか》まって踏み留《とど》まる。

「玖生くんが結婚？　どうしてそうなった？　今日は両家で婚約の話を詰める予定だったんじゃないのか？」

「パパ、もういい。ママ、あたし、帰りたい……。いくら玖生くんのお嫁さんになりたいと思っても、もう無理なんだもの」

梢は母親の肩に顔を押し付け、泣き崩れた。

萌衣はどうすればいいのかわからず、ただ無言で立ち尽くす他なかった。いつの間にかレストランのスタッフも現れて、この成り行きを遠くから見守っている。

「わかったわ……とりあえず、落ち着いて」

梢の母は娘を優しく抱きしめ、彼女の父は玖生に非難の目を向けた。

「酷いんじゃないか？　両家で結婚の話が進んでいるのは、玖生くんも知っていたはずだ」

「知っていましたが、結婚する気はありませんでした。何故なら梢は、妹も同然だからです。そんな俺に大事な娘を嫁がせたかったんですか？　一生、女としての悦《よろこ》びも幸せも得られないんですよ？」

玖生の言葉に、梢の父が音が聞こえるのではと思うぐらい奥歯を噛みしめる。

「それは――」

「柴谷さん！」

突然、入り口から男性の声が聞こえた。萌衣がそちらに視線を移すと、そこにはなんと義父母がいた。二人は走ってきたのか、大きく肩を上下させて息をしている。

萌衣は口腔に溜まる生唾をゴクリと呑み込んだ。

とうとう両家が全員揃ってしまった……！

萌衣は軽く顎《あご》を引き、瞼《まぶた》をぎゅっと閉じる。

「長谷川さん！　約束が違うじゃないか！」

梢の父の声に、萌衣は面《おもて》を上げた。彼は玖生を指し、義父母に怒りを向ける。すると義父たちは玖生の傍へ近寄った。

「真実を……伝えたのか？」

「ああ」

玖生の淀みない返事を受け、義父は大きく息を吸うと頭を下げた。

「息子が勝手をして申し訳ない。私たちは確かに婚姻で両家が固く結ばれるのを願っていましたが、肝心の息子は違った。こうなった以上、両家で交わした約束を破棄していただきたい」

「簡単に言うんだな。兎《と》にも角《かく》にも、そちらは嫁を迎えられた。これで長谷川家は安泰というわけか？　だが、梢はどうだ？　いずれ玖生くんに嫁ぐと思われているのに、その相手から捨てられたと知れ渡ったら、梢がどれほど傷つくのか考えなかったのか？　痛みが残るのは、娘だけじゃないか！」

確かにそのとおりだ。先ほど梢と一緒にいた絵菜も、玖生と梢が結婚すると思っている。きっと婚約話がなくなればその噂は瞬《また》く間に広がり、梢は心に傷を負うだろう。

好きな人に捨てられたという痛みが……

母親に縋《すが》り付いて泣く梢を見ていると、昨夜玖生に背を向けられた時に味わった苦しみが甦《よみがえ》った。二人の痛みの原因は全然違うが、どちらも愛する人に関しては同じだからだ。

「こず――」

「もういい！」

義父と水掛け論を繰り返していた彼女の父が、萌衣の声を遮《さえぎ》るように声を上げた。

「柴谷さ――」

「今日は帰らせてもらう。これ以上、梢を好奇の目に晒《さら》すことはできん！」

梢の父は苛立《いらだ》ちも露《あらわ》に義父母に背を向けて歩き出した。彼女の母は泣きじゃくる娘の肩を抱き、そのあとに続く。

「梢さん！」

今を逃せば梢とはもう二度と話すチャンスは訪れないと思った萌衣は、大きな声で彼女の名を呼んだ。玖生が「おい」と言って制するが、構わずに一歩前に身を乗り出す。

「梢さん、嘘を吐いてごめんなさい」

萌衣が謝ると、梢の足がぴたりと止まった。こちらには顔を向けないが、明らかに萌衣の声に反応している。

「玖生……さんは、昨夜梢さんと会った時に真実を打ち明けるつもりだったんだけど、わたしがお願いして止めてもらったの」

「萌衣」

玖生に止められても、萌衣は頭を振って続ける。

「でもね、わたしは梢さんを傷つけたくない一心で玖生さんに頼んだのではなかった」

梢が肩越しに振り返り、濡れた目で萌衣を凝視した。萌衣は申し訳なく思いながらも、彼女を真っすぐに見返す。

「はっきり、言う……のね」

梢は声を詰まらせつつも、強く言い放つ。萌衣は苦笑いし、気合を入れるように腹部の前で両手の指を絡ませた。

「玖生さんのご両親は、パーティの席で梢さんを悲しませたくなかったの。あなたのことが大好きだから。わたしはそれを知って、玖生さんに結婚の件は秘密にしたいとお願いした。彼は真実を話すことが正しい道だとわかっていたのに、わたしが無理を言って……」

梢が愛らしい唇をきゅっと引き締める。

「梢、行きましょう」

梢は母親に促《うなが》されるがそれを無視し、萌衣を見続けた。

まだ話を聞こうとする梢の意思を感じ取った萌衣は、再び口を開いた。

「そうするのが皆のためになると思ったんだけど、結局正しかったのは玖生さんだった。会った時に話していれば、梢さんをここまで傷つけなかったのに……。ごめんなさい」

「本当にそうよ。あなたが玖生くんを止めずに真実を話してくれたら、あたしは辛くても……ヴィラのカードキーを盗んで忍び入ったり、盗み見したりは絶対しなかった」

カードキーを盗んで？　盗み見？　……えっ？

萌衣は目をぱちくりするが、梢はそれ以上言わず、ただ萌衣をキッと睨《にら》み付ける。

「あたしはあなたが許せない。許せないけど……全ては玖生くんの心を手に入れられなかったあたしのせい」

そこでつり上がっていた目尻が下がり、瞬《また》く間に泣きそうな表情へと一変した。梢は悲しげに笑い、玖生を愛おしそうに見つめる。そして、母親の服を引っ張った。

「ママ、帰ろう。あたし、ここにいたくない。家に帰りたい」

「ええ、帰りましょう。……あなた」

梢の母が娘に言い、夫を促《うなが》す。三人はそのまま建物の外に出た。

レストラン内は一瞬静寂に包まれるが、すぐに割れた食器を片付け始める音が聞こえてきた。

「スタッフの邪魔になる。ひとまず外に出よう」

玖生が義父に頷き、萌衣の腰に手を添えて歩く。建物の正面にある庭園まで、誰一人口を開かない。やがて噴水の傍で立ち止まると、玖生が真っ先に義父に向き直った。

「結局来たんだ？」

玖生の問いに、義父母は静かに大きく頷く。

「お前が……真実を話すと言っただろう？」

「そうせずにはいられなくなったからだ。理由は説明した」

「わかってる」

妙に居心地悪げに返事をした義父は、萌衣をちらっと見て咳払いした。

昨日の今日ということもあり、萌衣は不穏な空気を感じて緊張してしまう。

昨夜は玖生に引っ張られる形でその場をあとにしたので、きちんと自分の気持ちを伝えられていない。これから先のことを考えるのなら、改めて向き合わなければ……

萌衣は気力を振り絞り背筋を伸ばした。

「萌衣さんは、玖生とケンカしてまで結婚した件を隠そうとしてくれたと。本当かい？」

萌衣は義父に「はい」と返事した。

「出過ぎた真似をしてしまい、申し訳ありませんでした。梢さんに言ったことは、全て真実です」

義父が力なくため息を吐く。その様子に不安が込み上げた。

ダメよ。玖生との結婚生活を終わらせるつもりはないんでしょ？　だったら彼の妻として、長谷川家の嫁として、義父母に認めてもらえるようにしなければ！

少しずつでいい。長い時間がかかっても努力すれば、きっと……

「柴谷さんのところへは、後日改めて詫びに伺《うかが》う。玖生は来なくていい。あと、萌衣さんだが――」

「あの！」

自分のことで玖生が責められると思い、萌衣は咄嗟《とっさ》に割って入る。それに驚いた義父母が、萌衣をまじまじと凝視した。

「今回、騒ぎを大きくさせた原因はわたしにあります。きっと玖生……さんに相応《ふさわ》しくないと思っていらっしゃるでしょう。これからきちんと埋め合わせをしていきます。どうかわたしに時間をください」

「……どうしてそこまで尽くそうとするのかな？」

義父が眉根を寄せて、淡々とした声で問いかける。一瞬、昨夜の玖生と重なり背筋が震えるが、萌衣は手に力を込めて気力を奮《ふる》い立たせた。

「玖生さんを愛しているからです。それでご両親にも、誠心誠意で向き合いたいんです」

萌衣が義父母を交互に見つめて言うと、不意に隣に立つ玖生に肩を抱かれた。

「ありがとう、萌衣。結婚して以来、ずっと俺に誠実でいてくれたよな」

玖生が萌衣に微笑み、そして顔を義父母の正面に向けた。萌衣も彼に倣《なら》う。なんと二人は先ほどの硬い表情を解き、穏やかな面持《おもも》ちになっていた。

「わかってるよ。結婚を隠したがった私たちの気持ちを汲んで、萌衣さんが玖生に立ち向かってくれたことも。昨夜は萌衣さんを受け入れられる状況ではなかったが、君は息子が妻にと望んだ女性だ。私たちは、萌衣さんを嫁として快《こころよ》く迎えよう」

「玖生の手綱を握るのは難しいけど、どうかよろしく頼むわね」

まさか義父母から笑顔で迎え入れられるなんて思ってもみなかった萌衣は、感極まり目がうるうるしていく。

「よろしくお願いします」

必死に瞬《まばた》きして涙を堪《こら》えて、改めて挨拶《あいさつ》した。

「順番を間違えた息子に代わり、萌衣さんのご両親に謝らなければ。都合のいい日を知らせてくれないかな？　私たちはそれに合わせる」

「ありがとうございます。わたしも両親に会っていただきたいので……玖生さんと相談の上、ご連絡します」

そんな感じで迎え入れてもらったあと、義父が玖生に水を向けた。

「このあとだが、どうする？　柴谷夫妻に加えて梢ちゃんが帰ったとなれば、皆が勘繰ってくると思う。そこで萌衣さんを、長谷川家の嫁だと紹介するか？」

「萌衣はどうしたい？」

玖生が萌衣に訊《たず》ねる。ふと、脳裏に顔をくしゃくしゃにして泣く梢の姿が浮かび上がった。〝貧乏くじを引くのは、梢だけじゃないか！〟と悲痛な声で言った彼女の父の顔もだ。

梢はもう充分に心を傷つけられた。これ以上、辛い思いをさせたくない。

萌衣は唇を引き結び、目線を上げた。

「梢さんは、お友達の絵菜さんにわたしが秘書だと話したの。彼女がそれを他の方に話していたら、わたしのことは広がっていると思う。だったら、今回はそのままでいいかな」

「本当にそうしたいのか？」

「嘘を吐いたせいで、大変な事態になったのはわかってる。でも今玖生の妻だと紹介されたら、さっきの一件にも飛び火していろいろな憶測が飛び交う恐れがある。梢さん本人がいないところで……。これ以上彼女を傷つけたくない」

「わかった。結婚の発表は先送りにし、柴谷親子については仕事で帰ったという風にしよう。それでいい？」

玖生は萌衣に返事し、最後に義父母に訊《たず》ねる。彼らは間を置かずに賛成してくれた。

「萌衣さん、本当に申し訳ない。本来なら玖生の嫁だと紹介するべきなのに……」

「いいえ！　穏便に済ませられるのならそれが一番です」

萌衣の答えを受け、義母が数歩近づき萌衣の手を取った。

「ありがとう、萌衣さん」

「じゃ、そういうことで」

玖生が〝もう話はないだろ？〟と言わんばかりに会話を打ち切ろうとしたため、義父母が笑った。

「わかった、話はこれで終わりだ。午後には全出席者が〝シャルール〟に集まる。それまではヴィラでゆっくりするといい」

「ありがとう。またあとで」

数時間後に会う約束をして義父母と別れると、萌衣は玖生の腰に手を回してシャツを掴《つか》んだ。

いろいろあったが、なんとか無事にクリアになった。

梢には嫌な思いをさせたが、だからといって玖生の手を離すことはできない。それぐらい、彼を愛してしまった。

その時、不意にあることを思い出して玖生を見上げる。

「そういえば、一つだけ気になることがあるんだけど」

「うん？　何？」

「梢さんが、ヴィラのカードキーを盗んで忍び入ったり、盗み見したりしたって言ってたけど、あれはどういう意味なの？」

「えっ？　ああ……アレか。……うん、萌衣は別に知らなくていい」

梢は萌衣に対して言っていたのに？

どこか腑に落ちない萌衣は、玖生の袖を引っ張った。彼にどういう意味なのか、きちんと教えてもらおうと思ったためだ。

その時、玖生が足取りを乱した。

「……っ！」

玖生が脚を労《いたわ》る様子や、その濡れた膝を見て、すぐさま問い質《ただ》そうとしていた気持ちはどこかへ吹っ飛んだ。

「やっぱり痛めたのね！　わたしを助けてくれた時に……」

「大丈夫だ」

「早くヴィラに戻ろう。その膝、わたしに診せて」

何度も大丈夫だと言い張る玖生を支えながら歩き、ヴィラへ戻る。

ソファの傍へ促《うなが》してそこに立たせると、萌衣はフローリングに膝を突き、玖生のベルトを外してズボンを脱がせた。

「俺としては、ベッドで積極的になってほしいな」

「何を言っているの？　……あっ、赤くなってるけど、ガラスは刺さってないみたい」

玖生の膝を触ってなんでもないことを確認して、心からホッと息を吐いた。

「座って待ってて。上に行ってズボンを取ってくる」

そう言うと、萌衣はすぐに階段を駆け上がってベッドルームに入り、ゆったりめのチノパンを取り出して再び戻った。

玖生は濡れタオルを作って膝を拭《ぬぐ》っていた。オレンジジュースなのでベトベトするのだろう。

「持ってきた」

「ありがとう」

玖生が自分でズボンを穿いて再びソファに座ると、萌衣もその隣に腰を下ろす。

そうして何かを食べようという話をしていた時、レストランの都合で食事はルームサービスに変更されたと連絡が入った。萌衣たちはヴィラでまったりと朝食を摂って午前中を過ごした。

その後、夜のパーティに先駆けてアフタヌーンティーパーティが開かれたが、予想どおりそこで梢たちの話題が出た。でも事前に対策を練っていたお陰で、出席者は義父母の話を信じ、それぞれがパーティを楽しんだ。

萌衣は義父母と玖生の愛に包まれて、残りの二日間を幸せに過ごせたのだった。

第六章

本格的な冬の到来を迎え、朝の寒さが身にしみてきた十二月初旬。

年末に向けてのスケジュール管理や接待などで慌ただしい日々を送っていたが、今夜いよいよ両家の顔合わせが実現する。

そのため、萌衣は初めて会社にマリッジリングを嵌《は》めて出社した。ただ午前は景山に付き添って取引先回りが、午後は彼の検査入院で延期した会合があったため、まだ秘書室に行っていない。

マリッジリングを見た時、同僚たちがどういう反応をするだろうか。

心臓が飛び跳ねて仕方がなかったが、萌衣はそれを必死に堪《こら》えて秘書室へ足を踏み入れる。

ちょうど十六時三十分を過ぎていた。

「戻りました」

「お帰りなさい」

口々に迎えてくれる途中、マリッジリングを目にした榊原が大声を上げた。

「えっ？　それってペアリング？　ううん、秘書室で着けているのは妻帯者ばかり。つまり、水谷先輩……結婚するんですか⁉」

榊原や吉住を始め、三井や木下、さらには佐山までが萌衣の周囲に群がってくる。

「ま、待って！　もうフィーカは終わって――」

「仕事も大事ですけど、同僚のお祝い事も見逃せないんですよ」

吉住は冷静な口調で言い放つが、その双眸《そうぼう》には優しい光が宿っていた。

「そうですよ！　少しの会話ぐらい、佐山室長も許してくれます。そうですよね？」

「もちろんだ」

榊原が隣にいる佐山に同意を求めると、彼は相好《そうごう》を崩して即答した。

問題がなくなると、皆が一斉に「高嶺《たかね》の花の水谷を落とした男は、どこのどいつだ」や「美人が彼氏などいないと言っても信じてはいけないな」などと好き勝手に話し出す。

最初こそあたふたする萌衣だったが、彼女たちの言葉を止めるために片手を前に突き出した。

「もう入籍しました」

萌衣の発言に女性陣は喜び、男性陣はどよめいた。

「どういった人なんですか？　出会いは？　披露宴はされるんですか⁉」

萌衣は皆の質問に一つずつ答えていく。もちろん契約結婚云々《うんぬん》は話さないが、夫とは景山とHASEソリューションへ行った時に出会ったことなどを告白した。

笑われるのではと身構えたものの、意外や意外、皆感嘆の息を漏らした。

「なんてドラマティックなの！　旦那さまは水谷先輩に会った瞬間、心を奪われたんですね。何がなんでも手に入れたいって。あたしもそういう出会いがしたい！」

「才色兼備の水谷を落とした旦那って凄《すご》いな。ところで、そろそろ旦那の正体を明かしてくれよ」

津田に催促されて、ついに玖生の素性を明かす。案の定、秘書室内は大歓声に包み込まれた。

「HASEソリューションの御曹司!? あたしたちと次元が違う……」

榊原は惚《ほう》けたように萌衣を見て、吉住は口をぽかんと開けて瞬《まばた》きをした。他の秘書たちも同じだったが、やはり一番先に我に返ったのは榊原だった。

「水谷先輩のお祝いをしなきゃ。あたしが幹事します！」

榊原の宣言に皆が賛同し、そして再び拍手で萌衣を祝ってくれた。

瞬《また》く間に退社時間となると、榊原たちから夕食を食べに行こうと誘われた。しかし一時間後には両家の顔合わせがある。

「今夜は用事があるから、また今度ね」

萌衣は申し訳なく思いながらも断り、会社を出ると電車に乗った。

義父母は白金台《しろかねだい》に住んでいるが、萌衣の実家は東京とはいえ二十三区外。新宿なら両親が一番出てきやすいということで、玖生が駅にほど近い位置にある料亭の個室を予約してくれた。

「萌衣！」

料亭の前には玖生が立ち、萌衣に片手を上げる。萌衣は彼に駆け寄った。

「遅かった？ ごめんね」

「いや……」

すかさず玖生の手を握るが、その冷たさに顔をしかめる。

「お店に入ってくれて良かったのに……。こんなにも冷たくなってるなんて」

「大丈夫。それより、もう皆到着してる」

「えっ？　わたしの両親も？　待ち合わせの時間まで三十分以上あるのに？」

萌衣は、両親を呼ぶ際に〝会ってほしい人がいる〟とだけ告げた。場所が料亭とくれば、恋人を連れてくると想像するのが普通だ。だがそこに、両親と変わらない年代の夫婦もいれば、何事かと驚くのではないだろうか。

そわそわする萌衣に対し、玖生は大丈夫だと微笑む。

「行こう。義父母の雰囲気で何も報告していないとわかったから、うちの両親もあえてその件には触れずに相手してる」

「すぐに行きましょう」

萌衣はお茶屋さんなどで見られる、木造の建物の階段を上がっていく。

「いらっしゃいませ」

笑顔で出迎えてくれたのは、着物姿の女性スタッフだ。玖生とは一度顔を合わせているのか、彼を目にするなり奥へと案内してくれる。

右手はフロアになっていて、テーブル席があった。席は全て埋まっていて、スーツを着た男性が多い。左手には数メートル間隔で引き戸がある。きっと個室だ。

スタッフはさらに進むと、廊下の奥のドアをノックして引き戸を開けた。

「お連れさまがお越しになりました」

そこは、十二畳ぐらいある個室だった。中央に八人掛けのテーブル席があり、両親と義父母が向かい合って着席している。しかも彼らは、仲良さそうに談笑していた。

「萌衣！　遅かったのね」

母が声を上げた。背後から玖生が入ってくると、母は萌衣たちを交互に見ながらにこにこする。顔つきから、萌衣が恋人との結婚を決めたので両家の両親を呼んだと思っているのが読み取れた。

実は入籍の報告なのだが……

お互いの両親から席に着くよう促《うなが》された萌衣は頷き、室内を眺めた。窓際には雪見障子があり、坪庭を観賞できる。慶祝の席に趣《おもむき》を添える素晴らしいしつらえに、自然と肩の力が抜けた。

萌衣は玖生と離れて、両親に挟まれた席に座る。

「本日はようこそお越しくださいました」

女性スタッフの挨拶《あいさつ》と共に、慶祝会席の食前酒、先付けの明太子の昆布巻き、ゴマ団子、枝豆、有頭海老の塩焼きが並べられた。

スタッフが個室から出ると、部屋は静まり返る。誰が第一声を放つのかを窺《うかが》っている空気があった。

玖生は、萌衣がどんな振る舞いをしても味方だと言わんばかりに、目に真摯《しんし》な思いを宿す。萌衣を信頼してくれているのだ。

萌衣は心持ち椅子を引き、両親の顔を交互に見つめた。

「お母さんたちには〝会ってほしい人がいる〟と言って来てもらったんだけど、彼がそうなの。夫の長谷川玖生さん。既に彼と入籍しました」

萌衣の合図を受けて、玖生が自己紹介する。予想とは違う〝夫〟という言葉を聞いたせいか、両親が口をあんぐりと開けて固まった。

「お母さん？　お父さん？」

萌衣に話しかけられて、両親はゆっくりと我に返る。しばらく夫婦で目を合わせてから、萌衣と玖生に焦点を戻した。

もし〝親の承諾も得ずに結婚しただと⁉　許せん！〟と怒鳴られた場合、萌衣が両親を落ち着かせなければならないと身構える。

しかしそんな萌衣の心とは裏腹に、両親は歓喜の声を上げた。

「萌衣がもう……玖生くんの妻だなんて！」

両親の態度に、今度は萌衣が面食らう。玖生や義父母も同じ気持ちのようで、目を見開いた。

「こんなに嬉しいことはないわ！　恋愛に縁がなかった仕事人間の娘が、初めて恋人を紹介してくれると思っていたんです。それが、入籍の知らせだったなんて」

両親は義理を欠いた行為だと玖生を非難せず、諸手《もろて》を挙げて喜んだ。その様子を見て、義父母の緊張も解けたみたいだ。

両家は食前酒で乾杯し、再び会話に花を咲かせた。萌衣の両親は、玖生の仕事ぶりなどを聞き、これ以上にない婿だと決定づけたのはこの時だった。

豪華なお造りや湯葉豆腐、溶岩プレートで食べるステーキ、天ぷらなどが運ばれてきた頃には笑いが絶えない食事会となっていた。

「玖生くん、今度は是非我が家にも来てくれ。田舎だが大自然を味わえるし、近くに温泉もある。萌衣と二人でゆっくりとした時間を過ごせばいい」

「ありがとうございます。喜んで遊びに伺《うかが》わせていただきます」

父の誘いに玖生が白い歯を零《こぼ》した。

「両家で旅行に行くのもいいですね」

「ええ！　孫ができたら、三世帯で行きましょう」

義母と母が満面の笑みで先の話までし出す。

孫は早いよ――と萌衣は笑うが、いつの日か生まれるかもしれないと思うと胸の奥がほんわかとしてきた。知らず識らず唇の端も上がっていく。

「萌衣」

小声で呼ばれて顔を上げると、玖生が微笑みながら片眉を上げげた。まるで〝今夜から頑張らないと〟と言われてるみたいな気がして、頬が火照《ほて》ってくる。

萌衣は羞恥《しゅうち》を隠すように抹茶のアイスクリームを食べつつ、両親たちに目を向けた。

両家が楽しそうに歓談するのを見ているだけで心が和《なご》んでいく。今月に入ってすぐに、義母から柴谷家とのその後のやり取りを聞けたのも影響しているだろう。関係修復には至っていないものの、お互いに大人の関係を続けることで一致したらしい。

つまり、義父母の仕事に差し障りはない。萌衣にのし掛かっていた心配事が消えた今、もう玖生との未来だけを見ていいのだ。

両親たちが仲良く会話するのを聞きながら、萌衣が未来に思いを馳せていた時、急に義母が胸の前で手を叩いた。

「そうだわ！　あなた、アレを……」

「ああ、そうだった」

義母の催促に義父が腰を上げ、個室の隅に置かれたハンガーラックへ移動した。ジャケットから白色と金色が目立つ封筒を取り出す。手に持っていたのは、伽羅《きゃら》結びの祝い袋だった。

義父は玖生の前にその袋を置く。

「玖生、萌衣さん。これは私たちからの結婚祝いだ」

「父さん、金はいらない」

「悪いが金じゃない」

「えっ？」

玖生が眉をひそめると、義父が彼の肩を叩いた。

「二人は急いで入籍したから、まだ夫婦でゆっくりしていないだろ？　こうして両家への紹介も終わったんだ。年末年始は二人で羽を伸ばしてくるといい」

玖生は水引を抜き取り、中身を取り出す。そこに入っていたのは飛行機のチケットだった。

「ハワイにあるうちの別荘を使いなさい。入籍を急いだお前が罪滅ぼしをしないと」

「ありがとう。そういうことなら遠慮なく使わせてもらうよ。新婚旅行で」

新婚旅行!?

驚く萌衣に、玖生がおかしそうに片眉を上げる。

「俺と旅行に行きたくないのか？」

「い、行きたい」

そもそも好きな人と旅行に行った経験がない萌衣にとって、こんなに心躍る話はない。

萌衣が喜びも露《あらわ》に目を輝かせると、玖生も義父母も両親も微笑んだ。

「ありがとうございます」

萌衣は義父母にお礼を言うと、その場は再び旅行の話題へと移った。

順風満帆な夫婦生活、恵まれた仕事。こんなに幸せでいいのだろうか。結婚を決意した時は、喜びに満ちあふれる生活を思い描いていなかっただけに、今の充実した生活が恐くもあった。

壊れなければいいけれど――と考えたところで、一瞬表情が曇る。それを吹き飛ばすように、ほうじ茶を飲み干す。皆も次々に湯飲みをテーブルに置き始めたところで、顔合わせは終了した。

料亭を出て、真っすぐ新宿駅へ向かう。歩道は観光客や夜を楽しもうとする人たちでごった返していたが、家族間の会話は全然途切れない。お互いに〝定期的に会いましょう〟とか〝親戚付き合いが楽しみね〟などと楽しそうに話しながら、改札口でようやく立ち止まった。

「いたらない娘ですが、どうぞよろしくお願いします」

「こちらこそ頑固な面もある息子なので、振り回してしまうかもしれません。その時は遠慮なく私どもに連絡してください」

一方は経営者、一方は中小企業の管理職だというのに、両家に緊張したところはなく、昔からの知り合いみたいに振る舞っている。

萌衣がホッとしていると、玖生に肘を掴《つか》まれた。

「どうしたの？」

「ご両親をホームまで見送っておいで。俺も両親にそうするから、ホテルで待ち合わせしよう。予約してあるんだ」

「ホテルを予約したの？　家は近いのに!?」

三十分もかからずにマンションに戻れるのに、ホテルだなんて……

萌衣が唖然としていると、玖生はひょいと肩を上げた。

「顔合わせをした結果、どうなるかわからなかったからな」

もしかして、黙って結婚したことで両親が玖生を認めないと思った？

いらぬ心配をさせてしまったのかと思うと申し訳なくなる。萌衣は玖生に身を寄せた。

「玖生、ありがとう。いろいろと考えてくれて」

「いや、俺も萌衣とホテルでゆっくりしたかったし」

玖生が口元をほころばせ、あるシティホテルの名を告げる。そこのロビーで待ち合わせしようと伝えたところで、咳払いが聞こえた。

振り返ると、両親たちが萌衣たちを微笑ましく見つめていた。

「今日はここで失礼するよ」

「駅まで一緒に行く。萌衣はお義父《とう》さんたちを構内まで見送るから」

「わかった。……萌衣さん、我が家に遊びに来てくれるのを待ってるよ。では失礼いたします」

義父は玖生に返事したのち、萌衣と両親に挨拶《あいさつ》する。両親も義父母たちに深々と頭を下げた。

玖生たちと別れた萌衣は、両親と共にホームへ向かって歩き始める。

「まさか、いきなり結婚の報告とはね」

母が肘で萌衣を小突いてきた。

「ごめん……。急だったの。友達にもまだ言ってなくて」

「親にすら紹介しないぐらいだものね」

母は楽しげに笑った。

「仕事ができるのはわかってるけど、親としてはやっぱり将来が不安だった。でもそんな心配は無用だったわね。お母さんもお父さんも、結婚に至った経緯はどうでもいいと思ってる。一番大事なのは萌衣が好きな人と幸せになることだから……。玖生くんと心温まる家庭を築いてね」

「さっきも言ったが、時間ができたら玖生くんを連れて実家に帰っておいで」

両親の言葉に萌衣は胸を熱くさせながら「うん」と返事し、ホームで見送った。

これで玖生が求めた契約の件は全て終わった。ここから本当の新婚生活が始まるのだ。

萌衣は胸を高鳴らせて、玖生と待ち合わせしたシティホテルのロビーへ向かったのだった。


――十分後。

萌衣はシティホテルのロビーに足を踏み入れた。玖生の姿を求めて周囲を見回すが、まだ彼の姿はない。

玖生の到着を待つ間、萌衣はエントランスもフロントも眺められる柱の傍に立ち、そこからロビーを観察する。

時刻は二十一時を少し回った頃だが、ロビーにはチェックインで並ぶ外国人観光客がそこら中にいた。中には家族連れもいて、疲れた素振りも見せずにはしゃいでいる。

萌衣が微笑ましく子どもたちを眺めていた時、背の高いスーツ姿の男性が現れた。スマートフォンを片手に急いでいる様子から、接待か仕事の打ち合わせか何かだろう。

遅くまで大変だな——と見ていると、不意に男性が面《おもて》を上げた。慌てて視線を逸らそうとするが、その男性が誰かわかるや否や目をぱちくりさせる。彼も同様に、まじまじと萌衣を凝視してきた。

「も、萌衣？」

萌衣の名を呼ぶ男性は、なんと友人の雅也だった。

「こんなところで会えるとは思いもしなかったよ。良かったらこれから飲みに行かないか？　一本だけ断りの連絡を入れさせてくれたら、一緒に行ける」

雅也がスマートフォンを操作するのを見て、萌衣は「ごめん、今は無理」と断った。

「用事か？　ホテルで友達と……食事？」

「ううん、そうじゃなくて——」

萌衣は雅也のスマートフォンに視線を落とす。そこに表示された〝篠田美貴〟という名を見てぎょっとした。

美貴は、雅也の恋人だ。萌衣を優先して彼女との約束を断るなんてとんでもない。

「わたし、待ち合わせしてるの。夫とここで」

萌衣は急いで理由を説明する。

「……夫？　……ハハッ、何を言ってるんだよ。萌衣は男と付き合った経験がないじゃないか。萌衣の傍にいる一番近い男は僕だろ？　そんな嘘を吐くなんて萌衣らしく――」

威勢よく言い放つ雅也の声が、徐々に尻すぼみに小さくなる。そして、目を大きく見開いた。

「待ってくれ。……えっ？　本当なのか？　け、結婚したのか？　いつ⁉」

いつもと違って余裕がない雅也は、早口でまくし立ててきた。萌衣の知る彼ではないことに怯《ひる》みつつ、それを押し隠して頬を緩《ゆる》めた。

「ごめんね、言わなくて。いろいろあって、そっちが解決するまで誰にも話さないようにしてたの。でも無事にクリアできて……。雅也には忘年会で話せばいいかなって」

「いつから付き合ってた？」

雅也の声音《こわね》が怖いぐらい低くなる。

「七月かな」

「今年の？」

萌衣が苦笑いしながら「うん」と即答すると、雅也の顔からどんどん血の気が引いていった。

「そんな短期間で結婚？　まったく気付かなかった。俺がちょうど各地を飛び回ってる時に、横からかっさらわれたなんて」

「かっさらわれたって、別にわたしは雅也のものじゃないんだけど」

萌衣は笑うが、雅也は顔を青ざめさせながらも真摯《しんし》な眼差しを向ける。そうされて、次第に萌衣の緊張が増していった。

「ねえ、どうしたの？　今日の雅也、なんかおかしいんだけど」

「おかしいだって？　それは萌衣の方だ。長い付き合いなのに、僕に一言も相談せずに男と付き合い、結婚するなんて……」

雅也が声を抑えつつも萌衣に迫ってくる。その豹変ぶりに頭が追いつかず、萌衣は彼に手を握られても呆然としていた。

「僕のことは眼中になかったのか？　ずっと萌衣の傍にいた僕を？　……ああ、どうして！」

「ちょ、ちょっと待って。何を言ってるの？　……それより同級生たちが結婚した時みたいにお祝いしてほしいな。わたし、雅也に一番に喜んで――」

「祝えるわけがないだろ！　僕はずっと萌衣が好きだったんだから！」

……え？　ずっと好き？　誰を？　……わたし⁉　――と雅也をまじまじと見つめる。萌衣は彼が〝冗談だ〟と笑って訂正するのではないかと期待したが、そうしなかった。

本当に好きだった？　……萌衣を？

雅也の告白が事実だと悟るや否や、咄嗟《とっさ》に彼に握られた手を振り払った。

「そんなこと、今になって言われても――」

「萌衣、待たせたな」

突然背後から聞こえた男性の声に、萌衣はその場で飛び上がりそうになる。でもそうなる前に声の主《ぬし》が誰なのか気付き、安堵しながら肩の力を抜いた。そして振り返り、自分を愛おしげに見つめる玖生と目を合わせる。

「玖生……」

「どうした？　……彼は友達？」

玖生が雅也に視線を移すが、一瞬にして彼の表情が固まった。理由はわからないが、雅也から告白された直後で気まずかった雰囲気だったのもあり、萌衣は夫の登場を喜んだ。

「玖生、ちょうど良かった。紹介するわ。高校時代からの友人、日下雅也さんよ」

「初めまして、長谷川と申します」

「日下？　ああ、萌衣が親しくしてるお友達の……」

親しくしてる？　雅也の話を玖生にしたことがあったかな？　――と思いつつも問いかけず、萌衣はうんうんと相槌《あいづち》を打つ。

「雅也、彼がわたしの夫なの」

雅也が呆然としている間に、早口で夫を紹介した。

「……夫？　彼が？」

雅也は固まったまま、玖生をじっと見つめる。そして何故か玖生も彼を見返す。表情は朗《ほが》らかだが、その目は笑っていない。

「雅也、美貴さんと約束があるんでしょ？　早く行ってあげて」

萌衣は雅也の告白をなかったかのように恋人の名前を出すが、彼はしばらくして空笑いした。

「美貴、美貴、美貴、美貴！　萌衣はいつも彼女を優先しろと言う。いや、彼女だけじゃない。過去に付き合った女性全員に対してもだ」

「えっ……」

「そこまでだ」

玖生がそう言い、萌衣の肩を抱く。

「自分を貶《おとし》めるな。この先も萌衣の友人でいたいのなら」

玖生の言葉で、雅也が顔を真っ赤にさせた。今にも頭上から湯気が立つのではと思うぐらい、憤怒を漲《みなぎ》らせている。

「お前にいったい何がわかる？　ぽっと出のお前に。萌衣のことは僕が一番よく知ってる。お前より長い付き合いの僕の方が彼女を幸せにできる！」

「長く付き合う方が萌衣を知ってる？　幸せにできる？　……それはどうだろうか。萌衣」

玖生に名前を呼ばれて、萌衣は表情を強張《こわば》らせたまま彼を見上げた。

「俺と出会ってまだ半年にも満たないが、今、幸せ？　俺と結婚して良かったと思ってる？」

いきなり話を振られて、萌衣はきょとんとする。〝今、その話って必要？　二人きりの時で良くない？〟とは思うものの、玖生が無関係な質問をするはずがない。きっと意味があるのだ。

玖生を信じて、萌衣は力強く頷いた。

「もちろん。玖生と知り合って、結婚して……ずっと追い求めていた感情を得られた。玖生と出会えなかったら、一生誰も愛せなかったと思う」

萌衣の返事に、玖生が〝よくできました〟と目を細めた。

「愛？　……長年傍にいた僕にではなく、たった数ヶ月しか付き合いのないその男に？」

「愛に気付くのに時間は関係ない。それに、ただ傍にいるだけでは好きな女性を手に入れられないんだ。日下さん、あなたは身をもって実感しているはず」

「ど、どうして僕が萌衣を好きだと知って？」

萌衣も雅也の指摘に反応し、玖生を不思議そうに窺《うかが》う。しかし彼は何も言わず、雅也から目を逸らさない。

「萌衣を好きだったのに、日下さんは彼女の一番の男友達という場所が居心地良過ぎて、そこから動こうとしなかった。決めたのは自分なのに、今更萌衣に突っかかるのはお門違いだ」

「言われなくてもわかってるさ」

雅也が瞼《まぶた》をぎゅっと瞑《つぶ》り、俯《うつむ》く。

その時、雅也のスマートフォンが鳴り響いた。液晶画面には美貴の名が表示されている。それを見た萌衣は、すぐに「雅也」と呼びかけた。

「気持ちに気付けなくてごめんなさい。でも、もし告白されても断ってた。わたしにとって雅也は一番の男友達だから……。ねえ、雅也も今を大切にして。美貴さんの優しさを裏切らないで」

「幸せ、か……」

雅也は力なく笑い、手にしたスマートフォンを強く握り締めた。

「今はまだ、萌衣の結婚を受け入れられない。受け入れられないが……萌衣が苦しんだり、辛い思いをしたりするのは嫌だ。僕がそれを味わわせたくない」

「うん、わかってる」

萌衣が即答すると、ほんの少しだけ雅也の目元が柔らかくなる。萌衣が知るいつもの彼だ。

「もしあなたが萌衣をそんな目に遭わせるような真似をしたら、絶対に許さない。必ず萌衣とあなたを引き離す。絶対に！」

そう言い切って、雅也は身を翻《ひるがえ》した。彼の肩がかすかに震えているが、萌衣は何も言わずに彼の後ろ姿を見る。

「美貴のところへ行くよ。萌衣……また」

雅也はそのまま歩き出す。彼の姿がエレベーターに消えて初めて、萌衣は玖生に向き直った。

「知ってたの？　雅也がわたしを好きだって」

「ああ。以前、日下さんを調べた。ここの近くのホテルで会ってただろ？　普段なら気にもしないが、妻は俺以外の男に笑みを向けていた。どういう相手なのか気になるのは当然だ」

「調べた？」

玖生は悪びれもせず頷くと、萌衣の肩を抱く手に力を込めて歩き出した。

「調査資料に書いてあった。日下さんが萌衣を好きなことも、萌衣が誰とも付き合う機会を得られなかったのは、彼が男たちを牽制したからだということも……」

「牽制⁉」

想像すらしなかった事実に、萌衣は息を呑んだ。

まさか雅也が萌衣の傍にいたのが原因で、男性を遠ざける羽目に陥《おちい》っていたなんて……

でもそれは、何も雅也のせいばかりではない。周囲にアンテナを張りさえしなかった、自分が一番悪いのだ。

萌衣はエレベーターに乗って目的の階で降りても、ずっと口を噤《つぐ》んでいた。しかしシーンと静まり返った廊下に出たところで、玖生の腰に触れる。

「わたし、雅也の話を聞いて驚いたんだけど、今は彼がそうしてくれて良かったなって思ってる」

「どうして？」

「雅也がわたしを独占しようとしてくれたお陰で、玖生と出会えた。もし恋愛経験が豊富だったら、契約結婚を打診された時点で席を立ってたと思う」

「そうならなくて良かった」

「うん。だから、ある意味わたしは雅也に守られていて……。ねえ、わたしの言う意味がわかる？」

「ああ、わかる。……日下さんが萌衣を独占しようとしなければ、俺たちに今の幸せはなかった」

萌衣は玖生に微笑みかける。

「ねえ、雅也のことだけど、この先も彼と友達でいていい？　彼を悪く思いたくないの。だって、彼はずっとわたしを励ましたり悩みを聞いてくれたりした……仲のいい友達だから」

「俺としては、正直日下さんに関わってほしくない。だが、彼が自分を戒めて友人として振る舞うなら、俺は口出ししない。萌衣の気持ちを尊重する」

「ありがとう、玖生」

萌衣が振り仰いで礼を言うと、玖生が小さく頷いた。

「さあ、ここだ。部屋に入ろう」

玖生が立ち止まってカードキーを差し込む。鍵が開くとドアを開け、萌衣に〝どうぞ〟と促《うなが》す。

萌衣は玖生に微笑みながら、彼の指に自分の指を絡ませる。そうして彼を引っ張り入れるように室内へ導いたのだった。

終章

玖生が手配した、五十階にあるスカイスイートルーム。

萌衣が玖生を誘って部屋に入ったはずなのに、背後でドアの閉まる音が小さく響いた途端、形勢逆転。そのまま彼の腕の中へ抱き留められ、唇を奪われた。

「つんぅ……ふ……」

萌衣を貪《むさぼ》り尽くす勢いのキスに脳がぐらりと揺れる。切羽詰まったように激しいが、それがとても心地いい。

萌衣は玖生の背に両腕を回すと上着をしっかり握り締め、萌衣を欲する想いに応じた。

「は……ぁ、ンぅ……」

唇を割られ、玖生の滑らかな舌が滑り込んでくる。絡めるたびにじゅぷじゅぷと唾液の音を立てられて、萌衣の身体に力が入った。

それだけで双脚《そうきゃく》の付け根がジーンと疼《うず》き、下肢が痺《しび》れてくる。直後足元がふわふわしてきた。

「く、りゅ……んふ……だ、ダメ……」

もう立っているのが辛いし、息ができない。

手が震えてきた頃、玖生が不意に顔を傾けて深い角度で口づけを求めてきた。そして彼に押されて、壁際まで追いやられる。萌衣はそこにぐったり凭《もた》れた。

そこでようやく玖生がちゅくっと唇を吸い、下唇を甘噛みしてキスを止めた。

「待っててくれ」

玖生は萌衣の目尻に唇を落とすと、どこかへ向かった。

萌衣は肩で荒い息をしながら、キスのし過ぎでぷっくり腫《は》れた唇に指で触れた。どれほど玖生に求められたのかがわかるぐらい、柔らかいそこはぴりぴりと疼《うず》いている。

雅也の件があったにもかかわらず、玖生は全てを受け止めて萌衣を包み込んでくれた。

玖生も一緒に未来を歩もうと思ってくれたから……

ああ、幸せすぎる！

萌衣は両手で顔を覆い、満足げな息を零《こぼ》すと、いつの間にか戻ってきた玖生に手首を掴《つか》まれて手を下ろされた。

「泣いてるのかと思った」

「どうして泣くの？　こんなに幸せなのに」

萌衣は玖生を愛しげに見つめて、目を細める。すると彼も「俺も」と甘く囁《ささや》いて、萌衣のコートに手をかけた。

玖生は既にコートも上着も脱いでいて、ズボンとタートルネックセーター姿だった。

萌衣は玖生にされるがままコートを脱ぎ、ツイードのジャケットを落とす。お揃いの膝丈スカートのファスナーを下ろされると、それは足元に広がった。

「手を上げて」

玖生がタートルネックセーターの裾を掴《つか》み、一気に上へと引っ張る。すぽっと抜けて、萌衣は下着姿になった。

部屋は暖房が効いているとはいえ、ほんのり肌寒い。自然と身震いしてしまい、ブラジャーのカップから零《こぼ》れそうな乳房が揺れた。

「俺を誘ってる？」

玖生が上体を屈めると、柔らかなそこに唇を押し付けた。

「……あっ」

吐息に似た喘ぎを零《こぼ》し、萌衣は軽く仰け反る。それを合図に玖生が萌衣の背中に片手を回し、簡単にホックを外した。そこを締め付ける圧力がなくなるや否や、彼の目に乳房が晒《さら》される。

「硬くなってる」

玖生は甘く囁《ささや》きながら、色付く頂《いただき》を口に含んだ。

「あぁ……、っんんぅ」

舌や唇でちゅぱちゅぱと弄《もてあそ》ばれ、萌衣の身体の芯にある導火線に火が点《とも》る。

「やだ、……ぁん！」

上半身に電気が走ったみたいに震えてしまう。萌衣は手の甲で口元を覆って、出てくる喘ぎを抑えるが、無理だった。

「く、りゅう……んっ」

ひとしきり乳首を愛撫した玖生は、ようやく自分もタートルネックセーターを乱暴に脱ぎ捨てた。ベルトを外して、ズボンとパンツを落とすと、萌衣のパンティの端に指を引っ掛けて一気に滑らせた。そして立ち上がるのに合わせて、萌衣の膝の裏に腕を添える。そして勢いよく掬《すく》い上げた。

「風呂へ行くぞ」

萌衣は小さく頷き、玖生の首に手を回して彼に抱きついた。

玖生が部屋の奥へと進むと、リビングルーム、ベッドルームが目に飛び込んできた。上質感を漂《ただよ》わせる作りで、ソファセットもゆったりとした気分で寛《くつろ》げるぐらい大きい。

なんて贅沢なのだろうか。

萌衣は惚《ほう》けるように眺めていたが、玖生に半面ガラス窓で覆われたバスルームに連れられると、それ以上に度肝を抜かれた。

大都会のダイナミックな景色を満喫しながらバスタブに入れるスタイルになっていたためだ。しかも埋め込み型のバスタブには照明が設置されており、お湯が七色に輝いている。

玖生はそのままバスタブに足を踏み入れて湯船に浸《つ》かる。萌衣は彼の前に座らされ、背後から抱きしめられた。そうして宝石箱に詰められたような東京の夜景を眺める。

「はぁ……」

眼前に広がる景色に加えて、身体を包む温もりと玖生の強靱《きょうじん》さにも感嘆の息が漏れる。すると彼が萌衣のこめかみに、愛情の籠もった口づけを落とした。

「気に入った？」

「うん、とても。でもこんな贅沢、いいのかな？」

「いいんだよ。……いろいろとお疲れさま」

その言葉には、両家の顔合わせのみならず、ロビーで起きた雅也との出来事も含まれているに違いない。

けれども全ては終わった。今は二人だけの時間を大切にしたい。

「玖生も気が張ったんじゃない？　わたしの両親の反応が悪かったらどうしようって」

「挨拶《あいさつ》もせずに大事な娘を奪ったんだ。不安になるのも当然だろ？　なのに婿として認めてくれた。俺という人間をまだよく知らないのに」

「わたしには人を見る目があると思ってくれてるから」

「萌衣が清廉潔白な生活を送ってくれたお陰だな」

玖生は濡れた手で萌衣の頬を撫でる。萌衣がたまらず喉を鳴らすと、顎《あご》に触れてきた彼に唇を求められた。

「さっきの続きだ」

「ンッ……！」

腹部に回された玖生の腕に手を置き、愛情が込められたキスに応じる。

ちゅくっ、ちゅくっとついばんでは甘噛みされて唇を開けると、玖生が慣れた仕草でするりと舌を滑り込ませた。

「んふ……ぅ、ぁ……」

玖生は何度も舌を絡ませながら、大きな手で乳房を覆い、優しくまさぐる。尖ったままのそこを、指の腹で転がし始めた。

「ぁっ……」

快感が体内を駆け抜ける。萌衣は咄嗟《とっさ》に玖生の手首を掴《つか》んだ。

「ここではダメ」

しかし玖生は気にしないと言わんばかりに、萌衣の額《ひたい》、こめかみに唇を落とした。

「何故？　ほら、ここは俺の指を押し返すほどコリコリしてるだろ？」

玖生が誘惑に満ちた声で囁《ささや》いた。それは萌衣の鼓膜のみならず、ありとあらゆる細胞を蕩《とろ》けさせていく。

玖生の愛戯はいつも絶妙で、萌衣さえも知らない秘めた欲望を揺り動かしてくる。

萌衣は悶《もだ》えつつも、玖生が柔らかな乳房を手のひらで掬《すく》い上げて揉むのを甘んじて受け止めた。

「は……んっ、あ……っ」

身体の芯が熱くなり、途中で消えていた火種が再び点《つ》いた。

玖生と結婚して、初めて女性としての悦《よろこ》びを知った身体は、こうして触られるとすぐに熟《う》れてしまう。今も胸を包み込まれただけで下腹部の深遠が滾《たぎ》り、双脚《そうきゃく》の付け根が勝手に戦慄《わなな》くのを止められない。

ビクンと身体が跳ねると、玖生の手が乳房を離れて腹部へと滑り下りた。茂みを掻き分けて秘所に指を忍ばせてくる。

「ほら、ぬるぬるしてる。感じてるんだろ？」

「やだ……」

萌衣は玖生の腕を掴《つか》んで身を反らせた。

「こんなに愛し合ってるのに、まだ恥ずかしい？　うん？」

「わたし……んっ、やぁ……あん……嘘！」

玖生が花弁を上下に擦《こす》りながら淫襞を左右に開き、蜜液で潤《うるお》う媚孔に指を挿入したのだ。ゆったりとした動作で萌衣を焦《じ》らし、奥を抉《えぐ》っては引き抜く。

玖生の動きに影響され、体内で甘やかな潮流が生まれた。萌衣は唇を引き結んで必死に耐えるが、彼に感じやすい耳殻を舌で舐め上げられると抗《あらが》えなくなる。

「ン……っ、はぁ……や……ぁ、んっ、んふ……ぁ」

「可愛い喘ぎ声だ。もっと啼《な》いてくれ」

玖生がもう片方の手を乳房へと滑らせ、戯れ始めた。

「く、りゅ……う、あっ……本気で、するの？　ここ、で？」

「萌衣も我慢できなくなってるだろ？　指の締め付け方が凄《すご》いし、滑りがいい」

「もう……っぁ、ダ……メん、は、速い……いいっん」

湯船の湯が海のように波立つ。そのたびにたわわな乳房が露《あらわ》になり、玖生に転がされて硬くなった乳首を湯が舐めた。

とてもいやらしくて、気持ちよくて、脳の奥が痺《しび》れていく。

「あっ、あっ……やぁ……」

「萌衣のここ、ぐちょぐちょだ。わかるか？」

わかるわけない。ただ、媚口を弄《いじ》る指の動きや波立つ湯の高さから、スムーズに玖生を受け入れていることは伝わってくる。

「うっんぅ……ふぁ、……あぁん……ぅ」

「萌衣……」

玖生が耳孔に舌を挿《さ》し入れ、くちゅっといやらしい音を立てる。お湯の中で聞こえない音を、わざと聞かせているとしか思えない。

「は……ぁ、んくっ……」

容赦ない攻めを受けて、萌衣の身体が燃え上がる。腰が砕けそうなほどの心地よさに、自然と恐くなる。熟した花芯がほんの少しでも衝撃を受ければ、一瞬にして飛翔できてしまいそうだ。

強い快感に、萌衣は喘ぎ声を上げ続ける。それが一段と甲高くなった時、玖生が指を引き抜き、萌衣の腰を抱いて前屈みになった。

「あっ」

息を詰まらせると同時に、萌衣はバスタブの端に片膝を載せて両手をついた。四つん這いの体勢に頬が上気してくる。直後、玖生が萌衣の双丘を捏《こ》ねた。そこに熱い口づけをすると、ほぐれた蜜蕾に再び指を挿入した。

「んんんっ！」

玖生は容赦のない攻めを繰り広げる。指を曲げたり柔肉を指先で引っ掻いたりして、愉楽の道へと萌衣を誘おうとしてきた。

「ひぃ……んっ、ぅ……あ……やん」

萌衣は両手でしっかりと身体を支える。しかし疼痛《とうつう》が背筋を通って脳天へ突き抜けると、手がぶるぶると震えてきた。

それに気付いた玖生が、勢いよくバスタブから立ち上がった。水しぶきが下半身にかかり、さらに硬くて熱いものが擦《こす》りつけられる。

「……っ！」

それが何を意味するのかわかるや否や腕の力が抜け、そのまま肘を曲げて突っ伏してしまう。

玖生の全てがほしくて堪《たま》らない。激しく求めてほしい！

「萌衣のその姿、とても好きだ」

玖生には見抜かれている。萌衣が何を望んでいるのかを……

目の前がくらくらしつつも小さく頭を振ると、玖生が媚口に沈めた指を引き抜いた。双丘に添えた手を大きく広げ、ゆっくり腰から脇腹へと滑らせる。そして彼の手に乳房を包み込まれた。

「あっ……ぁ」

玖生はそれを揉み上げて、雄々しく肥大した穂をびしょ濡れの蜜口にねじり入れてきた。

「つんぅ！」

玖生の硬さと形に慣れたとはいえ、蜜壁を四方八方に押し広げられると、毎回背筋に甘美な電流が走り抜けた。

萌衣は目を閉じ、玖生が最奥へと進むのを全身で受け止める。そうして鞘に鋭い剣が余すところなく収まると、玖生が軽く引き、また奥へと貫いた。

「あっ……、ん……っふ、は……ぁ」

力強く揺すられて、萌衣はいつしか猫が腕を伸ばして伸びをする体勢になっていた。玖生は深い結合を求めながらも、腰を回す動きで敏感な粘壁を擦《こす》り上げる。

「く、玖生……！」

懇願すると、玖生は艶《つや》のある淫声を漏らし、スピードを速めてきた。

「それ、ダメ……っ、っんぁ、あん……、いや……」

「とろとろなのに？　俺を凄《すご》い締め付けて……くっ！　やったな」

萌衣が無意識に彼の象徴を締め上げると、玖生が喜悦を隠さずに笑った。

「行くぞ」

玖生はタイルに片手を置き、もう片方を萌衣の腰に回した。そして萌衣の背中にぴったりと張り付く。

いつもとは違う場所に圧がかかり、尾てい骨がぞくぞくしてくる。

「……ッン！」

玖生は萌衣が震えるのも構わず、刺激を送ってくる。その動きに合わせて、双丘や大腿の裏に彼の肌が張り付いた。

玖生の荒々しい息遣い、淫猥《いんわい》な粘液音、そして二人の肌がぶつかり合う音。それらがバスルームの中で響き渡り、萌衣を快楽の世界へと誘う。

「ダメ、あんっ……、ぁ……いや、すぐにイッちゃう……ンっ！」

玖生の腰つきに翻弄《ほんろう》されて、萌衣はいやいやと頭を振る。それでも彼はどんどんリズムを速めていった。まるで理性をかなぐり捨てたかのように、深奥まで打ち付ける。

「うん？　イク？」

「っん！」

欲望に煽《あお》られるまま、萌衣は小刻みに頷く。しかし玖生は止めることなく、萌衣を前へ前へと押し出す律動を取ってきた。

淫液が掻き出され、重力に従って内腿を伝う。あふれる量は尋常ではなく、タイルにポタポタと落ちた。

「あっ、あっ……や……ぁ、ダメ、ダメ……ん」

なんとかギリギリのところで踏ん張ってはいるが、脳の奥が痺《しび》れて甘い激流に攫《さら》われそうになる。

「綺麗だ、萌衣……！」

「ひ……ぃ、んあっ、んんぅ！」

激しい抽送で、重くなった乳房の先端がタイルに触れる。そのたびに蜜孔を広げる怒張を締め上げた。

「萌衣、ああ……最高だ」

玖生は欲望を隠そうともせず、萌衣への愛を爆発させていく。

「ンっ、あ……っ、ぁん……ダメ、やだ……あっ……やぁ……ダメぇ……んんっ」

巧みな愛戯に、萌衣は何がなんだかわからなくなってきた。唯一わかるのは、猛烈な快感に襲われていることだけ。しかも恐いぐらいの愉悦に、身体の戦《おのの》きが止まらない。

玖生が挿入の角度を変えてはずるりと引き、濡壁を切っ先で突いた。

「あぁ……く、りゅう……、わたし……どうにか、んぁ……は……ぁ、なっちゃう……！」

最上の高みへと駆り立てる動きに、萌衣の頬は赤く染まり、唇から漏れる喘ぎは熱を孕《はら》んでいく。ぐちゅぐちゅと響く卑猥《ひわい》な粘液音と声とが協奏し始めると、頭の奥がボーッとし始めた。耳の奥で膜が張り、早鐘を打つ心音が耳元で大きく鳴り響く。

「ダメ、もう、い、イっちゃう！　あっ、あっ……それダメ、ダメ……ん……やぁ……っ」

我慢ができなくなって叫んだ時、玖生が腹部に置いた手を滑らせた。ずっと触れずに放置していた、ぷっくりした花芽を指の腹で擦《こす》り上げる。

刹那《せつな》、萌衣の体内で膨らんでいた熱だまりが一気に弾け飛んだ。

「つぁぁ……！」

萌衣は嬌声を上げると猫みたいに背を弓なりにして、快楽の境地に舞い上がった。そこは圧倒的に艶美な世界で、とてつもない眩《まばゆ》い光が射し込んでいる。身体を硬直させて恍惚感に浸《ひた》るが、やがて一気に地上へ落下した。

「は……ぁ、はぁ……」

肩で息をしながらゆっくりと力を抜き、腕に額《ひたい》を載せて突っ伏した。直後、玖生の太い楔《くさび》がずるりと抜ける。それだけで呻《うめ》いてしまったが、振り返る気力はなかった。

少しだけ、少しだけ呼吸を整えさせて……

萌衣は目を閉じ、我が身を包み込む凄《すさ》まじい情火に震えていると、不意に身体を反転させられた。至近距離で見つめながら、玖生は萌衣の頬を優しくなぞった。

「大丈夫か？」

「……うん」

萌衣が素直に返事すると、玖生はゆっくりと萌衣を腕の中に掬《すく》い上げた。何にも代え難《がた》い宝物のように抱きしめて、バスタブに沈む。

汗ばんだこめかみに口づけを落とされて、萌衣は満ち足りた息を吐いた。そして怠《だる》い腕を上げて、彼の首の後ろに回す。腰骨に触れる彼の硬茎は、未だに漲《みなぎ》っていた。

濃厚なセックスだったのに、一回では足りないのだろうか。

しかし今思えば、玖生は出会った当初からいつもフルパワーで、疲れたところを一度も見たことがなかった。そういう彼だからこそ、萌衣も彼に頼ってしまうのだろう。

でもいつかは必ずガス欠は起こる。その時は、萌衣が玖生を守ってあげたい。そうやって夫婦で助け合い、幸せな家庭を築いていきたい。

愛される悦《よろこ》びを、想い合う心を教えてくれた、わたしの初めての人と——そう思いながら、萌衣は玖生の鎖骨に情熱的なキスをする。

途端、玖生が嬉しそうに笑みを零《こぼ》した。

「両家の顔合わせも終わったし、年末年始の旅行も心配はいらない。あとは式の準備だが、それは新年が明けてからでいい」

「式？　……披露宴ではなく、結婚式を？」

萌衣は驚愕の声を上げる。

仕事柄、披露宴はするかもしれないと思ったが、まさか挙式まで考えていたとは思いもしなかった。

「きちんと式を挙げよう。そうしてこそ、本当の俺たちの生活が始まる。両家の親族、お互いの同僚たちにも宣言して、新たな一歩を踏み出すんだ」

玖生の心の籠もった言葉に、萌衣はうんうんと頷いた。萌衣の顔にかかる髪を、彼が優しく払って頭を撫でる。

萌衣は玖生を見つめて、彼の手に自分の手を重ねた。

「素敵な式にしようね」

「ああ。俺たちの新しい門出に……」

二人の出会いは唐突だった。男性の気持ちがわからない萌衣と、女性に縛られることを極端に嫌う玖生の、利害が一致した結婚は、契約の名の下で結ばれた。

なのに、玖生との夫婦生活で愛される喜びを知るなんて思いもしなかった。

人生どう転ぶかわからないが、勇気を持って一歩踏み出さなければ未来は開けないのだ。そして今、二人の歩む道の先には新たな扉が待っている。
萌衣はゆっくり瞼《まぶた》を閉じ、玖生の熱い口づけを受けた。
永遠の愛を誓って……

自分が大企業の御曹司・遥斗《はると》のフィアンセ候補だと知った、呉服屋の令嬢・詩乃《しの》。候補から外してもらう道を探すべく、遥斗の勤める会社に潜入したら、ひょんなことから彼の秘書にさせられてしまった! これはチャンスだと考えた詩乃は、素性を隠したまま、遥斗が他のフィアンセ候補と結ばれるよう画策する。しかし、詩乃が他の女性を推せば推すほど、遥斗は詩乃のほうが気になるらしく、すべてを暴こうと迫ってきて……!? 結婚したくない令嬢と、どうしても彼女を逃したくない御曹司の駆け引きラブ!

B6判　定価:704円(10%税込)

ISBN 978-4-434-33464-1

恋愛小説「エタニティブックス」の人気作を漫画化！

片恋スウィートギミック

漫画 小立野みかん
Mikan Kotatsuno

原作 綾瀬麻結
Mayu Ayase

鳴海優花《なるみゆか》には、学生時代ずっと好きだった男性がいた。その彼、小鳥遊《たかなし》に大学の卒業式で告白しようと決めていたが、実は彼には他に好きな人が……。失恋しても彼が心から消えないまま時は過ぎ二十九歳になった優花の前に、突然小鳥遊が！　再会した彼に迫られ、優花は小鳥遊と大人の関係を結ぶことを決め――

B6判　定価：704円（10％税込）　ISBN 978-4-434-27513-5

エタニティ文庫

すれ違いのエロきゅんラブ

エタニティ文庫・赤

エタニティ文庫・赤

片恋スウィートギミック

綾瀬麻結　　装丁イラスト／一成二志

文庫本／定価：704円（10％税込）

学生時代の実らなかった恋を忘れられずにいる優花《ゆうか》。そんな彼女の前に片思いの相手、小鳥遊《たかなし》が現れた！　再会した彼は、なぜか優花に、大人の関係を求めてくる。躯だけでも彼と繋がれるなら……と彼を受け入れた優花だけど、あまくて卑猥な責めに、心も躯も乱されて……!?

※エタニティブックスは大人の女性のための恋愛小説レーベルです。ロゴマークの色で性描写の有無を判断することができます（赤・一定以上の性描写あり、ロゼ・性描写あり、白・性描写なし）。

詳しくは公式サイトにてご確認ください。
https://eternity.alphapolis.co.jp/

〜大人のための恋愛小説レーベル〜

ETERNITY エタニティブックス

イケメン弁護士の愛が重すぎる!?

執着弁護士の制御不能な極甘溺愛

エタニティブックス・赤

加地《かじ》アヤメ

装丁イラスト／御子柴トミィ

国産自動車メーカーの経理課で働く二十八歳の朋英《ともえ》。ある朝、駅で貧血になったところを、親切なエリート弁護士・宇津野《うつの》に助けられる。見ず知らずの自分をあれこれ心配してくれる誠実な人柄に感動していたら、まさかの下心付き!?　爽やかなのにぐいぐいアプローチしてくる宇津野に、最初はドン引きしていた朋英だけれど……？　愛が重すぎるイケメン弁護士の超特濃ド執着ラブ！

※エタニティブックスは大人の女性のための恋愛小説レーベルです。ロゴマークの色で性描写の有無を判断することができます（赤・一定以上の性描写あり、ロゼ・性描写あり、白・性描写なし）。

詳しくは公式サイトにてご確認ください。
https://eternity.alphapolis.co.jp/

〜大人のための恋愛小説レーベル〜

ETERNITY

エタニティブックス

ドラマチックな溺愛ロマンス！

道で拾ったイケメン社長が極上のスパダリになりました

ETERNITY Rouge エタニティブックス

エタニティブックス・赤

有允《ゆういん》ひろみ

装丁イラスト／篁ふみ

亡き両親の事務所を継いだ、社長兼インテリアコーディネーターの風花《ふうか》。ある夜、風花は大雪の中で行き倒れているイケメンを助ける。セクシーで魅力的な彼と思いがけず意気投合するけれど、もう会うことはないだろうと名前も聞かずに別れた。ところが後日、驚くほど好条件な仕事先で、社長である彼・加賀谷《かがや》と再会し!?　極上のスパダリ×甘え下手デザイナーの、ドラマチックな運命の恋！

※エタニティブックスは大人の女性のための恋愛小説レーベルです。ロゴマークの色で性描写の有無を判断することができます（赤・一定以上の性描写あり、ロゼ・性描写あり、白・性描写なし）。

詳しくは公式サイトにてご確認ください。
https://eternity.alphapolis.co.jp/

～大人のための恋愛小説レーベル～

ETERNITY エタニティブックス

幼馴染と始めるイケナイ関係！
カタブツ検事のセフレになったと思ったら、溺愛されておりまして

エタニティブックス・赤

にしのムラサキ

装丁イラスト／緒笠原くえん

彼氏が自分の友達と浮気している現場を目撃してしまった、莉子《りこ》。ショックを受ける中、街で再会したのは小学校の同級生・恭介《きょうすけ》だった。立派なイケメン検事になっていた彼に、莉子はお酒の勢いで愚痴を零し、なんと思い切って男遊びをしてやると宣言！　すると恭介に自分が相手になると言われ、そのまま蕩けるような夜を過ごすことに。それから会うたびに、彼はまるで恋人のように優しくしてくれて――？

※エタニティブックスは大人の女性のための恋愛小説レーベルです。ロゴマークの色で性描写の有無を判断することができます（赤・一定以上の性描写あり、ロゼ・性描写あり、白・性描写なし）。

詳しくは公式サイトにてご確認ください。
https://eternity.alphapolis.co.jp/

この作品に対する皆様のご意見・ご感想をお待ちしております。
おハガキ・お手紙は以下の宛先にお送りください。

【宛先】
〒150-6019 東京都渋谷区恵比寿4-20-3 恵比寿ガーデンプレイスタワー 19F
（株）アルファポリス　書籍感想係

メールフォームでのご意見・ご感想は右のＱＲコードから、
あるいは以下のワードで検索をかけてください。

アルファポリス　書籍の感想　検索

ご感想はこちらから

契約妻《けいやくづま》は御曹司《おんぞうし》に溺愛《できあい》フラグを立《た》てられました

綾瀬麻結（あやせ まゆ）

2024年 3月 25日初版発行

編集－羽藤 瞳・大木 瞳
編集長－倉持真理
発行者－梶本雄介
発行所－株式会社アルファポリス
〒150-6019 東京都渋谷区恵比寿4-20-3 恵比寿ガーデンプレイスタワー19F
TEL 03-6277-1601（営業） 03-6277-1602（編集）
URL https://www.alphapolis.co.jp/
発売元－株式会社星雲社（共同出版社・流通責任出版社）
〒112-0005 東京都文京区水道1-3-30
TEL 03-3868-3275
装丁イラスト－南国ばなな
装丁デザイン－AFTERGLOW
（レーベルフォーマットデザイン—ansyyqdesign）
印刷－図書印刷株式会社

価格はカバーに表示されてあります。
落丁乱丁の場合はアルファポリスまでご連絡ください。
送料は小社負担でお取り替えします。

ISBN978-4-434-33589-1 C0093